JN118171

# 引きこもり令嬢は話のわかる聖獣番３

山田桐子
TOHKO YAMADA

一迅社文庫アイリス

CONTENTS

サイラス・エイカー
聖獣騎士団の団長。
ワーズワース王国の王弟で、
公爵位を得ている。
どんな仕草でも色気が
溢れるという特殊体質で、
世の女性たちを虜にしている
という噂がある。
ミュリエル・ノルト
人づきあいが苦手で屋敷に
引きこもっていた伯爵令嬢。
天然気質で、自分の世界にはまると
抜け出せないという、悪癖がある。
聖獣と会ったことで、聖獣たちの
言葉がわかることが判明し、
現在は「聖獣番」として
活躍している。
WORDS
聖獣
今はなき神獣である竜が、
種の断絶の前に、
己の証を残そうと異種と
交わった結果、生まれた存在。
竜の血が色濃く出ると、
身体が大きくなったり、
能力が高くなったりする
傾向がある。
パートナー
聖獣が自分の
名前をつけ、
背に乗ることを許した
相手のこと。
聖獣騎士団の
特務部隊
聖獣騎士団の本隊に
身を置くことができない
ほど、問題を抱えた聖獣
たちが所属する場所。

# 引きこもり令嬢は話のわかる聖獣番

## レインティーナ・メールロー

聖獣騎士団の団員。
白薔薇が似合う男装の麗人で、
大変見目がよい。
しかし、見た目を裏切る
脳筋タイプの女性。

## リーン・クーン

聖獣を研究している学者。
聖獣騎士団の団員としても
席を置いている。
聖獣愛が強すぎる人
として知られる青年。

## CHARACTER

## アトラ

真っ白いウサギの聖獣。
パートナーである
サイラスとの関係は良好。
鋭い目つきと恐ろしい
歯ぎしりが印象的だが、
根は優しい。

## レグゾディック・デ・グレーフィンベルク

巨大なイノシシの聖獣。
愛称はレグ。パートナーで
あるレインティーナの
センスのなさに、悩まされ
続けている。

## クロキリ

気ぐらいが高い、
タカの聖獣。
自分に見合った
パートナーが現れる日を
待っている。

## ロロ

モグラの聖獣。
学者であるリーンが
パートナーであるため、
日がな一日まったりと
過ごしている。

## スジオ

気弱なオオカミの聖獣。
ギラギラとした人を
避け続けた結果、
いまだにパートナーが
決まらない。

イラストレーション◆まち

# 引きこもり令嬢は話のわかる聖獣番3

HIKIKOMORI REIJYO HA HANASHINOWAKARU SEIJYUBAN.3rd.

# プロローグ

齢《よわい》二十六にして、ここワーズワース王国のエイカー公爵であり聖獣騎士団団長でもあるサイラス・エイカーは、執務室にて二通の封書を前に思考を巡らせていた。

すでに開いた一通は隣国ティークロートからの親書で、内容としては近々我が国で行われる親善交流に関する事柄が書かれている。特記すべきは、そこに彼《か》の国で唯一の聖獣が、今回に限って同行する旨が記されていたことだろう。

それを受けて、サイラスは自らが率いる聖獣騎士団の現況を鑑《かんが》みる。先日、王城の奥に広がる山野で怪しい研究施設――誠に非現実的だが、竜の復活を目論《もくろ》む秘密結社のものと思われる――が発見された。それに伴い、聖獣学者であるリーン・クーンが調査に、聖獣騎士団本隊の半分が護衛に、それぞれ現場で職務にあたっている。そしてさらに残りの半分も、ほどなくしてティークロートの使節団を迎えるための近隣警備に駆りだされることになるだろう。

そうなると、特務部隊しかいない状態でここに隣国の聖獣を迎えることになる。自由すぎるきらいのある特務部隊が前例のない事案を受けるとなれば、どんな目が出るかわからない。

とは言っても、特務部隊にはミュリエル・ノルトという優れた聖獣番がついている。それにより最終的には大丈夫だろうという安心感も、サイラスは同時に持っていた。

先の研究施設を発見するに至った幽霊騒ぎは言うに及ばず、日々の細々とした雑事まで、彼女の手腕により万事がつつがなく解決している。人柄は疑う余地もなく、聖獣と言葉を交わせるという他に類を見ない彼女固有の能力は、何にも代え難《がた》い。

（確かに、聖獣番としての彼女の能力に疑いはない。だか、それとは別に、私は……）

サイラスは胸もとを押さえた。服の下で己《おの》が体温に馴染《なじ》んだ石の感触が素肌に届く。緩む口もとを隠すことをせず、サイラスは石と同じ青林檎《あおりんご》色をした瞳を持つ少女のことを想った。葡《ぶ》萄《どう》だと言って贈った石は、今も彼女の胸もとで体温をわけあっているだろうか。

友人という立場を盾に、ミュリエルと物理的距離をつめることには成功している。それに伴い、精神的距離だってかなり近くなったはずなのだ。ただ、それが思ったより満足のいく触れ合いに達しないのは、奥手な彼女が自分の気持ちから目を背けているせいでもあるのだが。

（隣国の使節団を迎えた時に開かれる夜会に、彼女と共に行くことができれば……）

人付き合いを苦手とするミュリエルに無理強《じ》いはしたくないが、夜会という普段とは違った場に一緒に参加できれば、また一段と距離が近くなるかもしれない。

上手い誘い文句を熟考しつつ、サイラスはもう一通の封書を手に取る。こちらはティークロートの王女殿下からの親書だ。時節の挨拶《あいさつ》からはじまる当たり障りのないそれを、緩やかに読み進める。そして最後の一文にたどり着いた時、サイラスはわずかに目を細めた。

「手土産《てみやげ》に珍しい青林檎を持っていく、か」

独りごちるとサイラスは椅子に背を預け、新たな悩みの種の予感にため息をついた。

# 1章　元引きこもり令嬢、急な病を得る

息を吸い込めば新緑のみずみずしい香りのなかに、ほのかに甘い花の香りも混じる、そんな午後。めっきり春めいた風が吹けば、揺れる若葉の隙間《すきま》でワーズワースの王城を飾るいくつもの尖塔《せんとう》が、ちかちかと柔らかい午後の光を弾《はじ》いて見え隠れしていた。

ミュリエルは春の陽気を全身で感じつつ、聖獣番のエプロンに手袋、上着までも脱いだ格好で獣舎の周りに広がる庭にいた。暖かさに薄着になったのではない。彼女の現在の状況は逃走者、なのだから。

茂みの陰でしゃがみ込み息を潜《ひそ》める。頬にかかった栗色《くりいろ》の髪が少しくすぐったいが、払うことさえ我慢した。簡単に見つかるわけにはいかないのだ。少し離れた場所に白ウサギの聖獣であるアトラの姿を発見し、ミュリエルは翠《みどり》の瞳を真剣さから自然と細くした。

今日こそ、聖獣である彼らを出し抜く。ミュリエルはそんな固い決意を持っていた。

聖獣、それは今はなき神獣である竜が己の血を後世に残そうと、異種と交わった結果生まれた存在だ。大きな体や高い知性を隔世遺伝的に発現することにより、彼らは本来の種から逸脱《いつだつ》して聖獣と呼ばれるようになる。

（人よりはるかに優れた身体能力を持っているのは、百も承知よ。でも、今日こそは！）

ワーズワース王国にてそんな聖獣達のトップに立つアトラは、分類的には中型とされる。しかし中型といっても上体を起こせばミュリエルの二倍はあるし、大人二人を背に乗せても余裕のある体格だ。

そんなアトラが右目の下に走る古傷を前脚でグイッと擦《こす》り、立派な前歯を打ち鳴らした。

「ガチン！　ギリギリギリィ」

『くそっ！　エプロンに騙《だま》された』

悔しげに赤い目を鋭くして眉間《みけん》にしわをよせる姿に、ミュリエルは白ウサギの追跡からは逃れたことを知って思わず微笑《ほほえ》む。

「ブッフゥウン！　ブフ、ブフゥ」

次に聞こえてきたのは、イノシシの聖獣で愛称はレグ——本名はレグゾディック・デ・グレーフィンベルク——の鼻息だ。こちらは大型に分類され、座っていても天蓋《てんがい》ベッドに並ぶほどの大きさがある。

『アタシなんて手袋の片方よ！　ミューちゃんてば、やるわね』

野太いオネエ口調からは、してやられた！　という気持ちがにじみ出ていて、ミュリエルはさらに緩みそうになる口もとをキュッと結んだ。笑い声をもらすのだけはなんとしても避けなければならない。なにせ追跡者はまだ残っているのだから。

「ピュイ。ピュルルル」

上空から降ってきた囀《さえず》りは、羽ばたきの音と共に地面に到着する。こちらはタカの聖獣、クロキリだ。大きさは中型に分類されるが、鳥類のためかアトラよりは小柄に見える。

『ワタシは上着だ。光るボタンにつられてしまった』

ミュリエルは対クロキリ用に、上着のボタンに日の光が反射するように茂みに引っかけておいたのだが、どうやらその目論《もくろ》みは見事に当たったらしい。

「ワフッ。クゥゥゥン……」

トボトボと次に姿を現したのはオオカミの聖獣、スジオだ。尻尾を垂らし、三角の耳の先も力が抜けてしまっている。こちらも中型の分類で、オオカミらしい体つきは引き締まっていて格好いい。しかし気弱な性格と醸し出す雰囲気のせいで、その精悍《せいかん》さは常時半減していると言える。

『ジブンはもう片方の手袋っス。自慢の鼻の面目が立たないっス……』

ミュリエルを狙う追跡者は全部で四匹。これですべて出そろった。そう、何を隠そう今しているのは、ミュリエル対聖獣のかくれんぼだった。

「キュウ。キュキュイ？　キュッ……」

庭の中心でこんもりと毛玉化しているモグラの聖獣ロロが、自分を含めた五匹がそろったところで可愛《かわい》らしい鳴き声をあげる。

こちらはミュリエルが任された特別獣舎のなかで、唯一の小型に分類される聖獣だ。ただ小型と言えど、成人男性が騎乗するに十分な大きさがある。

『珍しいこともありますね。全員そろうて間違えたんですか？　ほな、今回はミューさんの勝ち……』

前回の勝者は次回の審判というルールのもと、追跡に加わっていなかったロロが判定を口にするのを、ミュリエルは固唾《かたず》を飲んで待った。はっきりと勝者宣言されるまでは気が抜けない。人間であるミュリエルにとってそもそも大変分の悪いこの勝負、今回ばかりは初の勝利が見えている。きっと次回からはこの手も通用しなくなるだろう。これが最初で最後の勝利となるはずだ。だが、最初であろうと最後であろうと、もう二度となかろうと、勝ちは勝ち。

（やったわ、ミュリエル！　初勝利、大金星よ！　ここでスッと立ち上がったら、皆さんどんなお顔をするかしら？　ふふっ）

ミュリエルはもう抑えきれない笑みを顔いっぱいに広げ、ジャーン！　と登場するためにグッと膝《ひざ》に力を入れた。

「見つけた」

「っ⁉」

目の前の勝ちに夢中になっていたミュリエルは、完全に背後が疎《おろそ》かになっていた。全神経は聖獣達のやりとりに向かっていたため、新手の登場にまったく気がつかなかったのだ。

「かくれんぼをしていたのだろう？　アトラ達を欺《あざむ》くとはなかなかだ。だが、今回の勝ちは私がもらおうか」

柔らかい木漏《こも》れ日《び》よりもずっと華やかな煌《きらめ》きが、しゃがんだミュリエルに降り注いでくる。見下ろしてくる絶世の美丈夫《びじょうふ》から零《こぼ》れる光の雫《しずく》は、キラキラとしているだけではなく、潤《うる》んだ気配を纏《まと》い壮絶に艶《なま》めかしい。

うららかな真昼の庭が、途端に年齢制限が必要な色気溢《あふ》れる大人な空間へと転じ、ミュリエルはパクパクと言葉も息も出ない口を動かした。そして数度喘《あえ》ぐようにしてから、なんとか声を絞りだす。

「サ、サ、サイラス、様……」

ミュリエルの鈍《にぶ》い動きをひと通り見守ってから、やっと名を呼んでもらえたサイラスは、潤んだ気配に相応《ふさわ》しい微笑みをゆっくりとその美しい顔に広げた。

すると途端に黒薔薇《くろばら》が咲き誇る。現実的にミュリエルを囲んでいるはずの茂みはあっさりと押しのけられ、視界はすぐに色気に潤む黒薔薇とそれを背負うサイラスだけでいっぱいになった。

「……うっ」

ミュリエルは目をかっぴらき、呼吸を止めた。

そんな反応にも慣れたサイラスがクスリと一つ微笑みを零せば、柔らかな吐息が辺りに溶ける。それに呼応するように、春の日差しと風のなかで花弁を広げた黒薔薇は、光に紛《まご》う香《かぐわ》しい芳香を伸びやかに方々へと解き放った。

(あぁ。もう、無理、で、す……)

いくら慣れてきたとはいえ、不意の色気にあてられればひとたまりもない。すぅっと遠ざかる意識に任せて、ミュリエルは隠れていた植え込みに倒れ込んでいった。

だが、当然目の前にいるサイラスがそれを見逃すことはない。いとも簡単にすくい上げられ、さらには流れるような自然さでお姫様抱っこの体勢をとられる。急激な視界の変化についていけなかったミュリエルは、サイラスの腕のなかに収まったまま、しばし現状を忘れた。

「発見者は奪われないように、審判のもとまで運ぶのがルールなのだろう？　以前君が、アトラに仔《こ》ウサギのように襟元をくわえられて、運ばれていたのを見たことがある」

油の切れた歯車のような動きでサイラスを見上げたミュリエルは、瞬《まばた》きを三回ほどしたのち、ボンッと音を立てそうな勢いで全身を発火させた。シャツ一枚と普段より薄着の体は、サイラスの肌の感触や温度をいつもよりずっと近くに感じさせる。

それを認識した途端、ミュリエルの体は発火したままギシリと強張《こわば》った。それでもなんとか軋《きし》む両手を動かして顔を隠す。それが現時点でとれる精一杯の防御反応だった。

「ち、ちち、近、近っ……。お、おと、お友達のっ！　は、箱、箱が、……うっ」

(ち、ちち、近すぎるわっ。こ、こんなの、お友達の距離感じゃないもの！　それなのに、こんな風にされたら、せ、せっかく箱にしまってあるはずのサイラス様の、き、気持ち、気持ち、が、……うっ)

どもりながらの訴えは、声に出た部分だけでは文章としてまったく成り立っていない。

ミュリエルからすれば、サイラスからもらった「好き」という気持ちは、しっかり蓋《ふた》を閉めて鎖でグルグル巻きにし、厳重に心の箱にしまってある。そして、そんな二人の現在の関係は友人であり、触れ合いや言動もそれに準ずるものになるはずだ。

それなのにサイラスの距離感は、元引きこもりの世間知らずな自分の常識からしても見すごせないほどに近い。そして近すぎる距離は心の隅に置いてある箱を、否が応にもミュリエルの目の前に引きずり出してくるのだ。

するとたとえ箱にしまっていて見えずとも、中身のわかっているミュリエルにまざまざとサイラスの想いを知らしめてくる。それでも気絶をギリギリの線で踏みとどまっていられるのは、大人の階段をのぼってきた証《あかし》なのか。

ジリジリと一進一退、時に駆け上がり、そして転がり落ち、サイラスの一見優しい無茶ぶりとたゆまぬ努力により、現在は断崖絶壁も甚《はなは》だしい強風吹きすさぶ八十段目になんとかしがみついているところだ。しかし、必要がまったくない場面でのお姫様抱っこは荷が勝ちすぎる。

よってプルプルと小刻みに震えたまま、隠した顔を一向に見せることができないでいたのだが、そんなミュリエルに対し穏やかな物言いながらサイラスの返した言葉はいっさい遠慮がなかった。

「友人としては、いささか距離が近いかもしれない。しかし、これは遊びの一環だろう？」

意味をなさないミュリエルの訴えから、数少ない単語で意図を汲《く》むサイラスはさすがといったところか。それだけ当初よりずっと二人の関係が進展した証拠でもある。

そして密着した体が離れることのないまま、悪びれなく言葉は続けられた。

「それに、先日より君がアトラに許していることは、私にも許されることなのだと思うことにした。さらに言えば、日々のなかにも触れ合いを持たなければ、君はすぐに大人の階段をおりてしまうだろう？　私も、なかなか気が抜けない」

きっぱりと譲る気も引く気もないのだと宣言したサイラスは、ミュリエルを抱えたままアトラ達の方に歩を進める。離れた場所で行われていたやりとりを律儀《りちぎ》に待っていた聖獣達は、やっと二人が近よって来たことで口々に声をかけはじめた。

『途中参加のサイラスにかっさらわれちまっちゃ、しょうがねぇな』

『サイラスちゃんてば、ミューちゃんに対してはとっても鼻が利《き》くのねぇ』

『人間であるサイラス君が、我々より嗅覚《きゅうかく》に優れているはずがあるまい』

『比喩《ひゆ》表現っスよ。愛の力による第六感的なヤツっス』

『ミューさん初勝利ならず、やな。ほな、ご褒美はダンチョーはんのもんということで』

両手で顔を覆《おお》ってプルプルと震え続けるミュリエルに、聖獣達の声は届かない。しかし重ねてあがる鳴き声に、サイラスの方が何か会話をしているのだと察した。

「アトラ達は、なんと言っている？」

会話を優先するために、サイラスがお姫様抱っこを解除する。ストンと降りた足は自立してはいるものの、顔を覆った両手はそのままだ。もちろんサイラスの問いかけも、真っ赤な耳には届いていない。

「ガッチン！」

痺《しび》れを切らしたアトラが、気つけの歯音を響かせた。ビクリと体を震わせたミュリエルは、勢いよく両手をおろす。驚いた顔で白ウサギを見ると、思ったよりずっと近くに鼻先があって瞬いた。それにより、薄く涙の膜を張っていた翠の瞳が平常の色に戻《もど》る。

『おい、ミュー。このままだと取り合いになるから、かくれんぼのご褒美をさっさとサイラスにくれちまえ』

その言葉で、ミュリエルはやっと何をしていたのか思い出した。

『匂いが鼻に毒なのよね』

『あると思えば欲しくなるのは、やむを得まい』

『考えただけでよだれが出るっス』

『さ、ミューさん、はよぅ』

アトラだけではなく他の面々も一緒になって熱視線を向けるのは、芝の上に置かれたバスケットだ。ミュリエルはそれに慌《あわ》てて手を伸ばした。

「どうした？」

いまだ状況を理解しないサイラスが、ミュリエルの手元を見やる。

「あの、かくれんぼの勝者へご褒美があるんです」

「あぁ、そんなものがあるんだな。では、私がもらえるということか？」

アトラの歯音により正気に戻ったものの、サイラスから期待に満ち溢れた目を向けられて、ミュリエルの呼吸は細くなった。

「た、たいしたものではないので、そ、そんなに期待されると……」

バスケットのなかにはハンカチが一枚。そのハンカチを取り出すと、ミュリエルは手の上でおずおずと広げた。後生大事に包まれていたのは、たった三枚きりのクッキーだ。

「か、かくれんぼの勝者には、私のおやつをお裾分けすることになっていまして……」

聖獣達のおねだりが凄《すさ》まじいため、おやつにはナッツやドライフルーツばかり選んでいたミュリエルだったが、ここのところ口にするのはもっぱらこのクッキーだった。

聖獣にあげることを前提に作られたもののため、人が口にすれば少し味気ない。ただ慣れてくると素材自体を活《い》かした素朴さは、どこか懐《なつ》かしさも感じられる。

「その、め、召し上がっていただけます、か？　このままだと取り合いに……」

ミュリエルの手の上で広げられたことにより、鼻に毒ばかりだけでなく目にも毒となったおやつに、さらに熱い聖獣達の視線が集まっていた。瞬きもせずに凝視《ぎょうし》する聖獣達は無意識なのか、ジリジリと二人を囲む輪を狭めてくる。誰かがゴクリと唾を飲み込む音がした。

「あぁ、なるほど」

聖獣達からの幅よせと熱視線にすべてを悟ったサイラスは、思わずといったように笑うと頷《うなず》いた。

「では、いただこう」

どうやら食べてもらえると、ミュリエルはハンカチごとサイラスに差し出した。ところがサイラスは傾《かし》げた首をさらに傾けるだけだ。

クッキーは一枚ずつ種類が違うため遠慮して選べないのかも、と思ったミュリエルは、一枚を摘《つ》まんで渡そうとした。だが、サイラスの手は伸びてこない。不思議に思って顔を見上げれば、サイラスは事もなげに言ってのけた。

「食べさせてもらうまでがご褒美、だろう？」

「っ!?」

驚きの内容に慌てて手を引っ込めようとしたミュリエルの手首を、サイラスが捕まえる。そして手を持ち上げられるのと同時にサイラスの顔も近づき、ついにはサクリと軽い音と共にクッキーの砕ける音がした。

半分になったクッキーを持った手は放されたが、形状記憶されたようにミュリエルは肘《ひじ》を軽く曲げた格好のまま固まっていた。その様子を愛《いと》おしげにしばし見つめたサイラスは、ミュリエルがいつまでたっても手を引かないので、残りの半分にもそのままかじりつく。

微《かす》かに指に触れた柔らかい感触に、ほぼ反射で手を引いた時には、クッキーはサイラスの口腔《こう》に消えていた。サイラスは汚れた唇を自らの親指で軽く拭《ぬぐ》う。その何気ない仕草さえ色気が溢れていた。

「早く食べてしまわないと、上からよだれが降ってきそうだな」

ハンカチからさらに一枚を摘まみ上げたサイラスは、それをあろうことかミュリエルの口もとに持ってくる。固まっているミュリエルに催促《さいそく》するように、サイラスはクッキーでちょんちょんと引き結ばれた唇を刺激した。

聖獣達からの助け、もしくは相応の突っ込みを期待して、ミュリエルは視線だけをアトラ達に向ける。しかし、この時に限って彼らの意識のすべてはクッキーに向いていた。

まるで自分の口もとにクッキーを持ってこられたかのように、徐々に口をあけていく聖獣達。半開きだった口は今やあんぐりとあけられており、食い入るように見つめる瞳にはもはやクッキーしか映っていない。

（だ、だ、駄目《だめ》だわ。クッキー以外何も見えていないもの……。こ、これは、誰の助けも望めないわ。この難局は、自分で乗り越えるしか……）

ミュリエルは一度キュッと唇を引き結んでから、ひと思いにクッキーを丸ごと口に迎え入れた。いつもだったらひと口で入れることなどないクッキーは、ミュリエルの頬を冬ごもり前のリスのように膨《ふく》れさせる。そして素朴なクッキーは、口内の水分を容赦《ようしゃ》なく奪っていった。

ミュリエルは、むぐむぐと口を動かす。片や落胆のため息を聞きながら、そして片や嬉《うれ》しそうな視線を受けながら。クッキーはほんのりと甘いはずだが、味わっている余裕はない。一刻も早く飲み込むために、一心不乱に咀嚼《そしゃく》する。

サイラスの形のいい唇から、堪《こら》えきれなかった笑いが吐息のように零れる。その口もとを片手でわずかに隠しながら、サイラスのもう片方の手は再びクッキーに伸ばされた。

ミュリエルの喉もとが飲み込む動きをしたのを確認してから、最後の一枚が再び口もとに宛がわれる。聖獣の食い入るような注目が痛い。先程よりよほど素早く、ミュリエルはパクリとクッキーを頬張った。それをあんぐりと口をあけたまま恨みがましく見送った聖獣達は、悲嘆と呼ぶに近いため息をついた。

サイラスはクッキーの消えたハンカチを取り上げると、丁寧《ていねい》に畳んでからミュリエルに返す。

綺麗《きれい》さっぱりなくなったクッキーの痕跡に、なおも名残惜《なごりお》しい視線を向けていた聖獣達だったが、最初に切り替えたのはアトラだった。

『……で、サイラス。こんな時間に来たってことは、何か用があったんだろ？　……おい、ミュー！　いつまでクッキーを味わってんだ！　頭からかじるぞっ！』

ミュリエルにしてみれば味わっていたのではなく、飲み物もなく立て続けにクッキーを食べたことによる致し方ない咀嚼回数だったのだが、食べ物の恨みは深いとはよく言ったもので、アトラから八つ当たりを受けてしまった。

白ウサギのお怒りに噛《か》む速度をあげるが、クッキーもなかなかの難敵だ。そして、いつまでたっても甘い残り香をさせるミュリエルに向かって、とうとうアトラはわざとらしく大きく口をあけてガチガチと歯を鳴らした。

「ひえっ」

飲み込むにはまだ早いやや粗いクッキーを慌てて嚥下《えんか》したミュリエルは、とっさに頭を抱えてしゃがみ込む。それにより意図せず場の空気が動き、クッキーショックを引きずっていた他の聖獣達も正気を取り戻した。

『……はっ！　クッキーに夢中で、色々突っ込みどころを逃した気がするわ！』

『ワ、ワタシは違うぞ！　一歩引いて状況を見極めていたのだ！』

『クロキリさん、見栄っ張りっス。口、半開きだったじゃないっスか』

『まぁ、しょっちゅう口にできひんもんやし、夢中になっても恥ずかしいことちゃいますよ』

正気に戻ったものの結局クッキーから離れられない面々に、アトラが後ろ脚で地面を踏み鳴らす。

『おい、いい加減クッキーから離れようぜ。ミュー、オマエもさっさと立て』

襟首をくわえられて立たせられたミュリエルは、そっとアトラを振り返る。すると至近距離にあった鼻先が高速でヒクヒクヒクと動く。そしてピタリと止まると嫌そうに赤い目が半眼になり、最後に鼻息を吹きかけられた。

どうやらまだクッキーの匂いがするらしい。ミュリエルはぎゅっと口をすぼめた。

『で、サイラスの用はなんだ？』

あごを振って聞くように指示されたミュリエルは、サイラスに向き直る。

「あの、サイラス様は、何かご用がおありでしたか？」

傍《かたわ》らのサイラスを見上げて水を向ければ、この場にいる全員に伝えたい内容だったのか、一同をひと通り見回してから話がはじまった。

「あぁ、そうなんだ。近々親善交流を目的に、隣国ティークロートの使節団をこちらに迎える。それは知っているか？」

時事に疎《うと》いミュリエルだが、これについては聞きかじっていたために頷く。そもそもティークロートからの使節団は毎年この時期にやって来るのだ。そして特使については、近年はもっぱら王女殿下が務めていた。

「今、リーン殿と聖獣騎士団本隊の半数が、先日見つかった件《くだん》の研究施設につめているのも知っているな？　それに加えて、隣国を迎えるために近隣の警備という名目で、残りの半数も方々に散ってここを留守にすることになる」

確認事項のようにされる説明にも頷きで理解を示すと、サイラスはミュリエルから顔を上げて、今一度アトラ達を見回した。

「そして、君やアトラ達に関係のある話はここからだ。それに伴い、ティークロートが国で唯一保有している聖獣を、帯同してくると伝えてきた。その聖獣をここで預かりたいと思う」

「えっ」

聖獣を預かるという思わぬ内容に、つい声があがる。

「事前の情報では、その聖獣はティークロートの王女殿下と絆《きずな》を結び、パートナーとなっているようだ。だが、彼女ではその聖獣を御しきれないらしい。それで、聖獣との関係に造詣《ぞうけい》の深い我が国に教えを乞《こ》いたい、という話だ」

続けられた説明にすぐに疑問を持ったミュリエルは、素直に口を開いた。

「パートナーを決めた聖獣が、言うことを聞いてくれないなんてことがあるのですか？」

ここではまずそんなことはないし、パートナーの決まっていないクロキリやスジオでさえも大変お行儀がいい。そのため、ミュリエルはいまいち状況の想像ができない。

「私の知る限りでは、ない。だが、そもそもティークロートは聖獣の保有が稀《まれ》で、我が国ほど扱いに慣れていないところがある。だから問題は聖獣側ではなく、人間側ではないかと推測している。人と聖獣の関係においては何事も聖獣側に主導権がある、そのことについての理解が足りていないのだろう、と。それなのに言うことを聞かないからと押さえつけるばかりでは、その聖獣があまりに不憫《ふびん》だ」

ミュリエルは、サイラスの気持ちに同意した。自由気ままに見える聖獣達だが、情は大変深いし一度仲間だと思った相手はとても大切にする。聖獣として生まれたことで種からはみだしてしまった彼らは、何よりも絆を大切にするのだ。

問題とされるティークロートの聖獣は、国に唯一の存在だという。ならばその聖獣は、きっと寂しい思いをしているに違いない。唯一と決めたパートナーとの関係が上手くいっていないなら、なおさらだ。

そうなると、まだ見ぬ聖獣がミュリエルはもう可哀想《かわいそう》で仕方がなくなった。これはなんとしてでも力になってあげたい。

「私も、その聖獣さんの気持ちに添ってあげたいな、と思います」

ミュリエルの翠の瞳に力強い決意の色を見て、サイラスも頷いた。

「あぁ。君からもそうした言葉が聞けて、私も心強い。……だが、何しろ前例のないことだから不安もあるんだ。そこで、ミュリエル。君からアトラ達にまず意見を聞いてもらえないか？何ができて何ができないか、それをある程度先に判断してしまいたい」

そうしてサイラスは、質問する相手を聖獣達に移す。

「アトラ、他所《よそ》の聖獣を期限つきで受け入れることに抵抗はあるか？」

大人しくお座りをして聞いていた聖獣達は、聞かれてからお互いに顔を見合わせた。

『独りぼっちじゃ、そりゃあソイツも心細いだろう。ここでよけりゃ、歓迎するぜ。な？』

とくに気負った様子のないアトラの言葉に、次々と短い鼻息や鳴き声があがる。

『もちろんよ！　どんな子かしら？　楽しみね！』

『どんな者であっても、快く迎え入れようではないか』

『新入りってことは……、はっ！　そうか、ついにジブンも兄貴分になるんスね！』

『ひひっ。スジオはん、今から興奮してどないしますの。まだ先の話です』

聖獣達のこの弾むような声を聞けば、相手に好意的であるのは疑いようもない。スジオなどはとうとう自分の尻尾を追いかけてグルグルと回りだしてしまい、ミュリエルは笑顔を誘われた。

「アトラさんは歓迎するとおっしゃっていますし、他の皆さんもとても好意的です」

パッと笑顔で振り仰いで総意を伝えれば、サイラスは綺麗な顔をふと緩ませた。

「そうか、それならひと安心だな」

ミュリエルは慌ててうつむいた。不意のこうした笑顔は大変心臓に悪い。急激に頬が熱くなる。

「それともう一点。本隊に所属する聖獣が一匹、障りがあって任務につけないでいる。こちらで少しの間、その聖獣を預かってもらいたい。呼んであるから、そろそろ来るはずだ」

さらなる新手の聖獣の話題が出て、ミュリエルの頬の熱がさっと引く。

『あぁ、そんな時期か』

詳《くわ》しい内容を聞く前に、今の説明だけでアトラは納得したようだった。

『特務部隊の常連だものね』

『時期的な体の問題なのだから仕方あるまい』

『そうっスね。ジブンらとは事情が違うっス』

『問題児やないですしね。むしろ聖獣にあって、珍しく常識的なお方です』

アトラだけではなく自分以外の全員が心得ている様子に、ミュリエルはこれから来る聖獣が誰なのか頭に思い浮かべた。本隊にいるのはイヌ、ネコ、ネズミ、リス、シカ、クマ、ヘビ、カメ、の八種だ。ヘビのメルチョルとはパートナーのプフナー共々、先の幽霊騒ぎの折に行動を共にした。その時にどこかが悪そうには見えなかった。

時期的な体の問題ということは、冬眠するリスやクマ、カメもその時期が明けていて除外されるように思う。となると、残りは四種。

ただやはり「時期的な」という言葉に当てはまる内容が思いつかない。聞いてしまった方が早い。そう思ってミュリエルが顔を上げた時だった。

「団長、連れてきました。ミュリエルもこんにちは。レグ、機嫌はどうだ？」

爽《さわ》やかな風を纏い長い銀髪をなびかせながら颯爽《さっそう》と現れたのは、言わずと知れた男装の麗人、レグのパートナーでもあるレインティーナだった。

大きなレグの体の陰からひょっこりと顔を出したレインティーナは、そのまま立派な牙をごしごしと力強くなでた。空色の瞳を優しく向けられたレグは、喜びに尻尾をビシビシと体に叩《たた》きつけている。

ただ、連れてきたと言うわりには他の者の姿がない。そう思ったと同時に、レグの巨体からにょっきりと角が生える。ミュリエルはびっくりして息を飲んだのだが、間をあけずに黒い鼻とレグより数段明るい茶色の体が見えた。

「ミュリエル・ノルト嬢、ご機嫌麗しく存じます」

角に気をとられていたミュリエルは、挨拶をされるまでその人物の存在に気がつかなかった。声をかけられて相手を認識し、歓迎会の時の自己紹介を慌てて頭のなかで引っ張り出す。

（青い髪をぴっちりと七三に決めて、銀縁の眼鏡の奥の瞳も同じ青。確か年齢は二十三歳。色白で一見すると文官のように見える、この男性の名前は……。そうだわ！）

「シグバート・フューリー様、お久しぶりです。こんにちは」

歓迎会での自己紹介で、ミュリエルはこの場だけで騎士全員の名前を覚えきるのは難しい、と正直に申告していた。にも関わらず、今しっかりとフルネームを呼んだためか、シグバートは少し意外そうな顔をした。

「個性的な騎士団員のなかで私のみ没個性ですから、もう一度自己紹介が必要だと思っていました。覚えていただき、ありがとうございます」

そして思ったことを隠すことなく口にして、お固い表情のままわずかに微笑んだ。

実のところミュリエルは、一度の歓迎会で顔は覚えたもののフルネームまで一致させるに至らなかった。それを面識のあるアトラ達に手伝ってもらい、騎士の特徴と聖獣の組み合わせをちゃんと復習し、失礼のないように覚えていたのだ。

　よって、パートナーであるシカの聖獣の名前も知っている。

「ケシェットさんも、はじめまして。よろしくお願いします。それで、あの、障りがあるとのことですが、どこかご体調が悪い……っ⁉　ひぃっ⁉」

　言葉の半ばでミュリエルは引きつった悲鳴をあげた。ケシェットの立派な角の片方がなんの前触れもなくポロリと落ちてしまったのだ。それも途中から折れたのではなく、根本から綺麗にまるっと全部である。しかも角の取れた根本は当然といえば当然なのだが、血がにじんでいるではないか。ミュリエルは涙目になった。

「つ、つ、つ、角が！　と、と、取れっ、取れちゃいましたぁ！」

　無残に地に落ちた角と今までそれがついていた場所を、震えながら何度も見比べる。

「プイィイィ。プイィ、メエー」

「っ⁉」

　ミュリエルの驚愕《きょうがく》は続く。予想外の鳴き声に思わずケシェットを二度見したが、確かに声はこのシカの口から出ている。

『はぁ、やっと取れました。今年はなかなか取れなくて。反対側もそのうち落ちると思うのですが、この感じだとまだ時間がかかるかもしれません。そして、ミュリエルさん、貴女《あなた》のお話はかねがね。こちらこそよろしくお願いしますね』

　意表をつく鳴き声とは打って変わって、ケシェットの言葉使いは至極普通だった。それどころかいまだかつてない常識的な挨拶だ。

「あ、あ、あ。え、えっと、お、お会いできて、光栄です。よ、よろしくお願いします。で、ですが、あのっ、い、痛く、痛くはありませんか……？　だって、血が……」

あわあわと慌てるミュリエルに、ケシェットの落ち着き払った様子は崩れない。

『痛くはありませんよ。毎年春に生え変わるものですから。ただ、むず痒《がゆ》くはありますね。ちょっとためしに優しくかいてみてくれませんか？』

「えっ、う……。さ、触っても、だ、大丈夫でしょうか？」

首を曲げて目の前に頭部を差し出してきたケシェットに、ミュリエルはやや腰が引けた。しかし聖獣の要望には聖獣番として応えねばなるまい。

「こ、これくらい、ですか？　い、痛そうで、触るのが、こ、怖くて……」

じわじわとにじむ血が増えていくことに、自然とミュリエルの手つきは慎重になる。しかし、当のケシェットは大胆に頭を押しつけてきた。

『あぁー。……いい。とってもいいですよ。お上手ですね。もう少し右、あ、そう、そこそこ。あー、いいですーー』

恍惚《こうこつ》の気配さえ含んだ声に、本当に大丈夫かしらとミュリエルの手にも徐々に力がこもる。

「問題ないようだな」

「この時期のケシェットは、触れ合いに関してとても敏感です。それなのに、あのように身を任せ目まで細めさせるとは。ノルト嬢の手腕は本物ですね」

どうやら今回も、無事に聖獣とのご対面を通過したらしい。そう気づいたのは、サイラスとシグバートの声が聞こえた時だった。

「では、レインティーナ。ケシェットの角をお願いしてもいいですか?」

「あぁ、もちろんだ」

シグバートから声をかけられたレインティーナは、まるで木の幹のようなケシェットの角をつかむと、ひと思いに「よいしょ」と背負う。自分からは距離があるにも関わらず、風を切る勢いで振られた鋭く固そうな角の迫力に、ミュリエルはケシェットから思わず手を放し一歩引いた。ただ、これで障りの理由はわかった。こんな大きな角が任務中になんの前触れもなく落ちたら、確かに問題だろう。

「あいている馬房《ばぼう》を、ミュリエルはいつも整えてくれているだろう? そこをケシェットに与えてくれ」

「はい、わかりました。あ、ですが、ケシェットさんをお迎えしたら、特務部隊の獣舎はもういっぱいになってしまいます。ティークロートの聖獣さんの馬房はどうしましょう?」

てっきりあいている馬房にティークロートの聖獣を迎えるのだと思っていたが、どうやら違うらしい。振り返ったミュリエルに、サイラスが特務部隊の獣舎の横にある木立の先を指さした。

「それについては、あの辺りに急いで別個の獣舎を建てることにした。こちらに迎えるといっても、君が一手に世話を任されるわけではない。あちらでできることは基本的に手を出さず、見守るつもりでいる」

　ということは、一から十まで面倒を見るのではなく、自分達の分は自分達でという方針になる。確かに自己満足ではなく相手のことをちゃんと考えるのなら、国に帰った時に困らないようにしてあげる方がよい。ならば支援という形にとどめることが最善なのだろう。

「心配はいらない。ティークロートの者達が来ても、私だけではなくレインティーナとシグバートもここに残るから」

　それは心強い。いったんそう思ってから、疑問がわく。

「レイン様とレグさんは、なぜお留守番なのでしょうか？」

　もちろんいてくれた方が嬉しい。だがお世話をしているからわかっているが、レグは絶好調だ。そうなるとレインティーナの体調が悪いのかと、にわかに心配になってしまったのだ。

　ただ軽々と肩に角を担ぐ姿からは、いっさいそんな気配は感じられない。

「あぁ、それはティークロートの使節団を迎えて行われる夜会に、私を含めレインとシグバートも出席しなければならないからだ」

「や、夜会、ですか？」

　あまりよい印象のない単語に、ミュリエルは眉をよせた。

「団長は自らが公爵だし、私とシグバートは伯爵家の出身だからな」

　片手で角を支え、もう片手でレグの鼻先をぐりぐりとなでながらレインティーナが会話に参加してくる。ところがそこに含まれた新事実にミュリエルは目を丸くした。

「レイン様とシグバート様は、伯爵家のご出身なのですね。ですが、そうなると他の騎士様方は……?」

身分で夜会への出席義務があるのなら、他の騎士達はどうなっているのか。確か聖獣騎士になるには出自や素行、その他諸々《もろもろ》の厳しい事前審査があると聞いた。

「他の者は叩き上げ、もしくは下位貴族出身だな。ただ、聖獣騎士になった折に例外なく騎士爵を得るから、全員が爵位を持ってはいる。出自から貴族家というのは、半数ほどだ」

サイラスの説明にミュリエルはまだまだ勉強不足だわ、と思った。

「ですから、平民から叩き上げられた者なら一度は聖獣騎士に憧れるものです。もちろん、そうして本当に聖獣騎士となれる者はひと握りですが」

なるほどなるほど、とミュリエルは三人から交互にされる説明に頷いた。

「ところでミュリエル、話は戻るのだが、君は夜会への参加をどうするつもりでいる?」

振られた単語と自身が結びつかず、ミュリエルの反応は多大に遅れた。

「堅苦しいものは別として、王女殿下を主賓《しゅひん》とした若い世代の夜会には、きっと君個人にも招待状が届くと思う。毎年必ずつく条件が同伴者を連れて、というものなのだが……」

続けられる言葉にだんだんと内容を飲み込むと、頬が半笑いのように引きつった。

(ヤカイ、やかい、夜会……)

ミュリエルは脱引きこもりをし、聖獣番として健康で健全な生活を行うことで、本の世界をもととする空想の世界ともほどよい距離感をとれるようになってきたはずだった。

（夜会。それは現世の、魔境……）

　しかし、トラウマの引き金となり得る単語の突然の登場により、頭のなかは久方ぶりに本当の記憶と過剰な妄想がすごい勢いで入り混じる状態となった。

「参加するのなら、私と……」

（美しく着飾った人々は笑顔の下に本音を隠し、隙を見せた相手を奈落に突き落とす。そしてそれはとくに意味のない、ほんの、戯《たわむ》れ……）

「私と、共に行かないか？」

（私のような小娘が迷い込めば、そこに待っているのは……）

「……ミュリエル？」

　はにかみながら、そしてほんの少し不安そうにしながら、サイラスが返事を待っている。しかし、目をかっぴらいたままのミュリエルは答えない。なぜなら振り向けばすぐ後ろにピタリとより添っていた黒い影を、目の当《ま》たりにしてしまったからだ。そう、その黒い影の正体は。

（……突然の、死！）

　ミュリエルは両頬を押さえて顔を潰す。

「ガッチン！」

「ブッフゥ！」

　右から歯音、後ろから鼻息。久方ぶりに受ける同時気つけに、ミュリエルの体は大きくよろめいた。ただ向かいにいたサイラスから支えの手が伸びて、たたらを踏むことはなかった。

やや前かがみになった肩口に、吹き飛んだ髪が垂れ下がる。顔にもかかった幾筋かの髪を払うこともせずに茫然《ぼうぜん》と顔を上げたミュリエルは、死の恐怖とは別に固まった。

なぜか憂い顔のサイラスが、紫の瞳を艶《つや》めかせてこちらを真《ま》っ直《す》ぐに見ている。

（な、なな、なぜ？　なぜ、サイラス様はこんなお顔をされているの？　そ、それに、ち、近、近い……、……、……うっ）

ひと通り混乱してから言葉が続かなくなったところで、ミュリエルは最終的に息をつめた。しかし、それを見逃すアトラではない。すかさずスタンピングを繰りだす。

『ミュー、さっさと返事をしてやれよ！　サイラスが待ってるだろ！』

『ミューちゃん、夜会よ、夜会！　行くの？　行かないの？』

「はっ⁉」

アトラとレグの呼びかけに、ミュリエルは目を覚ました。そして間髪入れず両手と首を高速で振る。

「む、む、無理、絶対に無理です！　わ、私は、お、おこ、お断り、しますっ‼」

突然の死から逃げたい一心で叫ぶと、目に見えてサイラスが体を硬直させた。そして、ミュリエルもつられるように一緒になって硬直する。

『おい、なんて返事してやがる！』

『ミューちゃん、その言い方はないわっ！』

『妄想に忙しく、話を聞いていなかったと見える』

『フォロー、フォローするっスよ！　早く！』

『これは、あきません。完全にバッサリいきました……』

『あぁ、なるほど。色々察しました。そういうことなのですね！』

新たに加わったケシェットを含め、口々に聖獣達から突っ込みを受けて、ミュリエルは混乱する。焦《あせ》った彼らの言葉には、何がいけなかったかの正確な情報がない。

それでも自分が何やら失言してしまったことだけは察したミュリエルは、なんとか場を繋《つな》ごうとした。しかし、それよりもサイラスが寂しげに微笑む方が早い。

「そう、か」

短い言葉で話を締めくくったサイラスは、儚《はかな》い微笑みを浮かべている。ミュリエルは胸がキュッと締まる感覚に、握った手を胸にあてた。服の下にある葡萄《ぶどう》のチャームの固い感触がして、思わず摘まむように指を動かす。

するとサイラスの悲しげだった表情がわずかに緩む。それに励《はげ》まされたミュリエルは、なんとか口を開いた。

「あ、あの、サイラス様、わ、私、不特定多数の人が集まる場が、苦手で、だから夜会も……、そのっ」

「わかっている。はじめて会った時に、君が人付き合いを苦手とする話も聞いていたから。それなのに誘うような真似をして、こちらこそすまなかった」

ポンッと頭の上に置かれた大きな手にこの時ばかりはミュリエルも安心が大きく、肩の力が抜ける。それにホッとしたのは、流れをすべて把握していたがゆえに大慌てしていた聖獣達も同じだった。

『こういうのを、お約束って言うんだろうけどよ。……なぁ？』

『えぇ。サイラスちゃんの衝撃を受けた姿が、不憫すぎたわね』

『うむ。まるで氷漬けにでもなったように固まっていたからな』

『あれ、同時にジブンの心臓も凍った気がしたっス』

『すれ違いは恋のスパイスや、なんて言いますけど……』

『このお二人には、スパイスを使うより今はしっかり下味を、というところでしょうか』

アトラ達の口調からは、かなりの脱力感が漂っていた。

「なんだ。残念だな。堅苦しい場でも、気心の知れたミュリエルがいれば楽しいし、心強いと思ったのに」

「レインティーナ。楽しいかはさておき、傍《そば》に私がいて介助しますから、心配をする必要はないとだけ言っておきます」

「そうか！　シグバートというお目付け役がいると思えば、飲食が楽しめるしな！」

「貴女の限界はよく心得ているつもりですから、まぁ、私の隣にいる限りはいいでしょう」

ミュリエルとは違って、こちらの二人は夜会に前向きなようだ。そして健啖家《けんたんか》なレインティーナらしい発言に、瞬時に触発されたのは聖獣達だった。

『夜会なんて、どんなもんだか想像するしかできねぇが』

『きっと煌《きら》びやかなんでしょうねぇ。でも気になるのは、やっぱり……』

『つきものとなる豪華な食事、だな』

『人間の食べ物って、なんでこう色鮮やかで味は濃く、匂いも強いんスかねぇ……』

『色気より食い気なのは、動物の性です。想像するだけはタダやから……』

『ふぅ、自分の想像力が豊かすぎて、香りまでする気がします……』

聖獣達は、そろってぼんやりと虚空《こくう》を眺めだす。まるでそこにご馳走《ちそう》があるとでも言うように。美味《おい》しいものを思い浮かべれば、人も聖獣も反応はたいして変わらない。そして。

ゴクリ。誰のものかわからない、よだれを飲み込む音が辺りに響いた。

◇◇◇

あれよあれよという間に、ティークロートの聖獣を迎える日になった。それよりも先んじて完成した、特務部隊の獣舎と木立を挟んで建てられた専用の獣舎は、一匹仕様の馬房ながらかなり立派な見栄えだ。パートナーが王女殿下であることから、いかにも急ごしらえでみすぼらしいものを使わせるわけにはいかないとの配慮があったらしい。

そして、そんな豪華な見た目をした特別獣舎もさることながら、ティークロート側から持ち込まれた荷物の量が、これまたすごい。

荷物番のためにこの場を任されたレインティーナと一緒に、ミュリエルはあんぐりと口をあけていた。朝からわかりやすいくらいにソワソワとしていた聖獣達も、これには同様の様子でお座りをして眺めるしかない。

なかでもひときわ異彩を放っているのが、中心に置かれた輿《こし》だ。ただ輿と呼んでしまっていいのか悩む。というのも、大きさがあまりに巨大だからだ。

しかも造りだって豪奢《ごうしゃ》だ。厚い帳《とばり》は黒のベロア。アクセントのように間隔を置いて宝石のついた金糸が垂れ下がり、そろいの金の縁取りと房飾りは品よくありつつも重厚だ。さらには支える柱類にも、これでもかと緻密《ちみつ》な彫り模様が施されている。

「な、なんと言いますか、豪華ですね。とくにこの、巨大な輿が……」

「あぁ。パートナーがお姫様だから、ことさら入用なものが多いのかもしれないな……」

それ以上言いようがなくて、二人は輿を見上げるばかりだ。しかし、しばし眺め続けているとお座りをしていたアトラがスクッと立ち上がる。

『おい、ちょっと待て。なかに……』

ギリギリと歯ぎしりをするアトラが、いつも以上に長い耳を立てている。だが言葉の続きは、いつもよりずっと大きい声で呼ばれた名前でかき消された。

「ミュリエル！」

呼んだ人物はサイラスで、その後ろにはシグバート、さらに後ろにもう一人見慣れぬ人物が連れだって走ってくる。常にない慌てた様子は、何か不備があったことを容易に予想させた。

息切れもなく目の前まで来たサイラスは、説明より前にデンッと鎮座《ちんざ》する巨大な輿を視界に捉え、目を細める。ついで数歩後ろにいる、濃い灰色の髪に黒と見間違えるほどに深い緑の瞳を持った、痩身《そうしん》の青年に問うように視線を向けた。痩身の青年は厚く長い前髪の隙間から、目礼でもって答えとする。

「あ、あの、どうしたんですか？　何があったのでしょう？」

状況が飲み込めずミュリエルが問えば、サイラスが体をこちらに向けた。

「両国が挨拶を交わしている間に、王女殿下と聖獣を乗せた輿が見当たらなくなったんだ。だがこれは輿と言うより……、天蓋つき寝台だな」

再び動くサイラスの視線に合わせてミュリエルも見やれば、その先には今しがた話題にのぼったばかりの輿、改め天蓋つき寝台がある。

「えっ、えっ？　えぇっ!?　こ、これ、ですか!?」

その場にいた全員が戸惑いの視線を投げるなか、サイラスの後ろに控《ひか》えていた青年が寝台に向かう。帳の陰から階《きざはし》を取り出すと縁にかけ、その脇に膝をついた。

「……姫様、探しました」

「その声は、カナンか。思っていたより遅かったな。……まぁ、よい。帳を上げよ」

話の流れからこれが聖獣と王女殿下を乗せた寝台に違いはないのだが、確かになかから声がしたことで、ミュリエルはやっと実感として飲み込んだ。これから主賓のご登場になるのだと、一人でひっそりと気構えを持つ。

『やっぱりな』

呟《つぶや》くアトラの声は、このなかに主賓がいたことを先程の時点で気づいていたことを示していた。だが、返事をする余裕はない。ミュリエルはゆっくりと開いていく帳のなかを凝視した。

寝台のなかは、溢れんばかりの真っ黒な羽毛でいっぱいだった。そしてその中心には、体を羽毛にしなだれかけた美女がいる。きつく巻いた深紅の髪に、ややつり目がちな琥珀《こはく》の瞳を持つ美女は、ゆったりと身を起こすとカナンに向かって手を伸べた。

サッと立ち上がったカナンが白皙《はくせき》の手を恭《うやうや》しく取ると、美女は緩慢《かんまん》な動きで寝台にかけられている階をおり、芝生の上にスラリと立つ。

紅色のドレスは金糸の刺繍《ししゅう》が施され、胸もとと袖口はふんだんに黒のレースがあしらわれている。これほど意匠《いしょう》を凝《こ》らした絢爛豪華《けんらんごうか》なドレスをさらりと着こなせる女性は、なかなかいないだろう。その堂々たる姿は、纏う空気まで威厳に満ちているように感じられた。

「これは圧巻であるな。聞くと見るでは大違いだ。ワーズワースの聖獣もなかなかのものよ」

美女はカナンから手を放すと、注目を一身に浴びたまま辺りをひと通り眺める。そして、形のよい唇をニッコリとつり上げた。どこか悪戯《いたずら》っぽい笑みは、纏う空気を一気に親しみのあるものに変える。

「ふふっ。その顔が見たかったのだ。人形のように整ったお従兄《いとこ》殿の顔に表情らしきものが浮かぶのは、なかなか愉快なことよ。一年ぶりの再会だが息災であったようだな、サイラス」

美女はサイラスに向かって満足げに小首を傾げた。

「……ふむ。見慣れぬ者がおるな。私の名は、グリゼルダ・クロイツ・ティークロート。この

たびは世話になる。よしなに計らっておくれ」

グリゼルダの蠱惑的《こわくてき》に光る琥珀の目とかち合って、今の言葉が確実に自分に向けて言われたのだと気づいたミュリエルは、慌ててスカートを摘まんだ。しかし、言葉と共にグリゼルダがより距離をつめてくるので動きがぎこちなくなってしまう。それでも固い動きのまま膝を折ると、なんとか挨拶をひねりだした。

「ミュ、ミュリエル・ノルトと、申します。特務部隊の聖獣番を、任されて、おり、ます。お目通り叶《かな》いまして、大変、光栄、です」

目の前の迫力美人がいっさい目線をそらしてくれないので、ミュリエルも引きつった笑いのまま見つめ返す形になる。するとグリゼルダは微笑みを深めた。

「そのように怯《おび》えずとも、とって食いはせぬ。そなたのように可愛らしい娘が聖獣番とは、聞いておらなんだ。仲良うしておくれ？」

グリゼルダは握手を求めるように手を伸ばし、さらに歩みよって来る。初対面同士が許すには近い距離にますますミュリエルは体を硬くして、ギシギシと手を差し出した。

ところが突然、グリゼルダが目の前でこけた。反射で両手を広げたものの、手が重みを感じることはない。横から伸びたサイラスの腕が、グリゼルダの体を抱きとめたのだ。

「大丈夫か？」

「すまぬ。慣れぬ足場に躓《つまず》いてしまった」

サイラスは応えるように頷きを返し、グリゼルダは抱かれた腕に手を添えてはにかんだように微笑んだ。美女の照れた様子は大変可愛らしい。可愛らしい、のだが。見つめ合う美男美女の様子を間近で見たミュリエルは、胸もとに手をやった。

（な、何かしら……。なんだか急に、胸が……）

グッと強く胸もとを押すと、服の下で素肌に固いチャームの感触が食い込んだ。その小さなはずの痛みがじわじわと大きく広がっていくように感じられて、ミュリエルは誰の目も届かぬところでわずかに眉をひそめた。

「……姫様」

こちらも近づいてきたカナンが、サイラスの腕からグリゼルダを引き取る。淡々とした動きで表情も乏しくそっけないが、グリゼルダの方は慣れきった様子でカナンに支えられた。

そして再度自分に向かって差し出された手に、ミュリエルはおずおずと己の手を重ねる。触れた手はとても柔らかで、自分の手がなんだか固いように思えた。

（そ、そうよね。聖獣番のお仕事に就いてから、手の皮が厚くなったような気がしていたもの。アトラさん達の傍にいることに後悔はないけれど、なんというか、恥ずかしい、かも……）

握手の済んだ手を、ミュリエルはにぎにぎと動かした。

「サイラス、こんなに可愛い娘がいるのなら、なぜ先に教えてくれぬ。知っておれば、似合いの土産の一つも用意したものを」

「……貴女の性格を鑑みて、そう言ってくるのがわかったからだ。無用な接触はお互いのためにも、控えてほしい」

不服そうなグリゼルダと、躊躇《ためら》うことなく不満を切って捨てるサイラスはどこか気安い。その様子を、ミュリエルはなんとなく不安な気持ちになって見比べた。だがすぐに、あることに気づく。

（……あ！　王女殿下はサイラス様に「お従兄殿」と呼びかけたわよね。確か、ティークロートの王妃殿下が、ワーズワースの前国王陛下の妹君だったような……）

世間に疎いミュリエルも大きな国事くらいは記憶に残る。当時のことは知らずとも、何かの折に聞かされたことがあったのだろう。その時は聞き流したが、記憶は確かだ。

（そ、そうね。従兄だから、よね？　兄妹《きょうだい》みたいな、私とリュカエルみたいな血の繫がった関係だから、仲良しに見えるのだわ。だから……。だから？　あら？　だから、何かしら？）

妙な安心感がわいた胸をミュリエルは見おろした。さすってみるが理由がわからない。

「とにかく、お遊びがすぎる。どうして勝手にこちらに来た？」

「そのように怒った顔もまた、珍しいものよ」

一歩引いた位置にいるミュリエルは、サイラスの表情をうかがい知ることはできない。およそお目にかかったことのない怒った顔は想像もつかないが、そもそも言葉は非難めいても、サイラスはどちらかというと呆《あき》れている様子の方が強いように思う。

「クロイツ殿下、そろそろいい加減に話を進めたい」

「ほら、それも、だ。グリゼルダでよい、と申しておる」

「殿下、話が先……」

「グリゼルダ、だ」

気の長いサイラスは根気よく付き合っているが、グリゼルダはどこまでいってもお姫様だった。態度も言葉も自分の気持ちを通すことに慣れている。

腰に手をあてた格好で、サイラスに向かってわざとらしく尊大な態度で指をさすと、ミュリエルの視線に気づいてウィンクをした。

「……グリゼルダ、そろそろ話を進めたい」

「ふむ。よかろう」

そして、やはり先に折れたのはサイラスだった。

「まず、今後は勝手な行動を控えてほしい」

「……わかっておる。だが、大事なものからは、そうそう目が離せぬであろう？」

本当にわかっているのかどこか気の抜けた返事をしたグリゼルダは、ちらりと後方の巨大寝台に視線を向けた。するとなかにぎっしりつまっていた羽毛が、突如《とつじょ》わさわさと動きはじめる。ついで長閑《のどか》な鳴き声がした。発信源は間違いなく黒い羽毛だ。

「コケ、コッコ。コケーコッコッ、コケッ？」

この庭でニワトリは飼っていない。それに何より耳で拾うニワトリの声は、ミュリエルの頭のなかで理解できる言葉となって響いた。

『おい、姫サンよぉ。クッキーが終わっちまったぜぇ、もうねぇのかぁ？』

巨大寝台のなかからニュッと顔が出てきたかと思うと、鱗《うろこ》と鋭い鉤爪《かぎづめ》を持ったたくましい脚がズンッと階をまたぎ越す。巨大寝台の天井をくぐるようにして姿を現したのは、美しい艶を帯びる羽を持った黒いニワトリであった。

黒色の羽毛は角度によってエメラルドのように光り、立派な赤いトサカは動きに合わせて小さく震え、小ぶりだが尖《とが》った嘴《くちばし》からは親しみ深い鳴き声が聞こえる。だが、何より鋭い眼光は異様な迫力があるし、口調に至ってはアトラに負けじと乱暴で、巻き舌具合などはかなりの年季が感じられた。

『あ？　なんだテメェら、雁首《がんくび》そろえて阿呆面《あほづら》さらしやがってぇ。見せもんじゃねぇぞぉ、コラァ』

威嚇《いかく》するように首を上下に大きく振って、横顔から片目でにらみつけてくるニワトリの聖獣。

（こ、怖い。これは、怖いわ。アトラさんに、はじめて会った時と、同じ、くらい……）

あの時の衝撃を思い出したミュリエルは目を見開いた。柵も何もないこの広場では、いつあの鋭い嘴を振りおろされてもおかしくない。

「うむ。紹介しよう。彼が私の大事なニワトリの聖獣、ギオだ。美しかろう？　さて、ギオ。狭いところでよく耐えてくれたな。今日よりしばしの間、ここがそなたの庭ぞ？　このように仲間もおる。存分に羽を伸ばすがよい」

優しげに目を細めたグリゼルダは、ギオの首もとに手を伸ばして優しくなでた。しかしギオは首もとの羽毛をボッと膨らまし、こちらをギンッとにらみつけてくる。

『はんっ。どこに仲間がいるってぇ？　まさかそこの長っ耳のことじゃねぇだろうなぁ。オレは仲良くなんてするつもりはねぇぞぉ。ぺっ。それより、姫サン、クッキーが……』

ガチンッ！　と傍で大きな歯音が響き、ミュリエルは体を跳ねさせて思わずサイラスの体に身をよせた。

『テメェ、何様だ。それが他所《よそ》様の家にあがり込んだモンの言う台詞《せりふ》か？　寝ぼけてんじゃねぇぞ。いいか、まずは挨拶をするのが筋ってもんだろうが』

ガチガチ、と続けて鳴らされる歯音は鋭い眼光と共にアトラの怒気を如実《にょじつ》に表していた。

これは雲行きが怪しいとミュリエルがハラハラしだすと、隣にいたサイラスの腕が腰に回される。サイラスはどうやらアトラに道を譲るつもりらしい。

さがる動きにミュリエルも自然と従うことになった。レインティーナとシグバートもそれに続き、目の端ではカナンがグリゼルダを抱えてギオから遠ざかったのも映った。

『挨拶、だぁ？　そっちがするっつーなら、聞いてやるぜぇ』

なおも挑発するような言葉を続けるギオに、アトラはギーリギリと歯ぎしりをする。歯が折れてしまいそうなその音は、いつもよりずっと滑りが悪かった。

『オマエは礼儀を知らねぇのか』

見るにアトラの苛立《いらだ》ちは頂点に近い。それも当然だ。急に現れたと思ったらこの失礼な態度なのだから。しかし、それでも体はその場から動かさずに臨戦態勢もとっていない。どうやらかなりの忍耐をもって自制をしているらしい。

『うっるせぇ、お耳だなぁ、おい』

ところがギオが変な呼び方をしたせいか、冷静であろうとする赤い目にギラリと剣呑《けんのん》な光が宿った。

『……筋を通せっつってんだよ、トサカ野郎』

失礼な呼び名にあてつけて、アトラが返す。

『はぁん？　トサカ野郎、だとぉ？』

当然、はなから喧嘩腰《けんかごし》のギオがそれを聞き捨てることはなかった。

『オレ様の数あるチャームポイントの一つに、何いちゃもんつけてくれてんだぁ！　耳ちゃん、コラァ！』

『ふざけんな。先にテメェが礼を欠いてんだろうが。変な呼び方してんのも、そっちが先だ。けど、今ならまだ許す。とりあえず謝れ！』

『けっ。馬鹿言ってんじゃねぇ！　謝るのはテメェだ！　それに何度だって呼んでやらぁ、ミミちゃんミミちゃんミミちゃんミミちゃん！』

プチッ、と何かが切れる音を、ミュリエルは確かに聞いた。

『……いーい度胸だ、このトサカ野郎。いや、ちげぇな、トサカちゃん！　相手になってやる。かかってきな！』

赤と琥珀の目が同時にカッと互いを見据えた瞬間、ゴッ、と骨に響く音を立てて二匹が額《ひたい》を突き合わせた。

『おい!!　ちゃんづけは止《や》めろぉ!!　鳥肌が立つじゃねぇかぁっ!!』

『はんっ、笑わせんな!!　鳥類のテメェはもとから鳥肌だろうがっ!!』

ギリギリコッコッ。ガチガチコケコ！　ガッチンコケッコ!!　ウサギとニワトリによる応酬《おうしゅう》は鳴き声と共に白熱していく。

どうしよう、とおろおろするミュリエルだが、隣のサイラスはいまだ静観の構えを取ってい て動かない。そんなミュリエルの視線に気づいたサイラスが、安心させるように頷いた。

「もう少しアトラに任せよう。新しい聖獣を迎える際は、聖獣同士の上下関係を示すために多少手荒になる場合がある。正式に迎え入れるわけではないが、ある意味これは通過儀礼だ」

冷静なサイラスの様子を見れば、この状態はまだ予想の範囲内なのだろう。だが、ミュリエルからすればそうではない。

（だ、だって。もっと穏やかに、こ、こう、微笑ましい感じで、と思っていたのに……。びっくりするほど、荒々しい、わ……っ！）

ミュリエルの戸惑いは止まらない。なにせ目の前の二匹は本気でお互いに腹を立てているように見えるし、ぶつけ合った額の勢いは凄まじく、脚もとの土がえぐれてきている。

『ちょっと、なぁに、ずいぶんなご挨拶ねぇ。もっとなごやかにできないの？』

『確かにスマートではないな。我々は気高き聖獣。もっとエレガントにいこうではないか』

『なんか思ってたのとだいぶ違うっスけど、仲良くしたいっス』

『力比べはその辺で十分とちゃいますか』

『ええ、ええ。それよりあちらで日向《ひなた》ぼっこなどいかがでしょう？』

アトラの背中越しにとりなしの言葉をかけたレグ以下五匹に対し、ギオからの返答は失礼の極みとしか言いようのないものだった。

『うるせぇ、金魚のフンども！　腰巾着《こしぎんちゃく》は黙って見てなぁ！』

そんな暴言に対する反応は、間髪入れない抗議の絶叫だった。

「ブッフォオォッ!!」

「ピィイィイッ!!」

「ギャワワワンッ!!」

「キュウゥウゥウッ!!」

「ゲゲゲゲゲゲッ!!」

「っ!?」

最後に混じった聞き慣れない鳴き声に、ミュリエルはケシェットを高速で二度見したものの、もうそれどころではない。アトラが絡《から》まれても冷静にとりなしの姿勢を見せていたくせに、自らのこととなるとびっくりするほど沸点が低い。これではアトラの方がよっぽど気が長いではないか。

『ちょっとぉ！　乙女に向かって、なんて言葉使ってんのよぉっ!?』

『気高きワタシに対し、言うに事欠いてフン、だとっ!?』

日頃の性格的に、この二匹の言い分はある意味予想の範囲内だ。

『ひどいっス！　ジブンだってやる時はやるっス！　フンだなんて、フンだなんて……！』

『特務部隊の秘密兵器たるボクに、何を言ってますの⁉　断固抗議ですっ！』

普段温厚なこちら二匹が、きっちり異議を申し立てる姿は意外だ。

『とても不愉快です！　会って間もない相手にかける言葉として、不適切だと思います！』

そして最後のケシェットは、怒っている時でさえ真面目《まじめ》で丁寧だった。

ミュリエルは両手を中途半端な位置で彷徨《さまよ》わせながら、誰になんと言えばいいのかわからず右往左往することしかできない。するとそれまで様子を見守っていたサイラスが、もう一歩ミュリエルをさがる位置に導くと、力のぶつけ合いをしているギオとアトラに臆することなく近づきサッと白い背中に騎乗した。

「アトラ、そこまでだ。一度、引こう」

その動きにわずかに遅れて、レインティーナはレグの鼻先に、シグバートはケシェットの左前脚の横に立って制止を示す。

『止めるな、サイラス！　どう考えてもアイツが悪い！』

力が入っているからか、いつもよりくぐもった声でアトラが歯ぎしりをする。

「お前が怒るのだから、何か正当な理由があるのはわかる。しかし、わかったうえで言う。ここはいったん引いてくれ」

サイラスは鞍《くら》のない背中で危なげなく姿勢を正し、脚でタップを繰り返す。

「この件については、私がギオのパートナーであるグリゼルダに正式に申し入れをすると約束する。だから、ここは堪えてくれ」

落ち着いたリズムで何度も合図を送り続けると、アトラは一度ギュッと赤い目を閉じた。そして何の前触れもなく、大きくバックステップを踏む。力をかける相手を失ったギオは、つんのめってたたらを踏んだ。

『つと、なんだぁ、ミミちゃん！　これでしまいかぁ？』

ギオは仁王立ちの格好になると、挑発するように上下左右に首を振った。

一方のアトラは引くと決めたからか、目を嫌そうに細めながらもお座りの体勢を崩さない。

『人間の言うことなんか聞いてよぉ、つまんねぇヤツだなぁ！』

アトラに倣って、いきり立っていたレグ達もそれぞれその場でお座りをした。そのため、うろうろしているのは今やギオだけだ。

「グリゼルダ」

「あ、ああ。すまぬ」

サイラスから静かに名前を呼ばれたグリゼルダが、慌ててギオのもとによる。その動きにカナンもピタリとより添った。

「ギオ、こちらに来ておくれ。ギオ？」

『おい、どうしたぁ？　やんねぇのかよぉ？』

「ギオ、頼む。引いておくれ。な？　いい子だから！」

『かかってこいよぉ、ほらぁ！』

グリゼルダの呼びかけなどまったく意に介さないギオは、挑発をやめない。しかし毅然《きぜん》と前を向くアトラの姿は揺らがなかった。

『やーいやーい、ミミちゃんやーい』

なんと声をかけても収まりのつかないギオに、グリゼルダが背を向ける。そしてカナンと共に積まれた荷物に向かうと、厳重に封をされた包みを一つ取り出した。ギオに向けカナンがボソリと声をかける。

「……ここに、とっておきのクッキーがある」

こんなに興奮している状態のギオに向かって、カナンの声は小さすぎる。ところがそんな小声にもギオは反応を示し、グリッと首を回した。どれだけクッキーが好物なのか。

しかし何はともあれ、少しでも気を引けたのなら御《おん》の字だ。畳みかけるべきだとグリゼルダも思ったのだろう。声を張った。

「最高級クッキーだ！　なかなか口にできるものではないぞ？　大人しくしてくれるのなら、お前に……」

言葉が終わる前にギオはグリゼルダのもとへ一目散に駆けよると、クッキーを持った手に向かって嘴を振り下ろした。あわや掌《てのひら》に穴があく、というところでカナンがグリゼルダの手からクッキーを離させる。

黒ニワトリは落ちたクッキー目がけて、コッコ、コッコと高速で首を振りだした。

ニワトリのサイズが通常ならばとても穏やかなはずのその光景は、異様な迫力があった。全身全霊でクッキーを啄《ついば》むギオは、今までの挑発行為が嘘《うそ》のようにクッキーしか眼中にない。

だが、これで一応は収拾がついただろうか。ミュリエルはホッと息をついた。

しかしそれも束《つか》の間《ま》だった。いい子でお座りをしていたはずのアトラ達がいっせいに立ち上がり、同時に鳴き声をあげたのだ。

『おいっ!! アイツだけなんでクッキーをもらってるんだよっ!!』

『ずるいわっ!! どう考えてもずるいわっ!!』

『こればかりは看過できない! 彼にクッキーを得る権利はなかろう!』

『あー!! 一枚どころか、二枚、三枚……、あんなにたくさんもらってるっスよ!?』

『これはさすがに不公平や! ボクらになんの落ち度がありました!?』

『自分で言うのもなんですが、とってもいい子のワタシでさえ、クッキーはおいそれと口にできるものではないのですよっ!?』

興奮するアトラ達に向かって、ギオが嘴でくわえたクッキーを見せびらかすように掲げる。そして首を振って上に放り投げると、大きな口をあけて落下してくるクッキーを丸飲みして見せた。

『けけけけけっ。うんめぇ!』

悪魔のような笑い声をあげながら、ギオは残るクッキーに取りかかる。その姿に抗議の雄叫《おたけ》びをあげたものの、それでもアトラ達はその場で耐えていた。

「す、すまぬ。私がそこな聖獣達にも、詫《わ》びのクッキーを……」

『あぁん? おい、姫サン、ここにあんのは全部オレのだろうがよぉ?』

ギロッとにらみを利かせる様子は、渡したら許さないという威圧が含まれていた。それはとてもパートナーに向ける目ではない。カナンがかばうようにグリゼルダを背に隠す。するとギオは興味をなくしたように顔を背けた。

「グリゼルダ、よせ。それは今、悪手《あくしゅ》でしかない。ミュリエル」

「は、はい」

「治められるか？」

「はいっ！」

サイラスの呼びかけに、ミュリエルは過去最高速度と思える駆け足で小屋まで戻った。そして棚にある瓶《びん》を持って小屋から出ると、蓋に手をかけた。

普段は細心の注意を払って音が立たないようにあける蓋を、この時ばかりは勢いよく回す。よく密閉された瓶は、キュポンッと少々間抜けな音を立ててあいた。そしてとくに声を張ることもなく、いつも通りの声でミュリエルは呼びかける。

「皆さんのご不満はもっともです。体に悪いのでいっぱいは無理ですが、クッキーを一枚ずつ差し上げたいと思います。どうぞ慌てず、騒がず、ゆっくり、獣舎にお戻りください……！」

そして、待つ。しかしミュリエルはすぐに、発言を一部訂正したいと思った。

「ゆっくり」という願いを律儀に守り、木立を抜けてきたアトラ達の足並みは静かだ。表情だって抑えている。ただその抑制されたなかに、鬼気迫る雰囲気を漂わせてズンズンと戻ってこられては、ミュリエルの表情の方が引きつってしまう。これでは「早く」と言った方がいくらかましだったのではないか。

ゆっくりと迫りくる毛玉軍団を前に、時間の猶予《ゆうよ》はまだある。されどミュリエルの取れた行動は、クッキーの瓶を抱きしめて身構える、それだけだった。

◇◇◇

はじめての顔合わせは大失敗に終わった。こうなると木立を挟んで微妙に間をあけて特別待遇の個別獣舎を造ったのは、正解であった。

あれからグリゼルダの応対に追われたサイラスと、アトラ達を落ち着かせるためにあれこれ手を講じたミュリエルは、話をする時間が持てていない。

しかし初顔合わせがあれだけ大荒れだったのだから、できれば今後の対応についてを聞いておきたい。そう思ったミュリエルは、終業時間が過ぎた今も獣舎にとどまっていた。

「サイラス様、いらっしゃいませんね……」

約束はしていないが、こんな日はサイラスがこちらに来てくれる気がして、ミュリエルは幾度となく獣舎の入り口を見やっていた。

そしてサイラスのことを考えると、ついつい胸もとに手が伸びてしまう。服の上から確かめるのは、コロコロと素肌の上を転がる葡萄のチャームの感触だ。

『どんなに日中が忙しくても、夜中になればチラッと顔だけ見せに来るからな。今日も来るだろ。来ないなんて日は、年に数えるくらいしかねぇよ』

すっかり寝支度を整えたアトラの呟きに、ミュリエルは頷いた。日課となっているのなら、やはり待っていれば今晩も来るだろう。ならばもう少し待とうと決めてから、ミュリエルはハッとした。

「あ、あの！　サイラス様が、ほぼ毎日いらっしゃるということは……。私がアトラさんのところで寝ているのも、ま、まさか、ご存じ、なのでしょうか……？」

ミュリエルはアトラが受け入れてくれるのをいいことに、とくに眠れぬ理由がない時も含め、四、五日に一回の頻度《ひんど》でここにご厄介《やっかい》になっている。サイラスからとくに指摘も注意も受けたことがないため知られていないとばかり思っていたが、今の話の流れから考えてみるに、同時刻にこの場にいた可能性は一度や二度ではないはずだ。

気休めを言えば、ミュリエルがアトラと寝る時は脇腹付近に埋もれていることがほとんどだ。そのため、馬房のなかまで踏み込まれなければ見咎《みとが》められることはない。しかしそれが安心材料になるほど、ミュリエルだっておめでたくはなかった。

そしてそんなミュリエルの問いには答えずに、アトラは明後日《あさって》の方を向いている。いくら鈍い人間でも気づくだろう。サイラスは知っている、と。

「わ、わ、私、いびきとか、よだれとか、寝言とか……、だ、大丈夫だったでしょうか？」

今まで見過ごしてもらえているのだから、きっと今後もお叱《しか》りを受けることはないだろうし、許可してもらえているのだろう。だが、そうなると気になるのは自分の寝姿だ。

（か、家族からも、いびきを指摘されたことは今まで一度もないけれど、寝言は何回かあるもの。私、夢は毎晩のように見る方だし、それなら恥ずかしい寝言も……。も、もし、それをサイラス様に聞かれていたら……っ！　だ、駄目っ、恥ずかしすぎて、二度と顔をお見せできないわっ！）

寝汚いところを見られていたとなれば、もう生きてはいけない。家族に見せてもアトラ達に見せても、サイラスだけには見せられない。そう反射的に考えたミュリエルは、髪の毛を振り乱して身もだえた。

『そんなことが気になるなんて、ミューちゃんも乙女ね！』

『ミュリエル君の寝言は、語録を作りたくなるほど多彩だからな』

クロキリの発言にミュリエルは目をむいた。

「そっ、それはっ！　いったい、ど、どど、どんな寝言ですかっ⁉　はっ‼　幽霊騒ぎの一夜の時はどうでした⁉　サ、サイラス様に聞かれたり、そ、それで、それを笑われたり、呆れられたり、していましたかっ⁉」

勢い込んで聞きはじめたミュリエルは、もはや涙目だ。

『任務にジブンは行ってないっスけど、大丈夫だと思うっス。だってミュリエルさん、ダンチョーさんがいると不思議と大人しくなるんスよ』

気遣い屋のスジオのことだ、上手に慰められたのだとミュリエルは思った。だがすぐに思い直す。聖獣は冗談を言っても嘘は言わない。ならば、まだサイラスの前での失態は犯していないのだ。

『おもしろ発言ですし、むしろ聞かせてあげたい気ぃもしますけどね』

『なんだか楽しそうですね。あ、今晩など、こちらでご一緒にいかがでしょうか？』

いらぬ発言のロロに続いて、にこやかにケシェットからお誘いを受ける。いつもなら喜ぶところだが、そんな危険が潜むと知れば乗るのが怖い。

「き、今日は、ご遠慮、いたします……」

「今日は」と言ったものの、それは「今後は」の意味合いに心情的には近かった。しかしミュリエルの頭のなかで、天秤《てんびん》はグラグラと揺れている。

（で、でも、だからといって、一度知ってしまった最高級兎布団《うさぎぶとん》のよさを、今さら手放すことなんてできるかしら……。で、できないわ。間違いなく、絶対に、できないわっ！）

アトラと寝るのは最高に気持ちがいい。柔らかく暖かく、どこよりも安全で安心でき、心音という子守唄までついている。朝だって万が一の寝坊防止機能まであるのだ。

ところがそこまで考えても、脳内の天秤の傾きは決まらない。

（だ、だけれど、そうなると、サイラス様に寝汚い姿を見せてしまう可能性と、常に隣り合わせなのよ……？）

ミュリエルが思考にふけってしまったのを見て、アトラが目を細めた。

（そ、そうよ。今までは運がよかっただけだもの……）

『ミュー、オマエ、また変なこと考えてるだろう。……、……、……って、聞いてねぇし。おい、このまま足が遠くなったらどうすんだよ』

前半はミュリエルに、後半は他の面々に向けてアトラが声をかける。

『ねぇ、それは可愛いミューちゃんの寝顔を楽しむ時間を、サイラスちゃんから奪ったら可哀想だ、って思っての発言なの？』

(語録を作れるほど、おかしな発言なのよ？　そんな変な寝言を聞かせてしまって……)

『それともミュリエル君の世話を焼く機会が減ることを、アトラ君自身が不満に思っての発言か？』

(もし、サイラス様が幻滅してしまったら……)

『両方っスよね。でもミュリエルさんがお泊まりに来なくなったら、ジブンも残念っス』

(幻滅……。それは幻想から覚めて、現実に返ってがっかりすること……)

『せやなぁ。ボクも楽しみの一つがなくなるんは、避けたいです』

(で、でも、待って。私、そもそも今までだって、サイラス様の前でおかしなことばかりしていたのではなかった？　もうすでに幻滅されるような行動を、多々とって……)

『ワタシなどは、その楽しみを知る前ですよ』

まったく聖獣達の話が聞こえていないミュリエルは、今までの我がふりを思い返して両頬を潰した。

(い、今までの自分に、不信感しかないわ！　お会いしてからずっと、普通の範疇《はんちゅう》に収まっていたことなんてあったの？　いつだってサイラス様の色気がすごすぎて、不審行動ばかりだったじゃない！　そ、それなら、サイラス様はいったい私のどこを、こ、ここ、好ましく、思って、くださっている、の、かしら……っ!?）

心のなかで抱える箱が俄然《がぜん》存在感を増す。これをあければ答えはわかるかもしれない。少しでもそう考えてしまったからなのか、箱は厳重に巻いてあったはずの鎖を消し、あとは蓋をあけるばかりの姿を見せている。しかし今すぐあける勇気は、まずもってない。ミュリエルは目をグルグルさせながら涙を溜《た》めた。

「ガチンッ！」

「っ!?」

自分の世界にすっかり浸《つ》かり込んでいたミュリエルは、アトラの大きな歯音にビクリと体を震わせた。抱えていた箱がなくなって、現実のからっぽの両手が視界に映る。

『ミュー、いい加減こっちに帰ってこい。ほら、サイラスが来たぞ。まだ庭に入ったところだけどな』

どうやらアトラの長い耳がサイラスの足音を拾ったらしい。先程までなら話せる機会を喜んだだろうが、今は違う。勝手に混乱して勝手に慌てている最中だ。

だが庭に入ったところなら、まだここに来るのに時間がかかるだろう。その間になんとか平常心を取り戻さなくては、とミュリエルは深呼吸をした。そうして大きく息を吸い込んだところで、周りから流れてくる気配が不穏なことに気づく。

『サイラスちゃんが来たら、きっっちり、説明してもらいましょうね』

『うむ。どう落とし前をつけたのか、はっきり、問いたださればなるまい』

不穏な気配に違《たが》わず、レグとクロキリが意味深な笑顔を浮かべている。

『ダンチョーさん、しっかり、全部伝えてくれたっスかね』

『そやな。ここはあちらさんを、ぎっっちり、締め上げてもらわんとかないません』

『すっっきり、するご報告をいただけるといいですね』

スジオにロロ、ケシェットまでもが同じ顔をしていて、ミュリエルは思わず口の端を引きつらせた。

『おぅ。みっっちり、聞かせてもらおうぜ。納得するまで、じっっくり、な』

そしてアトラの誰よりも凶悪な笑顔を見て、久しぶりに血の気が引いた。

(せ、せっかく、なごやかな雰囲気に戻ったと思ったのに、ここでまたサイラス様と話をしたら、も、もとに戻ってしまうわ！　ど、どど、どうしましょう……)

自分の混乱などあっという間に吹き飛ぶ。寝しなに興奮するのは絶対によくない。そして何より、ここでさらに怒りが爆発したら、決定的な亀裂ができてしまうかもしれない。

「あ、あのっ！　わ、私、サイラス様をお迎えに行ってきますっ！」

そして呼び止められる前にパッと身をひるがえす。ミュリエルは思ったのだ。ここは聖獣達のいないところで、こっっそり、話をするのが最善だ、と。

足もとを照らすランプも忘れて獣舎を飛び出したミュリエルは、それでも危なげのない足取りで庭の入り口を目指して走っていた。アトラの耳はこんなに離れていても足音を拾うのだ。できる限り獣舎から離れなければならない。場合によっては庭から出て、王城の建物内に戻った方が安全とも言える。

そのため気持ちはとても急《せ》いているのだが、体が早くも言うことを聞かなくなる。はぁはぁ、と息があがったミュリエルは、その場でとうとう立ち止まった。膝に手をついて体を前かがみにして呼吸を整える。

まだここは庭の半ば、木立のなかだ。木立のなかは開けた場所よりさらに暗い。さやさやと揺れる葉の隙間から、木の根と土がむき出しの地面に月の光がまばらに落ちていた。

（……はぁはぁ、く、苦しい……。で、でも、急がなくちゃ。サイラス様が、き、来てしまうわ……）

落ち着かない呼吸を繰り返しながら、ミュリエルは顔を上げた。すると上げた視線の先に求める人物を見つける。ところがサイラスのいる場所の方がこちらより月明かりが強く、どうやらミュリエルがいることに気がつかなかったらしい。道筋をそれていく。

獣舎に向かうには、真っ直ぐ進んで来た方がもちろん近い。それなのに進路を変えてしまったサイラスを、ミュリエルは不思議に思った。されど呼び止めるには息がまだ苦しすぎる。

荒い息のまま、ミュリエルはよろよろとサイラスを追いかけた。

（サ、サイラス様、あれは歩いているのよね？　ものすごく、歩く速度が速いわ……。全然追いつけない……）

追いつくどころか距離は広がる一方だ。先を行くサイラスは速足をしているようにも見えないのに、ぐんぐんと先に進んでいく。

遅れまいと頑張って足を動かしていたミュリエルだったが、ふと思うことがあり足を止めた。もちろんサイラスには追いついていない。ただ、サイラスの目的地に気がついたのだ。

（ギオさんのところに、向かっているの……？）

それは半分正解で半分不正解だった。

やや離れたところにいるサイラスはギオがいるであろう特別獣舎ではなく、あの豪華な巨大寝台の前で立ち止まっている。そしてそれを迎えたのは、昼間よりも簡素な格好でゆるりと深紅の髪を結んだ、グリゼルダだった。

遠目すぎて二人の表情はわからない。しかし見つめ合って一言二言と言葉を交わし、わずかに周囲を気にした素振りをする。そしてサイラスが先に階をのぼった。

帳が上げられると、なかはぼんやりとした灯りがついていた。赤く照らされた寝台のなかは、どこか妖しい雰囲気だ。

サイラスがグリゼルダに手を伸べる。月明かりに照らされた青白くも艶めかしい美女の手が、ミュリエルのよく知る大きな手に乗せられた。そっと引き入れられたグリゼルダのスカートがすべて寝台のなかに吸い込まれるのと、サイラスが帳から手を放したのは同時だった。

月明かりに縁どられた雲がゆっくりと流れ、巨大寝台の上に影を落とす。辺りはまるで、秘

密の逢瀬《おうせ》を後押しするような静かな闇夜に包まれた。

雲は流れ続ける。やがて月の明かりが戻ってきても、ミュリエルの頭のなかは真っ白だった。あまりにも衝撃的な光景を目にしてしまい、瞬きも忘れている。

再び寝台が雲の影に隠れても、二人が出てくる気配どころか何かが動く気配すらない。そのあまりの静けさに、本当に二人が寝台に入っていったのかわからなくなってきた頃、やっとミュリエルは緩慢な動作で豪華な巨大寝台に背を向ける。そして言葉もなくのろのろと、獣舎に向かって歩きだした。


『おい、ミュー。どうした？　何がどうなった？』

獣舎に入ってすぐにガチンとかけられた声に、ミュリエルは茫然と顔を向けた。

『ミューちゃん、やだ！　なんなの、その顔！』

びっくりしすぎて表情が抜け落ちているようにさえ見えるミュリエルの顔に、レグの方も驚いて変な顔になっている。動揺したらしく加減を忘れて巨体を乗り出したため、よりかかったゲートがミシミシと嫌な音を立てた。

『サイラス君が特別獣舎に向かった気配があったな。そこで何があったのだ？』

『お姫サマの声が聞こえたっスけど、途中から声どころか気配も追えなくなったっス』

『寝台のなかに入ったんやと思ったんですけど、違いますか？』

『さすがにこの距離であのなかに入られてしまっては、何も聞こえませんからね』

見えずともよい耳を持っている聖獣達は、そこそこ状況を理解していた。しかし細部についてはミュリエルの説明を待っている。

求められているのだから説明しなければと思うミュリエルだったが、混乱しすぎて口は開けども声にならない。あうあうと何度も口を開いたり閉じたりするのを、聖獣達は我慢強く待っていた。しかしそろそろ限界だとさらに身を乗り出す。

「ガッチン!!」

アトラの盛大な歯音が、まるでミュリエルの背中を強く叩くように響いた。すると喉につまっていた言葉が大きく吐き出される。

「サイラス様が王女殿下と二人きりで寝台にこもりましたっ!!」

ミュリエルにもこんな大きな声が出せるのだな、というくらいの音量だった。そして一度つかえが取れれば、あとは全部流れ出るまで止まらない。一気に見たものを話しきったミュリエルは、肩で息をした。

『は？　サイラスちゃんが、他所の女と二人きりで……？』

『人目を忍んで寝台に消えた、だと……？』

『しかも見つめ合い、手を取り合ってたっスか……？』

『えらい親密な雰囲気ですね……？』

『あの、お聞きした感じだと、逢引《あいびき》のように受け取れるのですが……？』

主観的意見と客観的意見の一致に、衝撃的すぎてどこか認識しきれなかった状況が、急に現実味をもってミュリエルの目の前に突きつけられた。

ミュリエルは、ギュッと胸もとを握る。指先が確認するのは服の下にある紫色の石だ。

(胸が、苦しい、わ……)

そして、はじめて感じる胸の痛みと苦しみに囚《とら》われる。

『ちょっ、ちょちょょっと待って！　れ、れれ、冷静になりましょっ⁉』

(うっ。どんどん苦しくなるみたい……。大きく叫んだのが、負担になったの、かし、ら？)

『レ、レグ君、まず君が落ち着きたまえ！　わ、我々は冷静でいなければ！』

(ま、まずい、わ。こんなに苦しくて、こんなに痛いなんて……)

『落ち着いていられるわけないっス！　どういうことっスか！』

(こ、これは、きっと……、……、……お、重い心臓病に、違いない、わっ！)

『どうもこうも聞いたまんま、でしょ⁉　完全密室状態って、これはあかんやつですっ！』

(あぁ！　では、私の命はもう、長くはない、の、ね……)

『い、今から止めに走りましょうか⁉　いや、でも……！』

ミュリエルが自分の世界に旅立っている周りでは、聖獣達がおおいに動揺し暴れていた。

一日の終わりに綺麗にしたはずの獣舎は、あっちこっちに敷き藁《わら》が飛び、土埃《つちぼこり》が舞っている。

それは中心にいるミュリエルに盛大に降り積もった。髪には藁が絡まり、服は埃をかぶり、それでもミュリエルは微動だにせず突っ立っている。

『おい！　それ以上、ミューに余計なことを吹き込むんじゃねぇ!!』

　ところがアトラの一喝《いっかつ》で、大暴れはピタリと止まった。突如訪れた静寂のなかで、ミュリエルはアトラに駆けよると涙を溜めた目で白ウサギを見上げた。

「ア、アトラさん！　私、胸がとても苦しくて、とても痛くて……。こ、このままでは、し、し、し、死んでしまいます……っ！」

　ピッシャーン!!　と落雷を受けたような衝撃が走り、聖獣達が体を強張らせた。

『大丈夫だ！　オマエは死なねぇ！』

　叫んだアトラに、口々にレグ達もそれに続く。代わる代わるかけられる慰めと励ましに、ミュリエルは涙を溜めた目で一生懸命言葉を拾った。

　アトラはゲートの上から顔を出すと、ミュリエルの顔にグッと近づく。至近距離で赤と翠の目が見つめ合った。

『いいか、ミュー、よく聞け。死にそうに痛くて苦しくても、絶対にそれでは死なねぇようにできてる』

　聖獣であるアトラが人間の病気に詳しいのだろうか、と疑問に思う心の余裕はミュリエルにはなかった。ただ安心したい一心で言われたことに一生懸命頷く。

『そんで、まずは深呼吸だ。……よし。で、考えろ。お前が今まで見てきたサイラスは、どういう男だ？　それをもう一回考えてみろ』

　感じたことのない胸の苦しみに恐慌状態に陥《おちい》っていたミュリエルは、藁にもすがりたい思いでアトラの指示に従う。頭に浮かべるのは、色気を振りまく美丈夫の姿だ。

『嘘をつく男か？　不義理なことをする男か？　真心を持たない男か？』

「そ、そんなことありません！　サイラス様はいつだって誠実で真摯《しんし》で優しい、とっても素敵な男性です！」

『だろう。じゃあ、オマエが日頃見て、感じて、知っているサイラスを信じてやればいい。それに足る男だってことは、オレが保証してやるから。な？』

瞬きをしたミュリエルの目から、溜まっていた涙がポロリと落ちる。

「……はい、信じます」

『で、どうだ？　胸はまだ死にそうなくらい痛いかよ？』

「……、……、……いいえ、もう平気です」

先程までは苦しさからギュウギュウと握りしめていた胸もとを、ミュリエルは確認するようになでてみた。不思議と痛みも苦しみも消えている。コロコロとわずかに転がる石の感触も一緒に確かめれば、なんだかもう大丈夫な気がした。

『よし。とりあえず、今晩は……』

うつむいていたミュリエルは、なんの用意もなくアトラに襟首をくわえられるとポイッと放り投げられた。着地したのはアトラの柔らかく暖かな毛の上で、そこから丸い体の形に逆らわず滑り落ちる。反射でつぶった目をあけた時には、馬房の奥の壁が目の前にあった。かなりぞんざいな扱いに見えるが、痛いところはどこもない。

『今日はもう寝ちまえ』

上から声が降ってくると同時に、ズシンと乗せられたあごによってミュリエルはへちゃりと潰れた。そして、ぐーりぐりとあごでこねくり回される。その絶妙な加減といったら。暖かく、柔らかく、優しく。何度も飽きることなく続けられる一定のリズムは、気力体力を日中に使い切ったミュリエルを素早い入眠へと誘う。

この感触に抗《あらが》える者など存在しないのだ。最高級兎布団の本気は凄まじかった。

ミュリエルの寝息が聞こえるまで、アトラは注意深くその動きを繰り返した。

『そんならボク、ちょっと見てきます』

『おう、頼んだ』

『はいはい、任せといてください』

秘密兵器の本領発揮、とロロは軽い感じで返事をしてから敷き藁の下にズボッと身を沈めた。地下を使って向かうのは、もちろん話題の巨大寝台だ。

◇◇◇

翌日、夢見心地でふわっふわの毛に頬ずりしていたミュリエルは、唐突に起床した。

「はっ！　……お、おはようございます！」

そしてすぐに赤い瞳と目が合って、間髪入れずに挨拶をする。

くあっと欠伸《あくび》をしたアトラは、ミュリエルが四つん這《ば》いで自身の胸もとから這い出すのを待ってから、立ち上がり伸びをした。それを眺めて、ミュリエルは再度ハッとする。

(私ってば、あのまま寝てしまったのね。格好も昨日のままだし、何より顔だって洗っていないわ!)

よだれはたれていないか、跡は残っていないか、ミュリエルは両手で顔をペタペタと触った。自分のあれこれよりも、体内時計の感覚的にはもう始業の時間が来ている気がする。身支度を整えたいが、アトラ達のあれこれの方が今やミュリエルにとっては大事だ。業務を先延ばしにしたり疎かにするなんてありえない。

「い、今すぐ! 今すぐ朝のお支度をしますね!」

両方の前脚をペロペロと舐《な》めては、長い耳のお手入れをしているアトラの横をすり抜ける。井戸に向けて獣舎を抜けつつ他の聖獣達にも挨拶を投げれば、それぞれ返ってくる返事に笑顔を向けた。ところがロロだけは、その返事がない。

基本動きの少ないロロだが、返事まで面倒くさがって渋ることはなかった。不審に思ったミュリエルは通り過ぎかけた体を戻し、ロロの馬房のゲートに手をかけてのぞき込んだ。

「あの、ロロさん? どうしたんですか? ……ロロさん? もしかして、具合が悪いんですか?」

一向に返事がなく、心配になったミュリエルは馬房のなかに入ろうとしたのだが、返事は肝心の本人ではないところから来た。

『体は問題ないのよ。心の方がね、ちょっと』

『こういうのを、ミイラ取りがミイラになったと言うのだろうな』

『ロロさん、へこんでるんスよ』

『えぇ、その内容も気持ちがわかるだけに、下手に慰めることができないのです』

自分が寝てから起きるまでの間に、いったい何があったのか。夜中に聖獣達だけで何をしていたのか。話の続きはやはりロロからではなく、アトラからされる。

『ロロが例の場所の様子を見に行ってくれたんだよ。そうしたら、リーンも来たらしい』

ロロのパートナーであり聖獣学者でもあるリーンは、このところ怪しい研究施設にかかりきりで留守にしているはずだ。しかし姿を見たのなら、昨日のうちに帰っていたのだろうか。

『でね、例の黒い彼がちょうど馬房から顔を出したんですって』

『するとリーン君は、ロロ君を差し置いて手ずから彼にクッキーをあげたそうだ』

ミュリエルはクッキーと聞いてびくついた。なんの変哲もない単語が、たった一日で禁句に近い扱いになっている。

『帰ってきてまず、他の聖獣のところに行くなんてありえないっスけど』

『その挙げ句、手ずからクッキーをあげるだなんて、考えられませんよね』

ロロに同調して一様に不満そうな聖獣達に、なるほどとミュリエルは頷いた。

『それに、リーンもあっちのお姫サマに招き入れられて、寝台に入っていったんだってよ』

さらに続けられた説明に、ミュリエルはもう一度びくついた。治ったと思った心臓がまた苦しい。

（こ、これは、叫んだのがいけなかったのではなく、『寝台』という言葉が、うっ、心臓に悪いの、かも……）

心臓の安静を守るためにも、「クッキー」と並んで「寝台」という単語もしばらく禁止用語に加えたいとミュリエルは思った。

（しかも、リーン様までなかに入ったですって？　寝台に、うっ、くぅ……。こ、こもって、はぁ、い、いったい何を……、うっ）

苦しいどころか痛みを訴えだした心臓に、ミュリエルは勢いよく頭を振った。

（だ、駄目！　これ以上考えては駄目よ、ミュリエル！　寿命が、大切な寿命が縮んでしまうわ！　でも、これでわかったわね。どうやら「し」と「ん」と「だい」を繋げた言葉が、私の心臓に大きく負担をかけるみたい）

髪を振り乱して身もだえだしたミュリエルの奇行を、アトラは慣れたものでとりあえず脇に置いた。そして続ける。

『会話は聞こえなかったらしい。やっぱりあの布、相当いい布みてぇだな。はじめて見た時も、オレが傍までよってはじめてなかに誰かいるのがわかったくらいだしな』

痛みが引きはじめたことで息をつくと、ミュリエルはやっとアトラの話に耳を傾けた。

『まぁ、そういうことで、せっかくロロに行ってもらったんだが、なかで何をしていたのかはわからねぇままだ。オマエが気にしてるから、はっきりさせてやりたかったんだが……』

歯に何かが挟まったような物言いに、ミュリエルはこの一連の出来事が自分のために行われたことだと理解した。そして申し訳ない気持ちになる。ロロはミュリエルに巻き込まれたために知らなくていいことを知り、ショックを受けてしまったのだ。

「ロロさん、ごめんなさい！　私が……」

『っ！　ちゃいます！　ミューさんのせいじゃないっ！　リーンさんが悪いんや！　全部リーンさんが！　リーンさんがボクより他所の……、……、……う、うわーん！』

キュゥウウッ、と悲痛な鳴き声と共に丸まっていたロロがガバッと身を起こし、ゲート越しにいたミュリエルに手を伸ばしてきた。そのまま胸に抱き込まれたミュリエルは、おいおいと泣くロロに向かって精一杯腕を広げた。アトラとは違うしっとりと光沢のある毛を、一生懸命なでる。

『うっ、うっ、うっ。せやけど……、本当は……』

嗚咽《おえつ》で震える体から涙声が聞こえて、ミュリエルは毛に埋まった顔をもぞもぞと上げた。

『……リーンさんだって、悪くない。ボクが……、ボクが、リーンさんの大きな愛に胡坐《あぐら》をかいてばっかりやったから、きっと愛想をつかされたんです。だからほんまに悪いのは、ボクなんや……っ！』

いつも飄々《ひょうひょう》としたロロのキュウキュウと切ない鳴き声に、ミュリエルの目にも一気に涙が盛り上がる。

「そんなことありません！　絶対にそんなこと、あるわけないじゃないですかっ！」

ミュリエルの剣幕にロロがわずかに身を引いて、つぶらな瞳で見下ろしてくる。ミュリエルは涙を溜めたまま力強く見返した。

ロロがいなければ死ぬと常々豪語するリーンが、たった数日離れただけで心変わりをしたり、見慣れない聖獣がいたからと簡単に浮気をするなんて、そんなのは絶対に考えられない。

『せやけど……。せやけど、ボク……』

「朝一番にお邪魔しまーす！　ロロー！　会いたかったですよー！　って、え？　なんで⁉」

久しぶりに獣舎に姿を現したリーンは、両手を広げてロロに抱き着く用意をしていたのだが、ロロはいつになく素早い動きで馬房の奥の壁際まで後退すると毛玉化してしまった。リーンは愛《いと》しのパートナーの見たことのない反応に、両手を広げたままの姿勢で固まっている。

モノクルの奥の糸目が徐々に見開き、茶色い瞳が完全に確認できるまで開ききってから、リーンはゲートにガチャンと音がなるほど激しくすがりついた。

「ロロ！　ロロ⁉　どうしました？　ねぇ、ロロ？　僕ですよ！　帰ってきましたよ！」

リーンが必死に呼びかけてもロロの毛玉化は解除されず、顔を見せるどころかピクリとも動かない。

「ミュリエルさん！　ロロ、具合が悪いんですか⁉」

ぎゅるん、とすごい勢いで顔を向けてきたリーンに、ミュリエルは首を振った。

「いえ、具合が悪いわけではなく、えっと……」

せめてもう少し落ち着いたところで来てくれれば、ミュリエルはそう思わずにいられない。

「ロロさん？　大丈夫ですよ。だってほら、リーン様はいつも通りではありませんか」

原因を話してしまえれば簡単だが、そうなると昨日の顛末《てんまつ》を知っている理由が説明できない。

なんと伝えていいのか悩んだミュリエルは、リーンへの返答を濁したままロロに呼びかけた。

様子をうかがうためにゲートから顔を出していた他の聖獣達も、援護するように歯音やら鼻息やら鳴き声をあげる。

それにつられたリーンが音のもとに目を向ければ、視線があった途端に今度はほんのりと抗議めいた反応が返った。

「な、なんですか、この今までにない疎外感《そがいかん》。ね、ねぇ、なんで？　なんでですかっ!?」

ロロは言うに及ばず、大好きな聖獣達から受ける冷めた対応に、リーンは涙目になっている。

助けを求めるように見つめられたミュリエルも、これ以上かける言葉を持っておらず、困ったように眉を下げた。

「おはよう」

そこに突然、低く柔らかくもよく通る声が朝の挨拶を告げた。相も変わらず艶めく色気を纏ったサイラスが、獣舎の入り口から歩いてくる。

「昨日はあのあとこちらに顔を見せられず、すまなかった。今朝はずいぶん騒がしいが……」

傍まで来たサイラスが、ミュリエルの髪に絡まる藁に気づいて何気なく手を伸ばしてくる。

ミュリエルはとっさに一歩下がった。

「ミュリエル？」

今一歩踏み出したサイラスに、ミュリエルももう一歩下がる。そして次の言葉がかけられる前に、両手で顔を隠すと身をひるがえした。向かうはアトラの馬房だ。ミュリエルはサイラスの綺麗な顔を見て思い出していた。現在の自分の状況を。

（わ、私、いつも以上に、サイラス様からの正視に耐えられる状態ではないわっ！）

昨日の汚れを残したまま、顔を洗ってもいなければ、鏡すら見ていない。そんな姿をサイラスに見せられるわけがない。

幽霊騒ぎで野外にて一夜を過ごした日でさえ、レインティーナと共に寝しなにはちゃんと身綺麗にしたし、翌朝だってしっかりと身支度の時間をもらったのだ。お風呂は無理でも湯だって使った。それが今は完全に昨日のまま。絶対に見せられないし、見られたくない。

「ミュリエ……」

「団長殿ぉっ！」

「リーン殿、放してくれ。ミュリエルの様子が……」

「ロロがっ！　ロロが僕のこと、見向きもしてくれないんです！」

後方から聞こえる二人の会話を気にする余裕などない。ミュリエルは慣れた身のこなしでゲートからするりと体を滑り込ませると、お座りをしているアトラの後ろに回り込んで抱き着いた。

「ねぇ、団長殿！　なんで？　なんで？　なんでだと思います⁉　仕事と言えど、しばらく留守にしたからですか⁉　ですが、超高速で仕事を終わらせて、早く帰りたいがために昨日暗いなか無理矢理帰ってきて、でも寝てるところを起こしたら可哀想だから断腸の思いで我慢して、今朝一番にロロに会いにきたのにっ!!」

なおも聞こえるリーンの叫びを、ミュリエルはアトラの毛に顔を埋《うず》めたまま聞く。

「私にはわかりかねる。リーン殿、すまない。放してくれないか？　私はミュリエルのところに行きたい」

サイラスの言葉にミュリエルは息を飲んだ。そして考える前に叫ぶ。

「こ、来ないでくださいっ！」

「っ!?」

それはミュリエルの魂の叫びだった。

(駄目、絶対に駄目！　姿を見せるのもそうだけれど、傍によるのだって、に、臭いとか……。い、嫌、そんなの嫌すぎるわ！　だから今お会いするのは、絶対の絶対に、駄目！)

ミュリエルはアトラの毛に嫌々をするように顔を擦りつけた。

『ミュー、サイラスのことを信じるんじゃなかったのか？』

アトラがミュリエルに抱き着かれたまま、尻尾をピルピルと振る。真横でされる動きに手が緩みかけたが、ミュリエルは思い直してさらにきつく抱き着いた。そして、サイラスに聞こえないように小さい声で答える。

「サイラス様のことは、信じています！　で、でも、お、お風呂にも入らず、顔も洗わず、着替えてもいない、そんな姿をお見せするなんて、そんなの、絶対に無理なんです！　知られることすら嫌すぎますし、と、とにかく今は、絶対に会えません……っ！」

ミュリエルの小声だが強い訴えは、愕然《がくぜん》としているサイラスではなく、通路を挟んだ先にいるレグに届いた。すると、すぐさま同意の鼻息が吹き出される。

『わかる、わかるわっ！　乙女として身汚い格好を王子様に見せるなんて、そんなこと、万死に値するわよねっ！』

ミュリエル以上に強い論調のレグに対し、待っていましたとばかりに順序よく他の面々からも突っ込みが入る。

『万死、はさすがに言いすぎではないのか。それに、サイラス君が可哀想なほどに固まってしまっているぞ。見たまえ。あの顔を』

『ミュリエルさんの言葉が、圧倒的に説明不足だったっスからね。絶対に勘違いしてるっス』

そして本来ならばここでロロの番となるが、毛玉化しているため言葉はない。すると心得たようにケシェットが、プィィッとまだ聞き慣れない声で鳴いた。

『ミュリエルさん、気にするほど汚れてなんていませんよ？　ここはひとまず、顔を見せてあげたらどうでしょう？』

そんなケシェットのとりなしと、聖獣の言葉がわからないために会話を遮ることになるとは思わなかったサイラスの発言が、不運なことにぴったりとかぶった。

「ミュリエル、君と話がしたい。何か思うことがあるなら、聞かせてくれないか」

そして気落ちしているサイラスの声と、リーンが大騒ぎしているために負けじと声を張ったケシェットの声では、後者の方が大きくミュリエルに届く。よって返事は。

「無理です！」

瞬間、カチーンとその場の空気が凍りついた。あまりにも綺麗に食い違った会話に、聖獣達ですら二の句が継げない。そんななか、いち早く口を開いたのは意外にもサイラスだった。

「……顔が、見たい」

「っ！　で、できません！」

「……どうしても、か？」

「ど、どうしても、です！」

ミュリエルにしてみれば突然サイラスから話しかけられた気分なのだが、サイラスにしてみれば最初からずっと会話が繋がっている認識だ。

『な、なんという間の悪さ、なの……？』

『それを一番間の悪いパートナーを持つ、キミが言うのか』

『逆に今はレインさんが来てくれた方が、いいんじゃないっスか』

『えぇ、シグバートさんではそうはいきませんが、レインティーナさんでしたらきっとこのなんとも言えない空気も吹き飛ばしてくれるでしょうね』

もう収拾がつかないと若干《じゃっかん》諦《あきら》めた面々と、自分達ではもうどうにもならないサイラスとミュリエル。それらを半眼で見守っていたアトラはため息をついて、お尻にミュリエルをくっつけたまま立ち上がった。

『しょうがねぇから、サイラス、ここはいったん帰れ。本当は昨日の顛末と、ミューに勘違いさせるような行動をとった理由も聞きたいけどよ。まぁ、二個目についてはオマエのことだから、やましいことがないのはオレもわかってる。けど、これじゃあ埒《らち》が明かねぇしな』

アトラはゲートから顔を出すと、いつの間にかリーンを振り切って馬房の前まで来ていたサイラスの頬に鼻先で触れる。それから肩、背中と順に擦りつけると、出口に向かってグイッと押した。追い出すような仕草だが、思いやりのある触れ方だ。そしてそれはサイラスにもちゃんと伝わったようだった。

一度白い鼻先をなでてから、後ろ髪を引かれた様子ながら背を向ける。帰り際、ゲートにすがりついていまだに泣くリーンを引き取ることも忘れずに、サイラスは獣舎をあとにした。

後ろ姿に哀愁が漂っていたのは、言うまでもない。

◆◆◆

「……もう、生きている意味がないです」

二人で連れ立って執務室に入ったサイラスとリーンは、ドサリと力の入らない体をそれぞれソファに預けた。膝に両肘をつき、項垂《うなだ》れてはいるが座った体勢を維持しているサイラスと違い、リーンはパタリと座面に倒れ込むとさめざめと泣いている。

そんな鼻水をすする音と嗚咽だけが響く部屋で、重々しいながらもなんとか口を開いたのはサイラスだった。

「……リーン殿、理由に心当たりは？」

「……うっ、ぐすっ。そんなのあったら、とっくに挽回《ばんかい》するために奔走《ほんそう》しています。どうしていいかわからなくて、とにかく謝り倒しましたけど、ロロは顔すら上げてくれませんでした。うぅっ」

「……そう、か。私は謝罪する機会すらもらえなかった」

ズーン、と入ってきた時にも増して空気が重く暗くなる。無言の空間で、男達は一言も発さずに自問自答を繰り返した。だが、答えは出そうにない。

「……研究施設についての報告を、聞こう」

かろうじて今日の予定であったリーンとの情報交換を提案したものの、サイラスの体勢は先程からまったく変わっていない。

「……隣国に繋がりがあるのは、決まりです。我が国にそれを手引きする者がいるのも、確実でしょう」

対してリーンも顔を覆っていた手はどかしたものの、ソファに横たわったまま答えた。目とも鼻も赤いし、涙と鼻水で顔がぐしゃぐしゃだ。そんな状態でも仕事の話を進める姿は賞賛に値するが、間違いなく滑稽《こっけい》でもある。

「……根拠は？」

「……残っていた本は、内容としては目新しいものは一冊もありませんでした。ですが本って、特定の言葉や注釈に土地柄が出るんです。もちろん隣国一辺倒ではありません。ですが、方々から集めたと言い切るには偏りがすぎると思いました。置かれた道具類にも同様の特徴が見られます。そして、それらが直接隣国からあそこに運ばれたと思うには、無理がある」

お互い体勢を一向に変えないまま、会話だけは真面目な雰囲気を帯びていく。

「グリゼルダがこの時期に来てくれたのは、我々にとって渡りに船だったな」

「そうですね。最近の一連の動きと切り離して考えるには、時期が重なりすぎますから。それに……」

グズグズ鼻を鳴らしていたリーンが、ピタリと鼻をすするのをやめる。

「『ティークロート』と、となれば例の『九官鳥』が噛んでいるかも、なんて考えてしまいました」

リーンが『九官鳥』と呼ぶ男は、かねてよりワーズワースの王宮で飛び回っている奸臣《かんしん》だ。その男は何を考えているのか、近頃ではティークロート贔屓《びいき》を隠しもしない。サイラスは男の顔を思い出すと目を閉じ、わずかに唇を歪《ゆが》めた。

「……それなら、話は簡単だ」

あっちこっちで幾人もの人物が好き勝手によくない企《くわだ》てをしているよりは、一つにまとまっている方が監視もしやすいし手も打ちやすい。何をすべきかの判断だってすぐにつく。よって簡単だと言えるのだ。そして逆に難しいのは……。

「簡単、かぁ。はぁ……。ぐすっ。今現在直面していることも、簡単に解決できればいいのに。

本当に僕、どうしたらいいんでしょう……？　うぅっ、ロロ……、ぐすっ」

結局最初に戻ってしまった話題に、サイラスも一緒になってまた項垂れた。

軽いノックの音が響いたのは、そんな二人が次の言葉を見つけられないでいた時だった。

「……入れ」

サイラスは目線だけを上げて、入室の許可を出す。相手が誰かは足音でわかっている。

「失礼します」

入室した途端に二人分の湿っぽい眼差《まなざ》しを向けられて、シグバートは眉間に困惑のしわをよせた。それでもとりあえず一度止まってしまった足を動かして、指示書を執務机に向きをそろえてから提出する。そしてソファにいる二人の方に向き直った。

「団長に頼まれていた各方面への手配は、すべて済ませました」

「あぁ、ご苦労だった」

労《ねぎら》いの言葉に、シグバートは指先で眼鏡を上げた。

「これで私の用件は終わりです。それで……。いかがされましたか、とお聞きした方がよろしいですか？」

必要ないと言われれば、そのまま退出できるように執務机の前に立ったまま問うシグバートに、サイラスとリーンは示し合わせたように視線だけで会話をした。そして、そろって頷く。

「……そう、だな。シグバート、ソファにかけてくれ」

「……第三者に聞いてもらった方が、わかることもある気がします」

そうして二人から話を聞いた結果シグバートの出した答えは、至極真っ当なものだった。

「理由なくそのような行動があるとは思えません。ノルト嬢やロロ君の前以外でしたご自身の行動で、何か思い当たることはありませんか？　どこに誰の目があり、どこで誰の口にのぼるかわからないものです。ノルト嬢は人づてに聞くこともあれば、ロロ君は耳がいいですから聞こえていることもあるでしょう。それらを踏まえて、もう一度考えてみてください」

そんなシグバートの意見を拝聴したサイラスとリーンは、しばし考えてから同時にガバッと顔を上げた。そしてみるみる顔色を悪くする。

「昨晩のことを、知られてしまったのだろうか……？」

「ええ、そうかもしれません……。いえ、そうとしか考えられませんっ！　だって傍《はた》から見たらアレ、浮気現場に見えませんかっ!?　いや、完全に見えますよねっ!?」

「浮気……」

勢いで立ち上がったリーンは興奮でものすごい形相となり、逆にサイラスの顔からは表情がごっそり抜け落ちていく。

(最悪だ……)

サイラスは顔を両手で覆って項垂れた。せっかくじわじわとつめていた距離が、たった一夜の過ちで水泡《すいほう》に帰《き》した。いや、一夜の過ちなどという表現は悪意がある。あれは職務上致し方のない行為、要するに仕事であり、やましいことなどサイラスにはまったく！　これっぽっちも！　ないのだから。それはリーンとて同じ。

もちろんリーンが浮気だと言ったのは、グリゼルダと寝台に入ったことではなく、ギオにクッキーをあげた行為についてだ。片やミュリエルに想いをよせるサイラスにとっては、他所の女性と暗い時間に二人になる行為の方が浮気という言葉をあてはめて正しい。

「違うんだ、ミュリエル……！」

「違うんです、ロロ……！」

浮気男が口にする確率第一位の言葉が同時に二人から出て、シグバートは片眉を上げた。

「思い当たることがあったようですね。謝罪する場合は、その本題から目をそらさないようお気をつけください。逃げ腰となり的外れな謝罪でもしようものなら、状況を悪化させる未来しかありませんので」

シグバートの助言はすべて一般的なものだが、少々、いやかなり冷静さを欠いている二人には、おおいに助けとなった。真剣な目で身を乗り出し、続きの言葉を待つ。

「謝罪の基本は真摯に向き合う気持ちです。また、しっかりとした誠意を見せたところで、目に見える品を添えるというのも常道ですね。ですがお気をつけください。ここでお相手の好みを外すことは、関係改善に大きく影を落とします。品物選びにも、やはり細心の注意を払うべきでしょう。……以上です」

そう言葉を結んだシグバートは、発言をサイラスとリーンに譲るように心持ち体をソファに沈めた。

「で、では！　僕はもう一度ロロに精一杯気持ちを伝えたのちに、ミミズを集めに行こうと思いいます！　一心不乱に土を掘りながら活《い》きのよいミミズを大量に貢ぐことで、ロロに伝えたいと思います！　僕の、永久なる！　愛の！　深さをっ!!」

目先の行動を思いついたリーンは、天に向かって叫ぶ。そして拳《こぶし》を握ってシグバートと頷きを交わすと、二人そろって視線をサイラスに向けた。

「私は……」

サイラスはミュリエルのことを考えた。好きなものは本に葡萄。その他、食べ物の好みは把握している。謝罪には装飾品の方が適切な気がするが、控えめなミュリエルが受け取ってくれるかは疑問だ。そうなると詫びの品は本一択となる。

サイラスは本棚に目を向けた。すると、その手前にある執務机に乗る指示書が視界に映る。片づけなければならない仕事も多いが、滞在中のグリゼルダの相手や同行はサイラスが任されているし、聖獣関連のティークロートとのやりとりもすべて自分の領分だ。それらが一挙に頭をよぎり、自由になる時間の少なさにサイラスは額を押さえた。

「団長殿はお忙しいですからね……。なんだか、すみません、僕だけはしゃいだりして」

「私が代理でお届けすることもできます。まずは古風ですが、気持ちを込めた手紙など送られてはいかがでしょうか」

この身が二つに割《さ》けるものならば。サイラスは一瞬本気でそう考えたが、ゆるゆると首を振った。この身はいつだって一つなのだ。そうなると選べる選択肢《し》などない。

沈んだ色の瞳で二人を見る。返されるリーンとシグバートの視線には、今までのなかで一番の憐《あわ》れみと優しさがこもっているように感じられた。

2章　一肌脱ぐようで脱がれている現実

ミュリエルは今日も今日とてサイラスの訪れを待っていた。昨日失礼な態度をとり勘違いさせてしまったことは、アトラ達からこんこんと言い聞かせられている。

ちなみにリーンは朝日と共にロロの前にやってきて、ミミズ百匹宣言をして去って行ったとのこと。そんな話をミュリエルは聞いただけなので、実際に姿は見ていない。きっと現在もどこかでミミズを掘り返しているのだろう。宣言の結果はまだまだ先になりそうだが、とりあえずホッとしたのは、このリーンの行動のおかげでロロが毛玉化を解除してくれたことだ。

そうなると今大事になってくるのは、どこかでミミズと格闘しているリーンのことではなく、サイラスのこととなる。いつも以上に身だしなみに気をつけたミュリエルは、頭のなかで何度も謝罪の手順を反芻《はんすう》していた。

（私は説明するのがあまり得意ではないから、順序をよくして、ちゃんと伝わるようにしなくちゃ。まず、ごめんなさい。それから……、あ、でも、待って。最初に謝ってしまったら、違う意味のごめんなさいに受け取られてしまうかしら？　そ、そんなの駄目《だめ》よ！　で、では、何て？　何て言えばいいかしら？　サイラス様のことが嫌いだったわけではありません、とか？　でも、これも「気を遣わなくていい」とか言われてしまいそう。やっぱり、嫌いという言葉がよくないのよね？　嫌いじゃない言い方となると……好き、かしら？　好き……、す、すす、好きぃっ⁉　そ、そそそ、そんなの、言えるわけがないわっ！）

獣舎の真ん中で立ち止まったと思ったら突然ボンッと発火したミュリエルに、聖獣達が目を向ける。しかし今すぐ話しかけてもどうせ聞こえないことを知っている彼らは、ミュリエルが現実に帰ってくるまで暗黙の了解で眺めるにとどめた。

（ミ、ミュリエル、冷静になりなさい。……ふ、ふぅ。サイラス様は相当傷ついていたってアトラさん達は言っていたわ。私、サイラス様の悲しいお顔は見たくないのだもの。だから絶対に勘違いを解かなきゃいけないのだわ。それにす、すす、好きって言葉は、お友達同士でも使う言葉、のはず、よ。そ、それなら私がサイラス様に、す、すすすす、すす、……うぐっ）

現実に戻《もど》ってこないまま、ミュリエルが二度目の爆発を起こす。

「ミュリエル」

「ひゃいっ‼」

突然呼ばれた名前に、ミュリエルは文字通り飛び上がった。

「すまない。驚かせてしまったか？」

振り返った先にいたのは黒薔薇《くろばら》の騎士ではなく白薔薇の騎士と、七三の騎士であった。ミュリエルの最高潮に達していた緊張はあっさりと解ける。

「だ、大丈夫です。えっと、レイン様とシグバート様は、何かご用ですか？」

「私はついて来ただけだ。用があるのはシグバートだな」

「ええ、王女殿下に申し入れた抗議の結果をお伝えしにまいりました。また、こちらをお届けに。団長からのお気持ちの品です」

そう言ってまず先に渡されたのは、一冊の本だった。題名に目を走らせれば、「琥珀色《こはくいろ》に想いをのせて」とある。これは有名な恋愛小説だ。

ところが、渡されるままに受け取ったものの、なぜ本を贈られているのかわからない。受け取るだけ受け取って真意を求めて見上げると、シグバートは眼鏡をクイッと上げた。

「団長はお忙しくて、どうしてもお時間がとれないそうです。ただ、別れた際の貴女《あなた》の様子をいたく気にしておられました」

「ん？　何かあったのか？」

ミュリエルはすぐに昨日のことだと思ったが、何も知らないレインティーナは悪気のまったくない軽い調子で問いかけてくる。

「わ、私が自分のことにいっぱいいっぱいで、サイラス様にひどい勘違いをさせてしまったんです。サイラス様は悪くなくて、私がいけなくて……。ちゃんと話せる時間があればよかったのですが……」

代理としてシグバートが来たのだから、近いうちに時間をとるようなことはできないのだろう。どこまで話していいかもわからずに、ミュリエルは言葉を濁した。

「我々は団長とご一緒する時間もありますので、何か伝えましょうか？」

有《あ》り難《がた》いシグバートの申し出に喉まで出かかった言葉を、ミュリエルは飲み込んだ。

「ありがとうございます。ですが、自分で伝えます。あの、お仕事頑張ってください、とだけお伝えください」

「そうですか。確かに承《うけたまわ》りました」

そして贈りものについて話が一段落すると、ギオの対応についてへと話題は移る。

シグバートが言うには、「こちらの流儀にギオが従うだけの落ち着きを見せるまでは、接触禁止」となったとのことだ。

この庭の主はアトラ達であり、たとえ王女殿下のパートナーであってもギオにそれを譲る道理はない。アトラ達が不快な思いをしないように、今後はグリゼルダとギオにそれを徹底するよう強く申し入れたという。

はたして柵もなく繋《つな》がっている庭で、しかもあのギオが素直にそれを聞くだろうか。疑問は拭《ぬぐ》えないが、こういうことは事あるごとにしっかりと異議と遺憾《いかん》を申し立てることがきっと大事なのだろう。

こうして二点の用件を終えると、レインティーナとシグバートも忙しい身らしく、それぞれのパートナーに声をかけるだけで帰っていった。

『……あのトサカ野郎のせいでイライラするのも癪《しゃく》だしな。違う話、しようぜ』

二人の姿を見送ると、アトラがギオについて触れ続けることを即座に打ち止めにした。そして代わりの話題の提供には困らない。

『じゃあ、今もらった本についてはどう？　ミューちゃんのお話を聞くのも好きだけど、サイラスちゃんからの「気持ちの品」だってことだし、内容が気になるわ！』

レグの台詞《せりふ》を受けて、ミュリエルは抱えていた本の表紙に視線を落とした。

「えっと。題名が『琥珀色に想いをのせて』というのですが、これは古典版ですね。私は最近の人にも読みやすいように改訂された、新装版を読んだことがあります。新装版には『身分違いのあなたと眺める恋の月』、という副題もついていました」

聖獣達に表紙が見えるように、ミュリエルは本を持ち替える。

「お姫様のヒロインと側仕《そばづか》えのヒーローが想い合っているのですが、身分違いのためになかなか順風満帆《まんぱん》とはいかない波乱万丈な恋物語です。ですが、最後はちゃんとハッピーエンドですよ」

そんな説明から、ミュリエルによるお話し会がはじまったのだが。途中から聖獣達はグズグズと泣きだし、今では手がつけられないほど号泣していた。

物語は間違いなくハッピーエンドだ。幾多の苦難はあるものの、ヒーローは手柄を立ててヒロインと釣り合う身分を手に入れるし、そんな二人の仲は誰にも引き裂けず、いつまでも幸せに暮らしましたで物語は締めくくられる。

しかし、そこに至るまでに一匹の犬が死んでしまうのだ。その犬は二人の出会いのきっかけを作り、言葉は通じずとも終始より添い、時には二人の架《か》け橋となり、共に泣き共に笑う。

そして二人の身代わりに、最後は命をなくす。聖獣達はその犬にこそ、とても深く感情移入していた。

『うっ。が、がわいぞうぅっ。こんなのって、こんなのって、ないわぁぁあぁぁっ！』

『なんという忠義心、なんという自己犠牲愛、なぜ、君はそこまで……くぅっ！』

『他人事じゃないっス！　とても他人事じゃないっスよーっ!!　わーん！』

『う、嘘《うそ》やぁ！　ボクはまだ、彼がどこかからひょっこり顔をだすと信じてますっ！』

『なんということでしょう！　最後の幸せな場面に、彼の姿だけがないなんて……っ！』

ブフォピィイワンキュゥプィイィン！　と変化に富んだ鳴き声が獣舎いっぱいに響き渡る。

そんななかミュリエルはいまだ聞こえない歯音に、恐る恐る白ウサギを見上げた。

「あ、あのアトラさんは……？」

お話し会をすると大抵《たいてい》アトラだけが別意見な気がする。ということは、もしかしたらミュリエル同様、ヒーローとヒロインのハッピーエンドを喜んでくれているかもしれない。それに淡い期待を抱《いだ》く。

『あぁん？　何だよ？　おい、オマエ達も泣いてんじゃねぇよ。こんなのは作り話だろうが。なぁ、ミュー、そうだよな？　そうに、違いねぇ。いや……、そうだと、そうだと言ってくれっ！』

途中までいつもと変わらないと見せかけて、アトラは最後の最後で立派な臼歯《きゅうし》が見えるほど大きく口をあけてガッチン！　と歯を打ち鳴らした。そして男泣きに暮れる。

作り話説についての言及に、ミュリエルは慌《あわ》てて本の最後のページを開くと示して見せた。

「そ、そうです！　作り話ですよ！　ほら、ここに『登場する人物、団体、名称等は架空のものであり、実在のものとは関係ありません』って書いてあります！」

　創作だとわかったからか幾分落ち着きを取り戻した聖獣達だったが、落ち込んだ気分はすぐに戻ってこないらしい。レグとスジオはまだ鼻をすすっている。

　ミュリエルにしてみれば素敵な恋物語なのだが、こうも聖獣達が盛り下がってしまってはなんとも気まずい。

「あ、あの、皆さん。お外でボール遊びでも、しましょうか？　ね？　お天気もいいですし」

　空気を変えるためにパチンと手を叩《たた》いて提案してみれば、存外いい案に思えてミュリエルはパッと笑顔を見せた。話し込んでしまったので、聖獣達が庭に出る時間も過ぎている。

　ミュリエルはそれぞれの馬房《ばぼう》のゲートを開くと、納戸《なんど》から持てばひと抱えもある大きさのボールを取り出した。乾燥した蔓《つる》で編まれたものなので、大きさのわりには軽い。

　こうして、いざボール遊びとなったのだが、気乗りしないのか聖獣達の動きは鈍《にぶ》い。しかし、はじまってしまえばすぐに本気になるものだ。あっという間に皆耳を立て、尻尾を振り、キレのある動きを見せるようになっていた。

　今しているのはアトラ、レグ、クロキリ、スジオ、ケシェットの五匹で地面に落ちないようにボールを回し、最後は両手を広げて待機するロロの爪の先にボールをスポッとはめる遊びだ。

（あぁ、よかった。あのお話であそこまで泣かれるなんて思っていなかったから、びっくりしてしまったわ。でも、もう大丈夫ね！　……だけれど、サイラス様はなぜあの本をわざわざシグバート様に頼んでまで、渡してきたのかしら？）

庭に出るついでに、本は与えられた小屋に置いてきた。それと一緒にサイラスのことを考えてみる。しかしサイラスの気持ちはわからないし、そこに何か隠された意味があるのかどうかさえミュリエルには判断できなかった。

（やっぱりちゃんとお会いして、しっかり話した方がいいわよね）

そう結論づけて、ミュリエルはこの時点で本について悩むのをやめた。

『おい！　馬鹿、ちげぇっ！』

『あっ！　やーん！　届かなぁい！』

『くっ！　落とすものかっ！』

『わっ！　そっちは駄目っス！』

『うっ！　間に合いません！』

ほぼ同時にあがった声で、ボールから目を離していたミュリエルは自分の上に影が降ってくることに気がついた。

『ミューさん、よけてくださいっ！』

「っ！」

降ってくる影の正体を認識できないまま、ミュリエルは数歩離れたところにいるロロの言葉で反射的に頭をかばった。そして間髪入れずに、ガスッとした衝撃があって尻もちをつく。

『マジか。やるじゃねぇか、ミュー！』

いつの間にかアトラが目の前まで来ていて、グイッと顔を押しつけられた。勢いに傾きながら上げた視線の先では、ロロの爪に見事にボールが刺さっている。

どうやらミュリエルに向かって落ちてきた影はボールで、それがかばった腕に当たり、上手い具合に跳ねてロロの方へ飛んだらしい。

完全に偶然だが、どんくさいミュリエルがこうしたことで貢献できることは滅多《めった》にないため、よって来たレグ達ともキャッキャッとはしゃぐ。

『っ！　シッ！　ミュー、ちょっと黙れ』

ところがそれまで一緒に喜んでいたはずのアトラから、押し殺した声で突然そう言われてしまい、戸惑う。

「す、すみません。はしゃぎすぎでした」

『ちげぇ、いいから黙れ』

さらに囁《ささや》くように言われてミュリエルは口を閉じた。悲しい気持ちになりかけたのだが、アトラの様子を見ていて気づく。長い耳も赤い目も一方向に向けられていて、何かを気にしているようなのだ。周りを見れば、他の聖獣達も同じ方向を気にしている。

『おいおいおい、こりゃあ、どういうことだぁ。そこの嬢ちゃん、聖獣の言葉がわかんのかい？』

スチャリスチャリと軽い足取りで現れたのは、ギオだった。舌の根の乾かぬうちに登場した黒ニワトリの姿に、やはりという気持ちが強い。それに今は言われた内容にどんな反応をとればいいのかわからず、ミュリエルは視線を彷徨《さまよ》わせた。

『へぇ。珍しいこともあったもんだなぁ』

聞いたものの返事を待たないことから、ギオはミュリエルが聖獣の言葉がわかると確信しているようだった。小刻みに頭を動かしながら近づいてくる。ところがそれを遮るようにアトラが立ちふさがった。進み出た場所は、きっちりとミュリエルをかばう位置だ。

その様子にギオは目を細めながらも、目の前に転がるボールにぬっと鉤爪《かぎづめ》を伸ばした。しかしギオの鉤爪がボールに届く前に、無言のアトラが右前脚で自分の手前にボールを転がす。空振りした鉤爪は地面におろされ、それと同時にギロリとギオが横顔でアトラをにらみつけた。

そして今度は逆の鉤爪が伸ばされるが、アトラは右から左にボールを転がし、やはり触れることを許さない。バチバチバチっと赤と琥珀の目の間で火花が散る。一触即発のビリビリとした緊張感で、辺りの空気は張りつめた。

『おい、そのボール貸せや』

『断る』

『泣かすぞ、コラァ』

『やってみろ』

合図はなかった。動き出しは同時。そして初速から本気のぶつかり合いとなる。

喧嘩《けんか》がはじまったと同時にミュリエルは襟首《えりくび》をスジオにくわえられ、後方に連れて行かれた。安全地帯までさがったところで芝の上におろされる。両手を地面についたミュリエルは、はじまってしまった喧嘩に慌てた。

「ど、どど、どうしましょう！　止めなくちゃ！　でも、どうやって……！」

すでに半分泣きそうになっているミュリエルだが、二匹の勢いがすごすぎて見ていることしかできない。

『こうなったら、もうとことんまでやるしかないと思うの』

緊迫したぶつかり合いを見せるアトラとギオを一緒に見ているはずなのに、レグの声はどこか呑気《のんき》だ。

『現時点で彼は、他所者《よそ》であり不法侵入者でしかないからな』

続くクロキリなどは、毛繕《けづくろ》いの片手間に戦況を眺めている。

『この辺り一帯は、アトラさんを頭にしたジブンら群れの縄張りっス』

『いくら期間限定のお客さんや言うても、身を置くんならアトラはんに恭順の意思ってもんを示してもらわんとあきません』

『それが縦社会に生きる、ワタシどもの決まりです』

スジオ、ロロ、ケシェットと順に視線を巡らせたミュリエルは、アトラとギオを再び見やる。止めてはいけないと諭《さと》されたが、不安でいっぱいで唇を噛《か》んだ。

『大丈夫よ、ミューちゃん。アトラは絶対に負けないから』

レグの生暖かい鼻息に励《はげ》まされて、ミュリエルはつぶってしまいたくなる目に力を入れた。

アトラは俊敏な動きを駆使してボールを器用に扱い、自分の身からわずかも離さないように転がし続ける。そこへギオは躍起《やっき》になって鉤爪を伸ばしていた。

ボール遊びという枠での公正なプレーはギオにはない。体当たりをし、土を蹴《け》り上げ、広げた羽で視界をふさぐ。されどアトラはそのすべてを正々堂々と受け、そして流していた。

白ウサギのかけたフェイントに黒ニワトリの動きが一瞬遅れる。これはアトラが出し抜いたか、と思ったのだが、体勢を崩したギオの傾いた方向が彼にとって助けとなる動きになった。鉤爪のほんの先っぽが、蔓で編まれたボールに引っかかったのだ。

アトラの蹴った勢いも重なって、ボールが上へと高く跳ね上がり太陽と重なる。

逆光のなか、それを追った影が二つ同時に飛びあがった。眩《まぶ》しさに目をすがめたミュリエルは、勝負の行方を一瞬見失う。

ズズゥン、と地鳴りのような着地音に慌てて焦点を定めれば、ボールの上にきっちりと同範囲に片脚を乗せ合うアトラとギオがいた。

両者はしばしにらみ合ったあと、ゴッ、と鈍く痛そうな音を響かせて額《ひたい》を突き合わせた。一歩も譲らないとばかりに、今度は額でジリジリと力比べがはじまる。初日に見た光景の再来だ。至近距離でのにらみ合いに言葉はなく、ただ地面に埋まりつつある脚に二匹の力加減が伝わってくる。

『いい勝負をしているように見えるけど』

『彼がアトラ君に勝《まさ》れる箇所は、今のところ見当たらないな』

『なりふり構わず仕かけてたっスけど』

『全部簡単にいなされてますし』

『そろそろ、わかったのではないでしょうか』

落ち着いて見物していたレグ達が総評を語りだしたということは、喧嘩の終わりが近いのだろうか。ミュリエルは二匹の動きに目を凝《こ》らす。すると、脚が滑って盛り上がる土の量でアトラの優勢が見て取れた。

そして突然勝負は終わりを告げる。二匹の脚がかけられたボールが、とうとう形を保っていることができずに砕けてしまったのだ。

『……』

『……』

無言でにらみ合う二匹の間を、風が通り抜ける。

『……、……、……オレの、負けだぁ！』

バッサァと羽を広げたギオが、天に向かってひと鳴きした。どこかあっぱれな敗北宣言に、アトラはフンッと鼻を鳴らした。

『で？』

短い催促《さいそく》に、羽は閉じ、天を向いていた頭は垂れ下がる。下げた頭はアトラとその後ろに控《ひか》える聖獣達、そしてミュリエルに向けられていた。

『……ごめんなさい』

普通の謝罪の言葉のはずが、ギオの口から聞くとなんとも可愛《かわい》らしく思えた。今までの様子から、聞くことはないと思っていたからだろうか。ところが、殊勝《しゅしょう》な態度はそのたった一言の

間だけだった。

『……なんつーか、オレも粋がりたいお年頃なんだよぉ！　大目に見てくれ！　なっ？』

ギオはお尻をふりふりと振ると、首を四十五度に傾けた。どうやら決めポーズのようだ。それをしばらく眺めてから、アトラがもう一度鼻を鳴らした。

『もうあんまり舐《な》めた口きくなよ……、ギオ』

『お、おうっ！　いい子にゃなれねぇが、ここのやり方には従うからよぉ。ここからは一つ、よろしく頼むわ！　アトラ！　それにレグ、クロキリ、スジオにロロとケシェット！』

この場にいる聖獣をひと通り呼んでから、ギオは『けけけけっ』と笑った。

レグが仕方ないわね、と呆《あき》れたような鼻息を出せば、クロキリは諦《あきら》めたように囀《さえず》る。スジオがヒラリと了承の尻尾振りを見せれば、ロロはカチャリと爪を鳴らし、ケシェットは気の抜けた声でプィと鳴いた。アトラが受け入れたことで、他の聖獣達も出会い頭のことは水に流し、ひと時の仲間として受け入れることにしたらしい。

『でよぉ、気になるのは嬢ちゃんのことだ！　聖獣の言葉がわかるなんて、すげぇなぁ！』

『おい、あんまりおおっぴらにすんなよ？　限られたヤツしか知らねぇんだ』

『わぁってるって！』

仲間として認めたことで、ギオがミュリエルに近づくことを止める者はいない。ミュリエルはぐるりと一周しながらギオにじっくり眺められて、背筋を伸ばした。

『オレの周りにゃそんな気の利《き》く人間がいねぇからなぁ。うらやましいぜぇ』

コケッと首を傾《かし》げたギオに尖《とが》った雰囲気がまったくなかったことで、ついミュリエルもつられて首を傾げた。最初に顔を合わせた時はいつ何時つつかれるかと気が気でなかったが、今は違う。アトラが受け入れると決めたのなら、ミュリエルだってそれに従うのだ。

仲間として信じて、大切にする。となれば、することは決まっている。

「えっと、何かご不便がおありですか？　私でよろしければお聞きしますし、お手伝いいたしますよ？」

少しでも過ごしやすい環境を整えるお手伝いができればと、ミュリエルは笑顔で聞いた。ところがギオからの返答は、予想以上に重かった。

『不便ってかよぉ。オレ、このままティークロートに帰ったら、殺されちまうみてぇなんだ』

「えっ？」

『だぁから、殺されちまうんだよぉ。殺処分ってやつだ』

「……」

誰もが言葉の意味が理解できなくて、じっくり三呼吸分は沈黙しただろうか。いっせいにあがった叫びは轟《とどろ》きになって空気を揺らし、近くの木々で休んでいた鳥達をいっせいに飛び立たせた。自分の命がかかっているというのに、あっけらかんとしているギオが信じられない。

「な、なな、なんでっ。ど、どど、どうして！　どうしてですかっ⁉」

『はぁ⁉　ちょっと、何よ、それ！　どういうことなのよっ⁉』

ジタバタするミュリエルと同じくらい、レグも巨体で慌てている。

『殺処分とはずいぶんと物騒な話ではないか！　しかし、戦闘方面に問題はなかろう。アトラ君とあの程度はやり合えるのだから。ということは……』

『ダンチョーさんが最初に言ってたことっスね！　言うこと聞かないってヤツ。全然わかってないっスよ！　勝手な人間がいたもんス！』

問題を聖獣だけに擦《なす》りつけるなど心外だ、とばかりにクロキリとスジオが頷《うなず》きあう。

『せやけど、そもそもなんでそんなにお姫サマに我儘《わがまま》言ってますの？』

『パートナーと決めた人を困らせても、仕方ないでしょう。ねぇ？』

そしてロロとケシェットが怪訝《けげん》そうに首を傾げた。そうやって次々と質問を投げる面々に、ギオはパカッと嘴《くちばし》を開く。

『は？　誰がパートナーだってぇ？』

ふざけた挑発行為ではなく、ギオは何を言われているのか本気でわかっていないようだ。

『オマエのところのお姫サマ、グリゼルダって言ったか？　あれがオマエのパートナーじゃないのか？』

アトラの補足にギオがきょとんとする。

『え？　ちげぇよ？』

「えっ⁉」

思わず声をあげたのはミュリエルだったが、アトラ達だって驚いている。しかしギオの方の返事は気が抜けていた。

『姫サンや周りが勘違いしてんのは知ってたけどよぉ、違うんだなぁこれが。まぁ、姫サンのこと気に入っちゃいるが、パートナーに選んだ覚えはねぇし、これからもそのつもりはねぇよ』

ギオが首を右に左に傾げるたびにプルプルとトサカが震える。

『オレとおんなじ琥珀の目も、オレのトサカに負けねぇ燃えるように赤い髪も、人間にしちゃあの姫サン、いいもん持ってんだろぉ？　そこが気に入ってんだ。あとクッキーくれるしなぁ』

クッキーの味を思い出したのか、ギオは嘴をカツカツと鳴らした。そして殺処分という衝撃の新事実をいったん飲み込むと、次に頭を埋めるのはたくさんの疑問だ。

「で、では、『ギオ』というお名前はどうしたのですか？　王女殿下につけていただいたのではありませんか？」

聖獣は、パートナーと認めた相手に自らの名前をつけることを許す。今特務部隊でパートナーのいないクロキリとスジオは、それぞれ「風きり羽が黒いから」「尾に一本黒い筋が入っているから」という理由でそう呼ばれている。しかし「ギオ」となると、身体的特徴ではなくしっかりとした名前に思える。

『あ？　ティークロートに度数の強い、ギオなんちゃらって酒があるらしくてなぁ。それのラベルが黒い軍鶏《しゃも》なんだと。まぁ、オレにとっちゃ呼び名なんてどうでもいいから、好きにさせてるだけのことよぉ』

『じゃあ、ギオ、オマエはまだパートナーを決めてねぇってことだな？』

『だぁから、何度もそう言ってんじゃねぇかぁ』

念を押したアトラに多少面倒そうだが、ギオの返事ははっきりとしている。

『ということは、あのお姫サマがここでどんなに頑張っても、サイラスちゃんがいくら力を貸しても、どうこうできる話じゃないじゃない』

『うむ。パートナーは決めようと思って決められるものではないからな』

『クロキリさん、実感こもってるっスね。まぁ、ジブンもっスけど』

『せやけど、殺処分を避けるには、パートナーを決めるのが近道です』

『えぇ、今からパートナーなしにいい子になるのは、ギオさんには難しそうですしね』

今の状態をやっと納得したミュリエルとアトラ達は、ここでこちら側がティークロートから伝えられていた情報をギオにも話して聞かせる。ひと通り聞かされたギオは、体に首を埋《うず》めて膨《ふく》らんだ。

『オマエ達もたいがい親切なヤツらだなぁ。そんな程度の説明でよく受け入れてもらえたもんだぜ。姫サンはオレを手放したくねぇってんで、ここに連れて来たみてぇだけどよぉ。まぁ、オレとしても国に残っても殺されるってんなら、新天地に来た方がましかもな、ってな。どうしてもってアイツも頼むんで、しょうがねぇから道中窮屈な思いに耐えて、ここまで大人しくついてきたってぇわけだが……』

一度含みをもたせてから、ギオは首をにょきっと伸ばして続ける。

『ま、殺されるのは嫌だわなぁ……』

　ここで今すぐ、満場一致の打開策を出すのは難しい。一様に黙り込んでしまったのだが、新手の登場に聖獣達がいっせいに同じ方向に顔を向けた。ミュリエルも遅れてそこに佇《たたず》む人影に気づき、会釈をする。

「あ、あの、こ、こんにちは……」

　面識はあるが、ミュリエルはこの時はじめて声をかけた。まるで木の影と同化するように静かに立っていたのは、グリゼルダの傍《そば》に控えていたカナンと呼ばれた痩身《そうしん》の青年だった。

「あ、あの……」

「……すまん。ギオが」

　黒ニワトリの聖獣の名を呼んだきりまた黙ってしまったカナンに、ミュリエルはギオの方に視線を送る。きっと迎えに来たのだろう。聖獣達の間ではもう和解が成立しているが、正式には接触禁止を言い渡されている状態だ。

　ところがギオも返事をしてくれないので、再びカナンに顔を向ける。

「そ、その、もう仲良くなったので、大丈夫、ですよ？」

「仲良く……」

　会話の続く気配がまったくないことに、じとりとミュリエルは嫌な汗をかいた。

「え、えっと、それで、どうしましょう？　ギオさんはそちらの特別獣舎に、帰っていただいた方がいいでしょうか？」

「いや……」

「……」

「……」

続きを待ってみるものの、カナンの「いや」のあとの言葉はいつまでたっても聞こえてこない。ミュリエルは大変居心地の悪い思いをした。自分とて会話がのんびりとしている自覚はある。されどカナンは、それ以上に続きが見えない。

「……」

「……」

そして続く沈黙。

『つかー！　コイツはよぉ、こういうヤツなんだよ！　はっきりしねぇから、オレはいつもイライラすんだぁ！』

伸びあがったギオが、お手本のような「コケコッコー」を響き渡らせる。

『根暗で口べた。頭でグルグル考えるくせに行動に移す勇気はねぇ。なんてったって姫サンにベタ惚《ぼ》れのくせに、自分が幸せにしてやるんだって気概もねぇんだ。そのくせここの、あー、アレだ、アイツ。アトラのパートナーのダンチョー、だっけか？　そのダンチョーに、いっちょ前にやきもち妬《や》いてんだぜ。姫サンとの親密な距離にハラハラオドオドベソベソよぉ。けっ。ダッセエ！』

カナンに対する怒涛《どとう》の駄目だしは、同時に傍で聞いているミュリエルの心臓をも騒がせた。

心臓発作の予感に先んじて胸を押さえる。そして鳴き声はなおもこだました。

『それに、ほら、あれだ、夜中に着飾って飲み食いするヤツ！　夜会って言ったか。あれに姫サンがダンチョーと二人で出るって話にも、すっげぇへこんでよぉ。そんなに嫌なら奪っちまえばいいじゃねぇかぁ！　この女は俺の女だ！　ってよぉ！　どうしてコイツはそれができねぇんだ！　見ててほんとイライラするぜ、ぺっ、ぺっ、ぺっ！』

『おい、ギオ、その話はうちのミューにも毒になりそうだ。その辺にしとけ』

ギオがひたすらコッコ、コッコと鳴き続け、いらぬ情報を吐きはじめたところでアトラが止めに入る。しかし興奮してしまったギオは収まりがつかないようだった。

この間カナンは一言も発さない。もちろんギオの言葉がわからないのだから返答のしようはないのだ。だからか逆に、ミュリエルの方がギオの言葉に反応し、つい声をだしてしまった。

どうしても引っかかる言葉があったのだ。

「王女殿下は、サイラス様と夜会にご出席されるのですか……？」

ミュリエルが思ったのは、自分が誘われたはずではなかったか、ということだった。しかし、それを断ったのも己だ。となれば、もの申す権利はない。

だが、気になる。サイラスの方から次の相手にグリゼルダを願ったのだろうか。ミュリエルは押さえているだけだった胸もとを握った。

「君も、聞いたのか……」

ここに来て、やっとカナンが口を開く。それなのに、それに対するギオの反応は手厳しい。

『ほらぁ、見ろ！　姫サンの時だけこの反応なんだぜ！　ひでぇ顔してらぁ！　この世の終わりかってんだ！　いや、この世の終わりなら誰だってもっと頑張れるだろうがよぉ！』

『ちょっと、ギオ！　あっちの坊やはあれだけど、うちの可愛いミューちゃんもダメージを受けるから、もうやめてちょうだいってば！』

　ミュリエルは激しいギオの剣幕に押されてひっそりと立つカナンの顔を見るが、表情の変化はわからなかった。しかし、ミュリエルよりは付き合いの長いだろうギオが言うのだ。ショックを受けているのは確かなのかもしれない。

『あ？　この話に嬢ちゃんは関係ねぇだろうが。それより嬢ちゃんから伝えてくれよ、この弱虫野郎ってなぁ！　寝台に二人きりでこもった時なんて、過去最強にひどかったんだぜ！』

『おい！　ギオ君、それは禁句だ！』

『そおっスよ！　ミューさんがせっかく他のことに気をとられて、忘れてるところなのに！』

　クロキリとスジオが即座に突っ込んでくれたものの、ミュリエルの耳はしっかりと禁句を聞いてしまっていた。そしてとうとうはじまってしまった心臓発作に、胸もとを強く握る。

　なぜ今まで忘れていたのか。それは、サイラスにひどい勘違いをさせてしまっていることの方がミュリエルのなかで大事だったからだ。しかし思い出してしまえば、胸の苦しみからも痛みからも逃れられそうもない。

『ミューさん、大丈夫ですか？』

『ミュリエルさん、しっかり気をもってください！』

ロロとケシェットから心配されて、ミュリエルは自分の意思とは別にかがんでいく身を、なんとか持ちこたえようとした。

「……どうした？　具合が悪いのか？」

それまで言葉も少なく、動きに表情でさえ影のようだったカナンが、はっきりとわかるほど眉をひそめている。せっかくはじめて明確な動きの変化を見せてくれたカナンに、ここは応えなければならないとミュリエルは思った。

「い、いえ。心臓が、痛くて……。で、でも、大丈夫です。この痛みで人は死にません……」

か細い声でアトラに言われたことを伝える。するとカナンは一瞬考えたものの、納得したようだった。

「君は、俺と同じ病なのだな……」

ポツリと呟《つぶや》かれた言葉に、ミュリエルは思わず顔を上げた。カナンもどこか苦しげに胸もとを握りしめている。

(カ、カナン様も「し」「ん」「だい」病なの？　意外と有名な病気なのね……。胸の痛みはつらいけれど、他にも同じ病気の方がいると思えば心強いわ)

ミュリエルは自分を励ます意味でも、カナンに向かって痛みを堪《こら》えた笑みを浮かべ、コックリと頷いて見せた。同意を受けたカナンが切なげに息をつく。

「……あの夜を思うと、つらいんだ」

はぁはぁ、と本当に苦しそうにしているカナンを見て、ミュリエルはもう他人事とは思えなくなっていた。しかも自分よりもずっと重症そうではないか。

「あの夜、ですか？」

吐き出してしまいたいとカナンが言っているようで、そっと続きを促《うなが》す。そしてそれは、結果的にしてはならない気遣いだった。

「あぁ、あの夜の寝台のことを……」

「うっ」

心臓の真ん中にドスンと響く単語に、ミュリエルは痛みにうつむいた。するとカナンが心得たような沈痛な面持ちで頷く。

「……君も、見たんだな」

そして深く重いため息を吐き出した。そこからは、ただ各々胸を押さえて息を荒げる。

『ミ、ミューちゃん、も、もうやめときなさい！　そこの坊やもよ！』

『二人とも、被虐《ひぎゃく》趣味なのではないか。苦しがる姿が不気味すぎる！』

春の爽《さわ》やかな青空のもと、はぁはぁと息を荒げる二人にレグはまだ心配しているようだが、クロキリは若干《じゃっかん》恐怖を覚えているようだ。

『この組み合わせは駄目っス！　歯止めがかからないっスよ！』

『人間の突っ込みがいいひんから、オチもつかんと終わりが見えません！』

『よくないです！　よくない流れですよ、これは！』

そしてスジオとロロとケシェットは、早くも泣きを入れていた。

『しょうがねぇ、いったんお開きにしようぜ。おい、ミュー、オマエはこっちに……』

『っ、かー!!　耐えらんねぇ！　なんで嬢ちゃんまで下向いてんだぁ！　二人とも顔上げろよっ！』

　アトラの言葉尻を奪って、ギオが特大のコケコッコーを空に向かって叫ぶ。

『嬢ちゃんは置いといても、いいか、この弱虫野郎ぉ！　オマエはぁ、駄目だっ！　なんだってそうやっていつも卑屈なんだぁ!!　力があるから逆に始末に悪いんだよぉ！　いつまでたってもウジウジウジウジウジウジウジウジーっ!!』

　そしてギオは大きく羽ばたく。突然の突風に飛ばされそうになったミュリエルだったが、アトラが鼻先で受け止めてくれた。そしてそのまま額の間をコロンと転がされて、背に乗せてもらう。

　ビュンビュンと正面から吹きつける爆風に、ミュリエルは心臓の痛みも忘れてアトラの背中に必死にしがみついた。顔を伏せると髪の毛がバタバタと後ろで暴れているのがよくわかる。

　ギオは木より高い位置まで飛び上がり、少しの間そこで滞空していたが、やはりニワトリ。長くは飛び続けられないらしい。はぁはぁという荒い息と共に着地した。ただ発散できたようで、若干大人しくなる。

　ミュリエルは顔を上げた。前髪も何もかも乱れてぶっ飛んでいるのを感じるが、突然襲いきて一瞬で過ぎ去った嵐の激しさに、直すこともせずにただ言葉もなく呆《ほう》けてしまう。

　だがすぐに、カナンは大丈夫だっただろうかと振り返った。するとカナンは顔をかばった両腕をちょうどおろすところだった。目があった途端、黒に近い深い緑の目が見開かれる。

「聖獣番殿！」

今までの耳に神経を集中しなければ聞き逃してしまいそうな小声は、いったいなんだったのか。そう問いたくなるような、腹の底から出された声だった。予想外のカナンの大声に、ミュリエルはアトラの背で思わず体を引いた。

カナンは木陰でひっそりと佇んでいた様子から一変、大胆に近よって来る。しかしアトラが向き直ったからか、適度な距離で足を止めた。

「聖獣番殿、貴女は彼のパートナーではないのに、聖獣の背に騎乗することを許されているのか？」

続けてはっきりとした口調で聞いてくるカナンに気圧《けお》されて、ミュリエルは返事が出てこない。すると焦《じ》れたカナンはさらに言い募《つの》った。

「大変不躾《ぶしつけ》だが、聞かせてくれ。俺もギオに騎乗することは可能だろうか？」

『けっ。嫌だねぇ』

カナンの言葉を奪う勢いのギオは取りつく島もない。顔などは、まるで不味《まず》いものでも食べてしまったかのように渋くしかめている。もちろんギオがそんな返事をしていることはミュリエルにしかわからない。そのため仕方なく、質問に質問で返した。

「あ、あの、なぜ、ギオさんに乗りたいのでしょうか？」

カナンが考え込むようにうつむくと、もともと厚い前髪がより目もとを隠した。

「姫様は……、クロイツ殿下はギオに上手く騎乗することができない。俺が補助できれば、と思ったんだ。俺は、姫様のお役に立ちたい……。いつでも、それだけを、考えている……」

視線を落としたついでに、またもカナンは声が小さくなってしまっている。

（カナン様はギオさんが殺処分の危機にあることを、当然知っているのよね。王女殿下が上手く騎乗できないことも、その一因だと感じているんだわ。だから補助を、と。でも王女殿下はギオさんとパートナーじゃないから、今後も上手に騎乗することは望めないのよね……）

カナンの声は小さくとも、そこには大きな気持ちがこもっているように感じられる。想いが強いのに空回りしてしまうのを見るのは、なかなかつらい。

「王女殿下のことを、大切に想われているのですね……」

それは何気なく零《こぼ》れた言葉だったが、聞いたカナンの静かな面差しにはさっと朱がはしった。大きく変化した表情に、途端にギオが悪態をつく。

『コイツはよぉ、いつだって姫サンのことしか考えてねぇんだ。そんでもって、姫サンのためにいつか死にたいんだってよぉ。死ぬことばっかり考えてるヤツなんて、オレは背中に乗せたくねぇなぁ！』

ギオがカナンに近づいて、苛立《いらだ》ったようにその周りをグルグルと練り歩く。暗い緑の目は文句の多いニワトリを少し切なげに見上げていた。

「その、私はアトラさんに乗っているのではなく、乗せていただいているんです。ですので、いつだって主導権はアトラさんにあります。アトラさんに本当の意味で騎乗できるのはサイラス様だけですから。なので、ギオさんに乗りたいとなると……」

グリゼルダがギオのパートナーでないと知ってしまったミュリエルだが、ここでカナンがパートナーに選ばれればいいなどとも言えない。自然と曖昧《あいまい》な言い方になってしまう。

『だいたいよぉ、人間を背中に乗せるのなんて、かったりぃだろ。わざわざ余計なもん乗せない方が、身軽だしなぁ』

元も子もない主張にさらに困ってしまったミュリエルだったが、この時はアトラが口を挟んできた。

『コイツだと決めた相手に、背中を任せるよさがわからねぇなんて、もったいねぇな』

『はぁ？　そこまで言うほどかぁ？』

『言うほど、だな』

自信たっぷり赤い目がニヤリと笑ったように細められたのを見て、ギオは少し興味を引かれたようだった。こういう時は周りがあれこれと言うよりも、同じ立場の相手から一言をかけられた方が何よりも効果があるのかもしれない。

そして、また黙ってしまったカナンをなんとなく見ていたミュリエルは、ふとあることに気がついた。ギオに向かって小声で問いかける。

「あの……。ギオさんは、カナン様が死ぬことばっかり考えなくなったら、背中に乗せてもいいと思えますか？」

グリゼルダに対してははっきりと『ない』と明言したギオが、カナンに対してはそうではなかった気がしたのだ。乗せたくないとは言っていたが、それには条件がついていて完全な否定ではなかったように思う。

『あー……、どうだろうなぁ。コイツのグチグチしてんのが、そんなに簡単に直るとは思えねぇけどよぉ。そもそも自分の好きな女、自分で守れねぇでどうすんだよ、っても思うしなぁ。指をくわえて見てるだけ、しかも他の男に任せるなんざ、問題外だろ？　そう思わねぇか、嬢ちゃんもよぉ』

ミュリエルは聞き返されて頷くにとどめる。そしてやはり、ギオの答えは完全な否定ではない。

『アタシ、いいこと考えちゃったわ！　ミューちゃん、その夜会に坊や、いえ、カナンちゃんと一緒に参加してきなさい！　それでカナンちゃんをお姫サマにけしかけるのよ！　それに、そうすればミューちゃんだってサイラスちゃんとお話しできる時間を持てるでしょ？　これって一石二鳥じゃなぁい？』

『うむ。いいかもしれないな。上手いことに、互いに相手が入れ違っている状況だ。具合がいい。それにギオ君もカナン君の頑張りを見れば、考えが変わりそうなのだろう？　嫌いになりきれないからこその、先程までの発言とみた』

この意見には、一緒に話を聞いていた他のメンバーも同意した。次々に勧《すす》める言葉がかけられて、ギオはクイクイと首を動かしては相手を見ている。しかしさすがにしつこかったらしい。

『ば、馬っ鹿やろうがぁ！　オレはそんなことこれっぽっちも……』

素直に認めないどころか、首もとの羽毛を膨らませて怒りはじめてしまう。だが、熱くなりやすい性格がだんだんわかってきたのか、スジオ、ロロ、ケシェットがすぐに体をよせて、おしくらまんじゅうのように身動きを封じた。

『まぁ、まぁ！　別に答えはすぐに出さなくてもいいんスよ』

『そう、そう！　試すだけは、なんたってタダ！　やから』

『えぇ、えぇ！　もし本当に嫌ならば、あとで言っても十分間に合います』

もみくちゃにされているギオは嫌そうにしながらも、少し楽しそうだ。ティークロートでは唯一の聖獣ということで、こうした触れ合いははじめてなのかもしれない。しかも毛玉のせめぎ合いは視覚的に大変なごむ。

『ミュー、頼めるか？　上手くいけば、殺処分も回避できるかもしれねぇ。それにサイラスだっていつまでも勘違いさせたままじゃ、いくらなんでも可哀想《かわいそう》だ』

しっかりしたパートナーがいれば、ギオの問題行動は収まるだろう。そうなれば殺処分される理由がなくなる。何より、自分も謝罪の機会が得られるのだ。

大きな役目を与えられたことと、自分のツケの清算ができるとあって、ミュリエルは大きく頷いた。そして初対面時の険悪な姿しか知らず、今の仲良くじゃれる様子に困惑しているカナンに顔を向ける。

「あの、カナン様。私と一緒に、夜会に参加しませんか？」

ミュリエルの邪魔《じゃま》をしないために、ギオを中心に置いたひと塊《かたまり》の大きな毛玉が場所を譲るように移動した。カナンの視線が聖獣達からミュリエルに移る。

「……なぜ、そんな話に？」

当然の疑問なのに、ミュリエルは上手い説明を用意していなくて言葉につまった。泳いでしまう視線が気まずくて、苦し紛《まぎ》れにアトラの背からずり降りてみる。そしてさらに時間を稼ぐため、カナンに向き合う位置までゆっくりと進んだ。

するとー対一の様相が強くなり、より気まずい。ミュリエルは胸の前で何度も両手を組み替えた。しかし、そろそろ話しはじめなければいくらなんでも間がもてない。

「そ、その！　ギ、ギオさんは、王女殿下をとても気に入っています。で、ですが、聖獣のギオさんでは、夜会にはついて行くことができないので……、え、えーと、そう！　心配だと思うんです。慣れない場所ですし。そ、そこで、ギオさんの代わりに、カナン様が傍にいたらいいと思ったんです。カナン様がギオさんの目の届かない場でも、しっかりと王女殿下をお守りできたら、と……」

「……夜会では、こちらの団長様がいれば俺は必要がない。それに、そもそも先程までの話との繋がりが見えない」

より黒さを増したカナンの目に、ミュリエルは一瞬たじろいだ。だが、引くわけにはいかない。背中に聖獣達の熱い視線を感じるのだ。ここで同行の確約を得ずしては、聖獣番としての名が廃《すた》る。

「え、えっと、わ、私が言いたいのは、サイラス様ではなく、カナン様自身が動くことが重要だということで……。カ、カナン様が動く姿を見れば、ギオさんに熱意と誠意が伝わると思うんです。そうすれば、背に乗せてもらえるかもしれません。といっても、これは、まだ、その、希望的観測なのですけど……。で、ですが！　何もしなければギオさんの背中を許される可能性は、いつまでたってもゼロです！」

言葉にも握りしめた両手にも力を込める。

「ですので、私と一緒に夜会に行きましょう！」

伝われ、伝われ、とミュリエルはついでに必死に見つめ続けた。

「貴女はなぜ、そこまで俺に親身になってくれるんだ？　確かに同じ病に苦しむ者同士ではある。だが、それだけでは……」

ここまできたら、とミュリエルは包み隠さず答えることにした。そもそもほぼ初対面の間柄ならば、完全なる善意よりも多少の打算がある方がむしろ納得しやすいものだ。

「実は私も、サイラス様とお話しする時間がほしくて……。その、ずっと会えていないものですから……。カナン様は毎日王女殿下のお傍にいると思うので、そういう点では、もしかしたらご同意を得られないかもしれませんが……」

「いや。俺はいつだって、どんな時だって、少しでも長く、多く、姫様の傍にいたい」

意外にも強い気持ちをぶつけられて、ミュリエルは目を瞬《またた》いた。だが、それなら断る理由はないはずだ。

「では、ご一緒しましょう？　私はサイラス様に会うために。カナン様は王女殿下のお傍に長くいるために。そしてギオさんにその心意気を見てもらうために」

レグは一石二鳥と言ったが、二鳥どころではない。ミュリエルだけでも三鳥はある。会いたいし、謝罪したいし、今起こった事柄の報告だってなるべく早くしたい。いいことずくめではないか、とミュリエルは一人悦《えつ》に入《い》った。

「……聖獣番殿。人間の熱意と誠意は、聖獣に伝わるものなのか？」

「もちろんです！」

よい思いつきに気をよくしていたミュリエルは、さらに自信満々に肯定できる質問がきて水を得た魚のように生き生きと声を張った。そしてその様子が、きっとカナンの信用を得るに足るものであったのだろう。

「貴女が優秀な聖獣番だとは、俺も聞いている。その貴女が言うなら、そうなんだろうな。それにお互いの利益も成立している。それならば……、俺から頼みたい」

「はい！　ありがとうございます。お互い、頑張りましょうね！」

首尾よくいったことにミュリエルが勢いよく振り向くと、アトラ達も嬉《うれ》しそうにしてくれている。ただ一匹ギオだけは『けっ』と言いながらそっぽを向いてしまった。

しかし今日のいくつかのやりとりを経《へ》て、黒ニワトリへの怖さはまったくなくなった。ミュリエルはアトラ達に向けるのと同じ笑顔をギオにも向けた。

『あ！　そうそう！　着飾ったミューちゃんがぜひ見たいから、帰りは獣舎に顔を見せに来てちょうだいね！』

レグが茶目っけたっぷりに、バチンとウィンクをする。元気よく返事をするわけにもいかないミュリエルは、同じ気持ちを込めてパチッとウィンクを返した。

◇◇◇

夜会に出席するとなれば、衣装が必要だ。ミュリエルは隙《すき》をみて、急ぎ実家であるノルト伯爵家に帰宅していた。ちょうどサロンに集まって紅茶を飲んでいた家族の前で、挨拶《あいさつ》もそこそこに座りもせず、立ったまま用件を告げる。

「あの、お父様、ティークロートの王女殿下を主賓《しゅひん》とした夜会への招待状って、私にも届いていますか？」

「……は？　お、お前の口から夜会の話題がでるとは、どういう風の吹き回しだ。さては、熱でもあるな!?」

つかつかと近よって来たノルト伯爵は、バチン、とはたく勢いでミュリエルの額に手をあてた。あまりの衝撃に、ミュリエルは顔を真上にのけぞらせる。

「お、お父様、痛いです……」

ところがミュリエルの訴えは黙殺された。

「あなた、どう？　ミュリエルちゃん、お熱があるの？」

「どうせ風邪ではなく知恵熱でしょう？」

心配顔の母と、冷めた顔の弟が、真剣な顔で計測を続ける父をうかがい見る。

「どうやら、熱はないようだ」

手が放されたので、ミュリエルはおでこをなでた。ノルト伯爵の勢いが強かったからか、平熱のはずのおでこが逆に熱くなっているように感じる。

「あの、それで、話の続きなのですが、その夜会に出席したいので、私のお衣装一式をそろえていただけ……」

「正気かっ⁉」

「正気なのっ⁉」

「正気ですかっ⁉」

最後まで言わせてもらえず、しかも正気を疑われる三段活用に、ミュリエルは自分の日頃の行いを振り返った。するとこの反応は甘んじて受けるしかない。

「な、な、なんで、今回に限って出席したいなどと言い出したのだ⁉　ミュリエル、さてはお前、偽者だなっ⁉」

むにーっ、と両頰を引っ張ってくる父親に、ミュリエルは再度同じ台詞を言うことになる。

「い、痛いです、お父様、痛い……！」

じわりと涙がわいても容赦《ようしゃ》はいっさいされない。

「父上、姉上のしまりのない顔が余計悪化するので、その辺で手は放した方がいいですよ」

「リュカエルよ、いや、しかし……」

しばらく迷ったもののノルト伯爵がとりあえず手を放してくれたので、ミュリエルはおでこの次に両頬をなでることになった。

「いいではありませんか。今回の夜会は若い世代、しかも必ず同伴者のいる者だけが参加資格のあるものです。一人で行かせては危険ですが、ちゃんと僕が見張っておきますから。だって、本人が行きたがるなんて最初で最後かもしれませんよ」

「……リュカエルちゃん、母の私が言うのもなんだけれど、ずいぶん親切ね？　何か欲しいものでもあるの？」

「さすが母上、話が早いです。実は……」

そうして父に母に弟と、三人の間で取引と駆け引きが行われるのを、ミュリエルは少し遠巻きに眺めた。言わなければならないことがまだあるし当事者は自分のはずなのだが、口を挟めない雰囲気だ。

「う、うむ。まぁ、同伴者がリュカエルならば面目も立つ、か……？」

ノルト伯爵が口もとに拳《こぶし》をあてる。三人の商談が成立しかけたところで、ミュリエルは割り込むために挙手をした。

「あ、あのっ！」

視線が集まり、発言の機会がやっと巡ってくる。

「同伴者はリュカエルではなく、違う男性にお願いすることにしました」

「はっ⁉」

今度は三段活用にはならず、綺麗《きれい》に三人分の声が重なった。そして素《す》っ頓狂《とんきょう》なのは声だけではなく、表情もだ。いつも冷めているリュカエルでさえ、口をあけた顔のまま固まっている。

「お、お前、ち、違う、お、お、おと、男ぉ⁉　うっ、うぐっ、ゴホッ、ゴフッ」

驚きすぎてむせだした父を、いつもだったら母がすぐにでも背をさする。だが、その手は伸ばされなかった。ノルト夫人ですら、あんぐりとあけた口を隠すので手が離せないらしい。

「ど、どどどど、どういうことだっ⁉」

なんとか自力で呼吸を立て直したノルト伯爵はミュリエルの肩をガシッと捕まえると、激情のままに前後に大きく揺さぶった。

「あ、ああ、あなた！　お、おち、落ち着いて！」

体どころか髪までバサバサとはためかせるミュリエルを見かねて、すぐさまノルト夫人が立ち上がり止めに入る。しかし、こちらも動揺がひどい。

「まず、母上も落ち着きましょうか？　父上、気持ちはわかりますが、先が聞きたいなら手を放してあげてください」

いち早く自分を取り戻したのは、やはりリュカエルだった。まず妊娠中の母親にそっと椅子を勧めると、父親の両手をミュリエルの肩から外す。そして適度な距離があった方が話も進むと判断したのか、ミュリエルにもしっかり椅子を勧めてくれた。

なんとか腰を据えたがミュリエル以外の三人はやや前傾姿勢だ。その食い気味の様子に、若干ミュリエルの体は引ける。

「あ、あの、ティークロートからいらした男性と、一緒に行きたいと、お、思いまして……」

「なぜだ⁉」

ノルト伯爵の当たりが強い。ミュリエルはビクッと肩を震わせるが、一応言葉を待ってくれている。そのため、ゴクリと唾を飲み込んでから頑張って続けた。

「そ、その方はクロイツ王女殿下の側仕えなのですが、とても殿下を信奉していらっしゃるんです。なので夜会でも近くに控えていたいそうなのですが、お相手がいなくて参加できない、と嘆いていらして。ですから、私がお役に立てたらと思いました」

これらはすべて、事前にアトラ達と相談して決めていた説得の文句だ。ミュリエル一人ではこれだけスラスラと説明できるはずがない。

「完全なる慈善活動、ということか？」

「慈善活動……？　えーと……」

ところがここで台本にない質問がきてしまい、ミュリエルは一瞬考えた。慈善活動と言えなくもないが、自分もサイラスに会いたいので完全かと言われると迷うところだ。

「はっきりしなさい！　お前の気持ちは誰にあるのだ！」

「え？」

「その男が好きなのか⁉」

「好っ⁉　ち、違います！」

予想外のところに飛び火してしまった質問に、ミュリエルは慌てた。グリゼルダを想っているカナンに横やりを入れるなんて、そんな無粋《ぶすい》なことは想像でだってしたくない。

「……わかった。その男が本当に王女殿下の側仕えならば、許可を出そう。閣下への面目もそれなら立つしな。だが、念のためにもう一度聞く。その男に恋情はないのだな⁉」

「ありえません！」

ミュリエルは大きく目を開いて父親を見返した。なぜかしばしのにらみ合いが続いたが、先に背をソファに沈ませたのはノルト伯爵だった。

「行くとなれば、粗相のないようにしなさい」

「は、はいっ！」

お許しが出たことに、ミュリエルはパッと笑顔になる。そしてそこに三つのため息が重なったのは、聞こえていなかった。

# 3章　物語より喜劇的な夜会がこちらです

高い天井一面に施された絵画は、大理石のレリーフと金の装飾に縁どられ、輝くいくつものシャンデリアが作りだす陰影のなかでいっそう荘厳《そうごん》な雰囲気を醸《かも》し出していた。ところがフロアに集まる着飾った者達は浮かれた様子で、誰一人としてそれに気を留めていない。

今宵《こよい》、グリゼルダ・クロイツ・ティークロート殿下を主賓《しゅひん》に催《もよお》された夜会は、招待される年齢層が若いためかいつもにも増して華やかで、活気に満ちたものとなっていた。

そしてミュリエルといえば、熱気にあてられてカナンと二人、壁際にへばりつくようにしてただ立っていた。大変居心地の悪い思いを一生懸命飲み込みながら。

(わ、私ったら、どうして、何をもって、今までやる気を出していたのかしら？　だって、夜会なんて聞くだけで恐怖しかない行事なのに……。き、きっとアトラさん達の期待に、目が眩《くら》んでしまっていたのね……。し、しかも……)

隣には、ミュリエルに引けを取らない状態のカナンがいる。静かな面差しからは、完全に生気が抜けていた。華美でない群青《ぐんじょう》のひとそろいはカナンによく似合っているのだが、暗さに拍車がかかる感じが否《いな》めなかった。せめて厚い前髪だけでも整えてくれればまた印象も違うだろうに、なぜか髪だけは自然体だ。

ミュリエルは自身の纏《まと》う薄桃色のドレスを見下ろした。自分に合わせて仕立てたものなので、ちゃんと似合っているはずだ。髪だって編んで上げてある。ただカナンと並ぶならば、もう少し大人しい方がよかったかもしれない。

どうにもならない居心地の悪さに、ミュリエルの手は自然と胸もとに向かう。そして触れた感触がいつもと違うことでハッとした。

ドレスに合わせ、今日はサイラスからもらった葡萄《ぶどう》のチャームのネックレスではなく、そこそこ豪華なエメラルドを使ったものをつけている。そこではじめてミュリエルは、チャームを触ることが癖になっていることを自覚した。

（だ、だって、なんだか触ると安心するというか、大丈夫と思えるというか。それに、いつでもサイラス様が、一緒にいてくれる、よう、な……？）

不安げに視線を彷徨《さまよ》わせていたミュリエルは、目の前を通り過ぎた人が通りがけに投げていった視線によってピキリ、と体を強張《こわば》らせた。たった一瞬で上から下まで見た相手の目の動きに、呼吸が止まる。

（だ、駄目《だめ》、だわ。や、やっぱり、怖い……）

知らずに冷たくなっていく指先で、胸もとを触る。そしてまた、今日は違うネックレスをしているのだと改めて思い出すのだ。心細さが半端ない。

「……聖獣番殿、大丈夫か？　顔色が悪いようだが」

カナンの顔色とて、他人の心配をする余裕があるようには見えない。否定も肯定もできなくて互いに無言のなか見つめ合えば、どうしようもないほどに二人が同じ穴の狢《むじな》であることを知る。すると瞬《また》く間に妙な連帯感が生まれ、小さく頷《うなず》きあった。

「わ、私、こういった場が大の苦手だということを、失念していたんです……」

「わかる。俺も、こういった場は苦手だ。しかも思えば、夜会自体が初体験だ。他人の視線がナイフのように感じられるな……」

互いに深く共感できる内容に、二人はもう一度頷きあった。

「……だが、やりすごす極意も体得しているつもりだ」

「そ、その極意とは?」

微動だにしないカナンが、視線だけを動かしてミュリエルを見てくる。ミュリエルはゴクリと喉を鳴らした。

「全力で空気と同化することだ」

「空気……」

「あぁ。周りの気配に溶け込み、敵の感知が及ばない存在になりきる」

「っ!　なるほど!」

唐突にミュリエルは閃《ひらめ》いた。

(これは、アレだわ!　アトラさん達とのかくれんぼの応用ね!　息を潜《ひそ》め、身動きを封じ、心の平静を保つ……)

ミュリエルは目を閉じた。そして想像する。自分が今いるのは、着飾った人達の溢《あふ》れる夜会会場ではない。木立のなかであり、茂みの陰だ。そして聞こえてくるのは優雅に奏でられる音楽でも気取った笑い声や談笑でもなく、風が揺らす葉擦《はず》れの音と鳥の声。

（呼吸を合わせるのよ、ミュリエル。体だけではなく、呼吸も周りに馴染《なじ》ませるの……）

強張っていたミュリエルの体が解け、スッと背が伸びる。

「聖獣番殿も、なかなかの手練《てだ》れだな」

「ありがとうございます。聖獣番としての毎日のおかげです」

「さすがだ」

すると、あれほどぎこちなかったカナンとの会話までスムーズになるのだから不思議だ。しかし視線を上げて視覚から状況を理解してしまえば、せっかくの精神統一も水の泡だ。ミュリエルは視線を伏せたままでいることを、密《ひそ》かに心に決めた。

「あの、カナン様、気になっていたのですが、どうぞ私のことは名前でお呼びください。その、私も図々《ずうずう》しくもお許しをいただく前に、カナン様とお名前でお呼びしてしまっていますし……」

実は最初に呼びかけられた時から気になっていたのだが、自然に会話ができるようになったこの機会にミュリエルは切りだしてみた。

「だが俺は身分的に、貴女《あなた》を名前で呼んでいいような者じゃない」

ほんのりと重そうな気配のする内容に、質問を重ねていいのか迷う。しかし言葉を探しているうちに、カナンがひっそりと続きを口にした。

「姫様に拾われて今がある。貴女の言葉に甘えてこの場にいるが、本来なら許されないことだ。自国であれば、不躾《ぶしつけ》な視線どころか罵倒《ばとう》が飛んできてもおかしくない」

うっすらとカナンの立場を理解したミュリエルは、少しの間考えてからおずおずと厚い前髪に隠れる目を見上げた。

「あの、それでも、できれば『ミュリエル』と。上手く言えないのですが、聖獣達を介して出会ったカナン様とは、そうでありたいと、その、思うんです。なぜ、と聞かれてしまうと、ちゃんとした説明ができないのですけれど……」

こんな時、サイラスならばミュリエルの言葉にならない気持ちまでも察して導いてくれるだろう。優しく微笑《ほほえ》んですべてわかっていると頷いてくれるに違いない。しかし相手は会って間もないカナンで、しかもお互いに何かを相手に伝えるのは得意としていない。

「……不愉快ではないか？」

「はい、まったく」

今度はカナンが考え込む番だった。ミュリエルはそれをただ待つ。伝わっただろうか。眉毛を下げたミュリエルに、カナンは視線だけではなく体も向けた。

「……ミュリエル殿」

「はい」

「そう呼ばせてもらう。あと、俺に『様』は必要ない」

「えっと、では、カナンさん、とお呼びしますね」

呼び方を改めたことで、これから共に頑張る者同士さらなる連帯感が生まれた気がした。

そして見計らったように、わぁ、と歓声があがる。

「あ……。サイラス、様……」

ミュリエルは瞬《まばた》きも忘れて見上げた。半円を描く赤絨毯《じゅうたん》の敷かれた階段、その階上にある踊り場に現れたサイラスを。瞬間、視界も音も光さえも、何もかもがサイラスに向かって吸いよせられたように感じた。それほど圧倒的な存在感だった。

（あ、あぁ……。ま、眩《まぶ》しい、わ……。素敵すぎて……、眩し、い……、……、……）

今宵の正装姿のサイラスは、通常時のサイラスに慣れつつあるミュリエルにも眩しすぎた。

黒の詰襟の上衣は首もとと袖口に金糸で緻密《ちみつ》な刺繍《ししゅう》が施され、いくつもの金のボタンには組紐《くみひも》がかけられている。大きさも形も様々な勲章《くんしょう》は重ねて胸を彩るも嫌味がなく、なかでも右肩から左腰にさげられたサッシュの先を飾る勲章は、一等大きくとても華やかだった。その分下衣はすっきりと、白のパンツに黒のブーツでまとめられている。

そして何より素敵なのが、マントの着こなしだ。重厚な長衣を袖に腕を通さず肩にかけ、金の飾緒《しょくしょ》とシルバーの鎖を連ねたもので留めている。表地の色は濃紺で裏地が赤、襟《えり》もとと袖口には金糸の刺繍の他に白の毛皮まで使われていた。

完璧《かんぺき》だ。完璧なまでに完成されたヒーローの姿だ。ミュリエルはもう言葉もなかった。ここまで圧倒的な美丈夫《びじょうふ》が確かに実在しているという現実に、語彙《ごい》も思考も吹き飛んでしまう。

「姫様……」

そんなミュリエルに言葉を思い出させたのは、隣のカナンの小さな呟きだった。体の全機能がおぼつかなくなっていたミュリエルだったが、その呟きで狭まっていた視界が徐々に回復していく。すると眩《まばゆ》い完全体のサイラスの横で、臆することなく微笑む美女の姿が映った。

今宵も紅のドレスを着た、グリゼルダだ。ティークロートの意匠《いしょう》なのか、背から流れるように伸びるトレーンが珍しい、変わった形のドレスを着ている。しかし纏う姿は寸分の隙《すき》もなく、またサイラスの隣にいても見劣りもしない。それどころか二人は並んで立ってこそ、いっそう華々しく輝かしかった。

いつもよりきっちりと髪をなでつけたサイラスは、きつく巻いた赤い髪を一筋だけ胸もとに垂らしたグリゼルダにぴったりとより添い、階段をおりてくる。

緩やかに蛇行する階段からホールに降り立った二人は、まるで光を集めたようだった。その姿は正《まさ》しく、物語から抜け出してきた王子様とお姫様そのものだ。

(……、……、……あっ。な、なんだか、心臓の発作がおきそうな予感が、するわ……。「し」と「ん」と「だい」のことなんて、これっぽっちも考えていなかったのに。うぅっ。何かきっかけになる違う言葉でも、あったかしら……。それともお二人が素敵すぎる、から……?)

ミュリエルは胸もとに手をやる。やはりそこに葡萄のチャームはない。

楽団が最初のワルツを奏でだすと、人の波が割れた。その間を縫って、サイラスとグリゼルダは中央に進み出ると、一番大きなシャンデリアの輝きを浴びる。そして手を取り、腰を引きよせ、見つめ合った。

ふわりと囁《ささや》くように流れだしたワルツの音は二人を包むと、だんだんと重厚なものへ音の質を変えていく。すると、あっという間にホール全体に深く低く響き渡り、くるくると優雅に舞うサイラスとグリゼルダの姿をいっそう引き立てた。

マントとトレーンが二人の動きを追うように揺れる。重さを感じさせない軽やかさが、あまりにも優雅で方々で感嘆のため息があがった。主役の二人はすべての人の視線を総なめにしてなお、堂々とした佇《たたず》まいを崩さない。背を伸ばし眩いばかりに輝いている。

あそこは自分の住む世界とは違う。最初の衝撃が落ち着いてくればそんな思いが不意にわいてきて、ミュリエルはただ静かに二人を見守った。サイラスとグリゼルダは誰から見ても完璧だ。指先どころか、髪の先まで美しく、洗練されていて、品がある。

「姫様は……」

「えっ？」

ポツリと呟いたカナンの声に、ホールに二人が登場してから固定されてしまっていた視線を外して隣を見上げた。

「姫様はやはり美しい。俺は姫様以上に美しい方を知らない。隣にどんな男が並ぼうと、俺の視線は姫様ただ一人にいつだって釘《くぎ》づけなんだ……」

暗い緑の瞳にいつもはない光が灯《とも》っている。それは憧憬《しょうけい》と呼ぶだけでは足りない、熱のこもる目だ。

「……やはり姫様と並べば、いかに団長様が優れていようとそのお相手は荷が重いようだ。

ミュリエル殿も、そう思うだろう？」

「えっ……」

「姫様の美しさに、何か文句でもあるか？」

「い、いいえ！　そ、そんなことは……」

ギロリと落とされた視線は、されどすぐにまたグリゼルダに向けられる。どうやらカナンは自分のお姫様の姿を一瞬たりとも見逃したくないらしい。

「だが、何か思うところがありそうな言い方だ」

「えっ。あ、あの、そ、そうですね……。お、王女殿下は、もちろんとても素敵だと思います。ですが、サイラス様の評価が、その、低すぎると思いました」

「……では、聞こう。ミュリエル殿から見える団長様の姿は、どんなものなんだ？」

ミュリエルは離れたところにいるサイラスを見つめた。

「サイラス様は……」

視線の先ではシャンデリアの光を纏ったサイラスが、滑るようになめらかな動きでステップを刻み、次々とターンを決めている。

「見た目がお綺麗《きれい》なのは言うまでもありませんが、所作も洗練されていて素敵です。風をきるたびに光が舞って、とっても綺麗……。流す視線の先では、ほら、黒薔薇《くろばら》が咲いたように見えませんか？　そこにいらっしゃるだけで、むせ返るほどの色香が辺り一面に漂うんです。そのうえ穏やかで、優しくて。紫の瞳はいつだって……」

そこまで語ってミュリエルは気がついた。サイラスのいつもと違う表情に。端整な面差しはいつも通り息を飲む美しさだ。しかし、どこか人形めいているのだ。目もとをほんのりと緩めることも、口もとがわずかにほころぶこともなく、どこまでも平らで静かだ。

（なぜ、かしら？　……瞳？　そうね、瞳、だわ。いつもみたいに、温かい色じゃないみたい？）

「ミュリエル殿の目には、団長様はそのように映っているのか。思うにそれは……、っ！」

黙ったことで話が終わったと判断したのだろう。ところがカナンは話しだした言葉を途中で途切れさせる。サイラスとグリゼルダの体がグッと近づき、まるで抱き合っているような距離になったのだ。ミュリエルもカナンと同時に体を硬直させた。そして突然の心臓発作に息をつまらせる。

見ていた周りの者達も色めき立った。一人一人の声やため息は小さくとも、重なりあったことでかなり大きなざわめきとなる。

そんな巻き起こったざわめきが残るなか、曲は終わりを迎えた。中央よりさがったサイラスとグリゼルダは、すぐに興奮を引きずった多くの人々に囲まれてしまう。

とても近よる隙間があるとは思えない。そもそもミュリエルにもカナンにも、あそこに突入する勇気も根性もなかった。

「……ミュリエル殿、ここは一時撤退を進言したい」

「……は、はい。戦略的撤退ですね、わかります」

夜会がはじまってからのこの短い時間で、ミュリエルとカナンはこうした場では互いが互いになんの頼りにもならないことをよく理解していた。

「だが、この敵陣で我々に安息の地などあるのかどうか……」

「そ、そう言われますと……、あ！　あちらに参りましょう！」

逃げ場を探して視線を彷徨わせると、たくさんの人々のなかで奇跡的に唯一の顔見知りを発見する。

「レイン様、シグバート様、こんばんは」

来ると聞いてはいたが、先程までまったく見当たらなかったレインティーナとシグバートが立食形式に整えられたテーブルの前を陣取っていた。レインティーナは手にもりもりと肉ばかりが盛られた皿を持っており、シグバートは二人分のグラスを持っている。

ここにきて、ミュリエルははじめて満面の笑みを浮かべた。どこにいても変わらぬ姿を見て、一気に安心したのだ。

「あぁ、ミュリエル。来ないと聞いて諦《あきら》めていたが、会えて嬉《うれ》しい。それに……、とても綺麗だな」

「あ、ありがとう、ございます」

山盛りの肉を持っているというのに、レインティーナの笑顔が爽《さわ》やかすぎた。サラリと乙女殺しな台詞《せりふ》と顔をして、さっそく清らかな香りと共に白薔薇を咲かせている。熱気にあてられていたミュリエルは、心が洗われる思いでその空気を吸い込んだ。レインティーナの清涼剤効果は、たとえその手に香ばしく焼かれた肉を持っていようと抜群だ。

「えっと、レイン様も、その、とても素敵です」

そしてこの言葉に嘘《うそ》はない。独特の趣味を持つレインティーナだが、今宵は文句なく素敵だった。ただ強調しておくと、奇抜である点は変わらない。

色は鮮やかな青。上半身は華やかなシャツにジャケットなのだが、ジャケットの裾がドレスのように後ろに長く伸びている。前側は歩くのに邪魔《じゃま》になる生地はなく、いつも通りのパンツスタイルだ。見たことも聞いたこともない意匠だが、とにかく抜群に似合っている。

蜘蛛《くも》や髑髏《どくろ》といったおどろおどろしい気配も今日はどこにもなく、アクセサリーはシルバーとサファイアのシンプルなものでまとめられていた。

要するに、完璧なのだ。聖獣騎士の制服を脱ぎ捨ててはじめて、完璧な男装の麗人がここにいる。

ちなみにシグバートはライトグレーのそろいを着ているが、何の変哲もない真面目《まじめ》で一般的な着こなしだった。注目すべきは、いつも以上にピッチリ分かれた七三具合くらいか。

「ノルト嬢はどういう心変わりですか？　それにカナン殿と一緒とは、いささか不思議な組み合わせですね」

シグバートの視線が見比べるように動いて、ミュリエルは慌《あわ》てて掌《てのひら》をカナンに向けた。

「えーと、カナンさんが、王女殿下をやはりお傍《そば》でお守りしたい、とのことで……」

そこまで言って、これではなんだかカナンの我儘《わがまま》のように取れるではないかと、ミュリエルは慌てて補足した。

「で、ですが！　私も！　私もサイラス様とお話しする時間が、ほしかったんです。ですから、えっと、ちょうどよかったので、二人で来ました」

これで説明は間違っていなかったかしら、とミュリエルはほんのりと冷や汗をかいた。聖獣に関するあれやこれやは、半端に口にすると言ってはいけないことまで言ってしまいそうで怖い。

「そうか。だが、団長がいれば王女殿下の守りは問題ないだろう？　話は……、まだ無理そうだな。あぁ、よかったらここで一緒に食べないか？　美味《おい》しいぞ？」

あれほど盛られていた肉がない。一瞬ですべて胃袋に収めたらしいレインティーナは、早くも次に取りかかるようだ。ミュリエルとカナンを笑顔で誘う。

「いや、俺は……。それに、俺が、自分で姫様を守りたいから」

主張として弱すぎる、ぼそりとした呟きだった。だが、軽く納得しただけのレインティーナと違って、シグバートは深く頷いた。

「あぁ、なるほど。そういうことですか」

たったこれだけで、どうやらシグバートはちゃんとすべてを察したらしい。銀縁眼鏡の中心を指先でグッと押し上げた。

「ですが、心配には及ばないでしょう。うちの団長は、もう唯一を決めています」

シグバートとカナンが話しているのだと一歩引いて聞いていたミュリエルは、バチッと急に銀縁眼鏡越しに合った目にきょとんとした。

「それは……。そういう、ことか。ミュリエル殿、少々言葉足らずじゃないか？」

「えっ？」

そして今度はカナンに目を向けられてぽかんとする。

「そこは仕方ありません。団長の鋭意攻略中、ですから」

「あぁ、なるほど。しかし、もう陥落《かんらく》しているようだが……」

「自分のことは見えずとも、他人のそうしたことはよくわかるものですね」

なんの作戦の話なのか、ミュリエルはシグバートとカナンを見比べた。ところが男二人の会話はミュリエルを蚊帳《かや》の外にして続く。

「しっかりと聞いていましたか？　貴方《あなた》のことです、カナン殿」

「俺、か？」

「えぇ、先程から視線がすごい。団長だけでなく、王女殿下からも」

まったく話は見えないが、最後の部分だけ理解したミュリエルは、背を向けてしまっていたサイラスとグリゼルダを振り返った。

「っ！」

周りに集まる人も流れる音も景色でさえ、一瞬にして遠くなる。それほど真っ直《まっす》ぐに紫の瞳がこちらに向けられていた。隣にいるカナンでも、傍にいるレインティーナでもシグバートでもなく、サイラスの目はただミュリエルだけを見ている。確かにそう感じられるほど、真っ直ぐな視線だ。

されど、それはほんのわずかな間だった。間近にいる人物から声をかけられたサイラスはそっと目を伏せる。ミュリエルは呼吸が止まっていたことに今さら気づき、息をついた。

「私から提案しても？」

ミュリエルとカナンが向き直れば、シグバートはキラリと銀縁眼鏡を光らせた。

「一曲、お二人で踊ってみてはいかがでしょう」

眼鏡硝子《ガラス》の反射が引けば、その奥の目がわずかに細められている。

「騙《だま》されたと思って、ここはぜひ。きっと進展があると思います。なんなら私達もご一緒しますから」

シグバートは再び空にした皿をレインティーナから取り上げるとテーブルに戻《もど》し、そのまま男装の麗人の手を取った。

「踊るのか？　まだ腹三分で、腹ごなしをするには早いが？」

レインティーナは恨みがましく、奪われた皿を目で追いかけて離さない。

「お二人が踊るそうなので、せっかくです。私達もご一緒しましょう」

「あぁ！　そうか！　それなら行こう！」

パッと表情を明るくしたレインティーナに笑いかけられてしまったミュリエルは、カナンを見上げた。まだお互いに承諾《しょうだく》していない。

（そ、そもそも、あの中央に進み出てしまったら、不特定多数の目にさらされるのでは……）

　サイラスとグリゼルダの登場により食事に気をとられている人は少なく、その少ない人も食事に来ている時点で他人に興味のない者達だ。そうなるとこの場所にいる限り、比較的心穏やかでいられる。ところがあのシャンデリアの光が降り注ぐ場所に行ってしまえば、人目を引く見た目ではない自分でも、多少は視線を浴びることになってしまうのではないか。

　ミュリエルがまごついていると、カナンも少しだけ考えるようにしてから、スッと右腕を軽く曲げて持ち上げた。

「……今日の俺を見ていたら不安だと思うが、ダンスは得意なんだ」

　ミュリエルはさらに少し迷ってから、腹をくくった。エスコートする意思を見せるカナンの腕は、おりる気配がない。こうなったら、こちらもそこに手を乗せるしかないだろう。

　とはいったものの、チラリチラリとかすめる他人の視線を感じてしまえば、ミュリエルの肩は縮まってしまう。

「……ミュリエル殿、今は姫様が踊った時と違って他に何組もこの場に立っている」

　言われなくてもわかっている状況を、わざわざ深く意識させないでほしいとミュリエルは思った。されどカナンの言いたいことは、別のところにあったようだ。

「人の波に紛《まぎ》れよう。木を隠すには森、人が隠れるには人混み、だ」

「な、なるほど……！」

　目の覚める思いで、ミュリエルはカナンと共にホールを進む。そして真ん中でも端でもないほどよく半端な場所を陣取ってホールドを組むと、ミュリエルは、おや？　と思った。

（私を安心させるためかしら、と思ったけれど、カナンさんは本当にダンスがお得意なのね）

組んだ瞬間の背筋の伸びる感じも、腕や肩の角度も、少しも苦痛がない。そして、かく言うミュリエルも実のところダンスはそれなりにできる。

なぜなら引きこもりを黙認する条件として、父親であるノルト伯爵から令嬢として身に着けておくべき事柄はちゃんと修めるように言われていたからだ。ひと通りの科目を修めるとなれば、そのなかにダンスは必須と言える。そして運動神経はないミュリエルだが、リズム感はよかった。そんなわけで、ダンスの腕前はなかなかどうして悪くない。

上手くなると相手の欠点がわかるものだ。練習相手を務めてくれた父親がどちらかというと下手で、逆に弟のリュカエルはそつなく上手い。そのため組んだ途端にカナンの腕前についても信じることができた。

となると曲のはじまりと共に踏み出す二人のステップに淀《よど》みはなく、予定通り問題なく周りに馴染んでいた。

「……こういっては失礼だが、意外と踊れるんだな」

カナンの評価も今までのミュリエルを見ていれば妥当と言えよう。とくに不満に思うこともなく、ミュリエルは笑った。

「はい。カナンさんも本当にお上手ですね」

「俺は姫様のお相手を、まぁ、公式な場ではなく遊びでだが、幾度もしていたから。正直、かなり練習もしたし、自分でも上手い方だと思っている」

姫様の御為《おんため》、とブレないカナンにミュリエルは笑みを深めた。なぜ笑われたのか気づいたのか、カナンも微《かす》かに表情を緩める。

そして気持ちが温まってくると、体も温まるものらしい。二人のワルツは誰が見ても上々なものだった。

「ミュリエル、ダンスが上手なんだな！　カナン殿も！」

シグバートとクルクル回りながら器用によって来たレインティーナが、笑顔を振りまく。

「あ、ありがとうございます。えっと、レイン様は……」

とても楽しそうなレインティーナだが、そのワルツはどうにも粗削りだ。なんと言って褒めようかと悩んだ気配を察したのか、レインティーナは明るく笑い飛ばした。

「ははは！　私は女性パートが苦手だ。男性パートなら得意なんだが……、おっと！」

「レインティーナ、集中してください。私は踏まれて足の骨を折りたくない」

生真面目な七三の騎士は、自由奔放《ほんぽう》な白薔薇の騎士に手を焼いているようだ。しかし、組み合わせ的には息があっている。粗削りだが華やかで、不規則だが外れない。だからか見ていてとても楽しい。

「私、夜会って怖いことしか起こらない場所だと思っていました、でも……、ふふっ」

ミュリエルは心から楽しいと思える状況に、自然と声をだして笑った。

楽しいと思えば不思議なもので、時間などあっという間に過ぎる。危なげない足取りで一曲踊り終わった二人は、空気に溶け込みながら壁際に戻った。

（心も体も温まったみたい。サイラス様と王女殿下がいらしてからそこそこ時間もたったし、そろそろお話しするのにお二人に近づけそうかしら……）

自信がついたからか少しだけ鼻息を荒くして、壁際に到着したミュリエルは振り返った。

そしてカナンと二人、同時に固まる。

「お相手願えるだろうか、ミュリエル」

「この手を取ってくれるな、カナン」

目的の相手が瞬間移動でもしてきたかのように、目の前にいる。これはわざわざ行く手間が省けた、などと喜ぶことはできなかった。なぜかサイラスにしてもグリゼルダにしても、笑顔なのに目がまったく笑っていないのだ。

紫の目も琥珀《こはく》の目も爛々《らんらん》と輝いていて、それはまるで獲物を追いつめた強者の目を連想させる。そんな不穏な笑顔で差し伸べられた手を、いったい誰が取れるというのだろう。

ミュリエルは反射的に怯《おび》えて一歩引き、カナンも同様に身を強張らせて一歩引く。そしてその様子に、二者の目がより光を増した。

「君があれほど踊れるなど知らなかった。夜会が苦手だと言って隠していたのか？　悪い子だ。いや、君はいい子だな？　ならば私とも踊ってくれるだろう。そうだな、ミュリエル」

「ふふっ。なぜそのように緊張しているのだ。手など、いや、手だけではないな。この身になど、お前は飽《あ》きるほどに触れているだろう？　そうだな、カナン」

ズズズイッと迫りくるサイラスとグリゼルダの綺麗な顔に、逆光で影が落ちる。笑っている

のに笑っていない美男美女二人の圧力は、一歩また一歩とミュリエルとカナンを追いつめた。そしてとうとう背中が壁へと到達してしまう。

このまま行けば美形二人が壁に手をつくのも時間の問題だ。そう思ったのだが、驚くことにこの状況でカナンが一歩前に踏み出した。鼻と鼻の間が拳《こぶし》一個分もない二人の距離に、ミュリエルの方がドキドキしてしまう。

「……俺が飽きることなど、ありえない」

圧倒的強者に狙いを定められたこの状況で、よく声を発することができたものだ。ミュリエルはドキドキしながらも、尊敬の眼差《まなざ》しでここまで共闘してきた同志を見た。

「……行きましょう」

カナンは背を壁から離すと、こちらに向かって微かに頷いた。ミュリエルはそのわずかな動きに、同志からの力強い激励《げきれい》を確かに感じた。

(そ、そうだわ。私とカナンさんは何をしにここに来たの？　カナンさんは王女殿下の傍に行くため。私はサイラス様とお話をするために来たんじゃない！　しっかりするのよ、ミュリエル！　せっかく苦手な夜会に足を運んだのだから、目的を果たさずしてどうするのっ！)

退《ひ》くためではなく進むための一歩を踏み出したカナンに、ミュリエルも続かなければならない。ならば、とサイラスの伸ばされた手に自らの手を重ねた。

ところが握り返された手には常にない力が込められている。ミュリエルがつい視線を上げれば、不穏に光るサイラスの目は収まるどころかその輝きを増していた。

サイラスが美しい顔にゆっくりと微笑みを乗せる。そして視線をそらさないまま、ミュリエルの指先に唇をよせた。

ボンッ、とミュリエルは発火した。一気に心拍数をあげた心臓が勢いよく血流を運びだすと、ドクドクと流れる血潮を全身で感じる。まるで体すべてが心臓になってしまったみたいだ。

（こ、こ、これは、だ、駄目、駄目すぎる、わっ！　それでなくても心臓に負担がかかっているのに、こんな過稼働をさせたら……。し、しかも、サイラス様の、お顔が、なんだか……）

艶《つや》めく瞳も甘い微笑みも、揺蕩《たゆた》うような色気を過分に含み、背後には大量の黒薔薇を咲かせている。それはある意味いつも通りのはずなのに、花弁を広げた黒薔薇は今宵に限ってどこか妖しい艶を帯びていた。

（い、今までどんなに艶っぽくても、紳士的な姿は絶対に崩れなかったのに……。なんというか、こ、今宵のサイラス様は……、そ、そう！　壮絶な色気を荒ぶらせる、魔性の男！　溢れ出す悪い男感が、半端、ないっ!!　……うっ！）

後ろに卒倒しそうになったミュリエルは、握られた手を引かれて腰に腕を回される。そしてそのままサイラスの胸もとに抱き込まれた。

「いけないよ、ミュリエル」

「っ!?」

ミュリエルの気絶を食い止めて正気を取り戻すためなら、今のサイラスはきっと何にも糸目をつけない。そう思わせる壮絶な色気を滴《したた》らせた、甘い甘い声音だった。

「ちゃんと、私を見るんだ」

サイラスがミュリエルの耳元に吐息でもって囁きかける。ぞくぞくとした痺《しび》れにも似た感覚が、背中をなでていった。疼《うず》くようなその感覚に耐えられずに背中をそれば、ミュリエルのあごは自然と上向く。そうなれば唇も意思とは関係なく、薄く開いてしまうものだ。

黒髪で顔に影を作りながらのぞき込むサイラスと、のけぞるように顔を上げたミュリエルの距離は、とても友人という関係が許すものではなかった。至近距離で紫の瞳が煌《きらめ》き、翠《みどり》の瞳は潤《うる》む。

「……君の吐息を、このまま奪ってしまおうか」

危なげのあるほの暗さを含んでサイラスが笑う。この時ミュリエルの口からは、吐息どころかわずかばかりの空気の移動もなされていない。それなのに吐息を奪うとは、この魔性の男は魂でも吸い取るつもりか。それはもはや魔王の所業だ。

(し、しし、死んじゃう。死んじゃうわ。し、しし、心臓が、痛いどころか、このままでは、ば、爆発してしまいそう……っ！)

それでも息の根が止まらなかったのは、サイラスがわずかに目を伏せたからだ。射貫くような強さのある瞳から逃れたことで、唇が乾《まぬが》ききる前に呼吸が戻ってくる。緊張が最高潮なのは変わらないが、なんとか心臓の爆発は免れた。

「……行こう」

抱きよせられたまま、サイラスがミュリエルをホールの中央へと導く。混乱の極致にいるこの時のミュリエルには、他人の目を気にする余裕は皆無だった。

そしてそんな混乱などお構いなしにサイラスがホールドの姿勢をとれば、曲さえも問答無用にはじまる。心も体も準備が整わないまま突入したワルツが、上手くいくはずがない。

ところがそんな予想に反して向かい合った二人の姿勢はお手本のようで、さらには最初の一歩も完璧だった。思考を停止させているミュリエルを補って余りあるエスコートを、サイラスがしてみせたのだ。むしろ無意識だった分、ミュリエルは相手がサイラスであるという緊張を感じず、自分の持てる最高の動きをしていた。

そんな真っ白になっているミュリエルの視界の隅《すみ》で、深紅の色が揺られて舞う。

瞬きをしたことで焦点が合えば、それがすぐにグリゼルダであることに気づいた。ついで、あちらはカナンと踊っているのだと思い出す。二人の踊る姿を見て、ミュリエルは意外だなと思った。そして真っ白になっていた意識は、そのまま簡単に二人に向いた。

（お二人の性格的に、王女殿下がお好きに踊られて、カナンさんがそれに合わせていくスタイルかと思ったけれど……。不思議だわ、逆なのね……）

そして何より二人はとても楽しそうだった。普段は表情の薄いカナンの顔にははっきり笑みが浮かんでいたし、グリゼルダもまたサイラスと踊っていた時の優美な笑みではなく、ほころぶような笑みを浮かべている。

（……なんて素敵なのかしら。お二人の息がピタリと合って、しかもそれが絶対に乱れないと思える自然さがあるわ）

「ミュリエル、他所見《よそみ》がすぎる」

　お手本の距離にあったサイラスの体がグッと近づく。しかもミュリエルがそれを意識するより早く、サイラスがステップに一瞬だけ変調を加えた。だがここでも意外なことに、ミュリエルの体は素直に応えて動く。

　不思議なほどの体の軽さに驚くと同時に、ミュリエルはサイラスのした小さな意地悪に翠の目を見張った。サイラスがこの手のことをするなんて、日頃の様子を思えば考えられない。そしてそれは、これで終わりとはならなかった。

　ひと呼吸置いただけで、サイラスがステップにまた変調を加えたのだ。それは徐々に、そして誰の目にもわかる形で複雑になっていく。ミュリエルはなぜと問うこともできずに、ただ一心にその動きに応えた。

　知識としてこんなステップがあることは知っている。見たことも試したことも家でのレッスンでならある。だがそれを曲に合わせ、さらには相手にも合わせて狂うことなくできるのかと問われれば、答えは否だった。技量も筋力も足りないミュリエルが、気持ちだけでできるほど易《やさ》しいものではないのだから。ところがそんな思いとは裏腹に、足は軽やかに動く。

（私、ダンス自体に苦手意識はないけれど、でも、変ね。こんなに踊れるはずがないもの……）

　大胆になっていくステップはやはり少しも苦しくない。むしろ伸びやかで、なんだか自分の体がいつもより大きく感じるほどだ。

翼が生えたようだ、とはよく言ったものだ。ミュリエルはまさに今、その心地を味わっていた。足どころか全身が軽く、感じたことのない感覚に心がわきたっていく。それはすぐにのぼせるような高揚感に変わって、ミュリエルの頬を徐々に上気させた。翠の瞳を生き生きと輝かせる。

（あぁ、素敵。とっても素敵！　これは私が上手になったのではなく、サイラス様がとってもお上手なのだわ！　こんなに楽しいと思ったのは、はじめてだもの！）

その感情のまま、先程までのサイラスの様子をすっかり忘れて笑顔を向ける。

「張り合ったつもりだったのだが……。毒気が、抜かれてしまったな」

「えっ？」

ミュリエルの笑顔に一瞬だけ驚いた顔をしたサイラスは、されどすぐに柔らかく微笑んだ。そしてミュリエルは、そのどこか困ったような微笑みに気をとられた。せっかく上手くいっていた足もとが疎《おろそ》かになり、つま先が上がりきらずに躓《つまず》きかける。

しかし、そこはサイラスがすかさず体を支えて難なく次の動作に繋《つな》げてくれた。どこまでもなめらかなエスコートだったため、きっとミュリエルの今の失敗に気づいた者はいなかっただろう。

「す、すみません、私……」

せっかく楽しく上手に踊っていたというのに結局失敗してしまい、自然と眉が下がる。

「いや、今のは私がいけなかった。もうしないから安心してくれ」

そうサイラスに言われたミュリエルは、反射的に嫌だ、と思った。その気持ちは素直に口から飛び出す。

「いいえ！　とっても楽しいです！　ですから、もうしないなんて言わないでください！」

そう勢いよく言い返してから、ミュリエルは我に返った。慌てて言い募《つの》る。

「わ、私、こんなに楽しいと思えたのが、はじめてなんです。その、サイラス様となら……。サイラス様が嫌でなければ、何度だってこうして踊っていただけたら、と、思ってしまって……。す、すみません。私ったら、はしゃぎすぎですね……」

自分の現金さが恥ずかしい。こうなると高揚していた気持ちはみるみる萎《しぼ》んでいく。

「いや、そう思ってもらえたなら、私も嬉しい」

柔らかく優しい声がして、ミュリエルの気持ちはしぼみきる前にサイラスによってすくい上げられた。

「それに、そもそもは私が君に許しを乞う立場だ。本来ならこんな風に自分の気持ちを先にぶつける権利などない。それでも……。どうか、弁明の機会をもらえないだろうか？」

ダンスの楽しさに本来の目的を忘れていたミュリエルは、サイラスの切実な様子に本分を思い出し、逆に恐縮した。

「あ、あの！　あれは、違うんです！　私の方がいけなくて、えっと……」

「君がいけないところなど、何もない」

微かに首を振るサイラスに、ミュリエルは負けじと首を振った。

「じ、実はあの時、アトラさん達とも会話をしていたんです。それで、その、サイラス様にではなく、ケシェットさんに返事をしたつもりでした。ですので、サイラス様のことを信じてないなんてことは絶対になく、それで、それで……」

あんなにも頭のなかで謝罪の順序を練習していたというのに、ミュリエルの口から出る言葉は途切れがちでなんとも中途半端だ。

「だが、それよりも前に君は私から逃げただろう？」

「あっ！　そっ、そっ、それは、ですね……」

サイラスから己の不味《まず》い説明を補い、確信に迫る質問が出ると、ミュリエルの頭のなかに用意してあったはずの説明はすべてどこかに飛んでいってしまった。

これ以上の勘違いを生まず、また傷つけないためには真実をそのまま話せばいい。しかしそれでは乙女としてのミュリエルの何かが損なわれる気がして、どうしてもまごついてしまう。

「わ、わ、私……」

視線の定まらないミュリエルを見て、サイラスの顔はどんどん寂しげになっていく。

「……、……、……じ、実は、あの時、前日の格好のまま、だったんです……」

寂しい、悲しいと如実《にょじつ》に訴えるサイラスの顔を見て、ミュリエルは自分の身を削る選択をした。

「恥ずかしかったんです……。身支度もしていない姿を、サイラス様にお見せするのが、とても恥ずかしくて……。それで……」

とうとうだらしない自分を告白してしまったミュリエルは、真っ赤になってうつむいた。いつだってキッチリとしているサイラスに、怠惰《たいだ》な姿なんて知られたくはなかったのに。

そんなたるんだ己の姿を知ったら、サイラスはどう思うだろう。心臓発作の予感に、ミュリエルは自身の胸もとを握る代わりにサイラスの手をより強く握った。

「もしかして、聖獣番の仕事に無理があるのか？　休憩《きゅうけい》や食事の時間はとれていると思っていたが、足りなかっただろうか？　いや、それよりも今は？　私の我儘で、このような場にまで引っ張り出してしまった。そうだな、終わったらすぐに休めるところに連れて行こう」

ところがサイラスが気にかけたのは、ミュリエルの体調についてだった。心底心配しはじめたサイラスにミュリエルの羞恥《しゅうち》による熱は引き、代わりにさらなる申し訳なさが押しよせてくる。

「ち、違います！　具合が悪いところなんてありませんし、むしろ聖獣番になってからの方が健康体なくらいです。今だって何も問題はありません！　あ、あの日は、前の晩にアトラさんから一緒に寝るのを誘われて、それでついそのまま寝てしまっただけなんです……」

まるっとスッキリすべての説明をしてしまってから、ミュリエルはサイラスを上目遣いでうかがった。

「では、私の勘違いだったと思っていいのだろうか？　その、仕事上のことなのだが、見られてしまえば不誠実と思われても仕方ない行動に心当たりがあるんだ。……ただ、それでもどうか、私の気持ちだけは疑わないでほしい。私は君が、大切なんだ」

ミュリエルの行動に言及などいっさいせず、サイラスは切なげな表情で許しを乞うような眼差しを向けてくる。ミュリエルは己の不安や羞恥をあげつらうことをせず流してくれたサイラスに、同じように不安を拭《ぬぐ》ってあげたいと思った。

「大丈夫です。お仕事が大事なのは、私も立場は違いますが聖獣番をしてちゃんとわかっています。それに、サイラス様が誠実なのもよく知っていますから……。それよりもとってもお忙しいようなので、サイラス様こそお体を労《いた》わってください。私も、その……。貴方が、大切です」

するとサイラスがやっと柔らかく笑う。ミュリエルもサイラスの勘違いをちゃんと解くことができた手応えを感じて、笑顔を見せた。

（これで、大丈夫、よね？　さらなる勘違いがないように、言い間違いとか、言い足りないこととか、ないかしら？　サイラス様に「気を遣わなくていい」なんて間違っても思われないように……）

「ありがとう。やっと、安心できる。君は、私を嫌ってしまったわけではないんだな」

「はい。好きです」

その一言は、大変な威力を持っていた。

ミュリエルにしてみれば一瞬前にしていた脳内確認と、事前に行っていた脳内予行練習が混ざってしまったための一言だった。「嫌い」ではなく「好き」と伝えるべきだ、と。

しかし、サイラスにとっては違う。紫の瞳が艶めいて、色を濃くする。強い眼差しは、瞬きも許さずにミュリエルの視線を絡《から》めとった。

(ああああああっ！　私ったら、なんてことをっ！　す、すすす、好き、だなんて！　ち、違うのに！　あ！　いいえ、違わないわ！　サイラス様のことは、す、好きだし、大切だけれど、そうじゃなくて！　お、お友達として……！　あ。で、でも、今の流れだと、無意識だった分、なんだか自然な感じだった、かしら？　逆に慌てて言い直した方が、不自然のような。そ、それなら、補足の説明をして、お友達としての好きをお伝えする方向に……っ！)

ミュリエルは色んな焦燥《しょうそう》に駆られた結果、事前に口にしたことのある言葉をまくしたてた。

「わ、私、サイラス様のことを信じているんです。だって、今まで私が見て触れて一緒に過ごしてきたサイラス様は、誠実で真摯《しんし》で優しくて、とっても素敵な男性だと知っているから。なので、いつだってどんな時だって、サイラス様を信じています！」

先の言葉を否定するのではなく、友情は信頼に重きを置くものだと、ミュリエルはその点を強調して言葉を重ねてみた。するとサイラスは数度瞬いたあと、笑みを見せる。ミュリエルは大輪の薔薇がほころぶ様を、まざまざと目にすることとなった。

「私も、君が好きだ。何事にも一生懸命で、素直で、心の綺麗な君のことを、とても素敵な女性だと思っている。だから、いつだってどんな時だって、君を信じている」

サイラスの花開くような笑みは、一瞬で辺り一面に最大濃度の色気を放出した。ミュリエルは壮絶な色気にあてられながらも、サイラスの台詞を聞いてとりあえずはホッとした。

(ゆ、友情を込めて口にした私の台詞を、サイラス様がそっくり真似て返してくださったということは、ちゃんと伝わったということ、よね……？　す、凄《すさ》まじい色気は、あれだけど、ちゃんとお友達としての、す、すす、好きが、つ、伝わったのよ、ね……？）

これ以上弁明を重ねるとより余計なことを口にしそうだと自分でも思ったミュリエルは、焦《あせ》りから潤んだ瞳のままサイラスを見上げた。もう少し色気の放出をなんとかしてください、と思いながら。

しかしサイラスは何を思ったのか、より深く、より甘く微笑む。しかもそのむせ返るほどの色香は広いホールのなかに漂って薄まってはいかず、ワルツのステップに乗ってくるくるとミュリエルを包み込んだ。

香りも色も光も、サイラスに染まる。あまりの濃密な空間に閉じ込められてしまったせいか、ミュリエルは見る間に現実感を失った。ここは二人だけの世界だ。ミュリエルの他にいるのはサイラスただ一人きり。

シャンデリアから降り注ぐ光の粒が、まるで黄金色の飴《あめ》のようにトロリと甘く溶けていく。サイラスのしなやかな肢体《したい》に触れるたび、視線にさらされるたび、吐息をかすめるたび。一つ二つと溶けて潤み、甘く甘くトロリと香る。

「私は少し、いや、かなり……、拗《す》ねていたんだ」

二人だけの世界でサイラスが囁く。

「今日、ここに来た時に君の身に添う石が、いつもと違う色だったから」

胸もとに向けられた視線に、肌が熱を持つ。

「これからは、どうかいつもと同じ色を傍に置いてほしい」

ほてる熱はじわじわと一度全身に広がると、今度は徐々に凝縮して体の真ん中、ちょうど胸の奥にたまってとどまる。身の内を焦《こ》がす引かない熱にうかされたように、ミュリエルの呟きはか細く頼りなかった。

「私も、いつもと違うと気づくたびに、今日はとても心細かったんです。心の拠《よ》り所にしていたのだと、やっと気づいて……。だから、これからはずっと、傍に……」

夜会に来て、ミュリエルは何度己の胸もとを押さえただろう。そのたびに今日はつけてない葡萄のチャームを思ったのだ。今まで気がつかなかったが、きっと日常でも何度も触れていたに違いない。それは間違いなく心の拠り所にしている証左だった。

「君を……、この腕に囲えて嬉しい」

サイラスの回す手に、わずかに力が込められる。ワルツを意識させるその仕草に、ミュリエルはホールドを組む自身の姿勢に気を配った。

(今日、一緒に踊れたことを、サイラス様も嬉しく思ってくれている、ということかしら？それなら、私も嬉しいわ……)

ミュリエルは恥じらいながらも微笑む。自分だけでなく、一緒の時を共有している相手も同じように想ってくれている。それはとても素敵で幸せなことだ。

「ずっと、このまま君とこうしていたい。だが、もう終わりが近いようだ」

楽団の奏でる曲が終盤にさしかかっている。あれほど極限の緊張状態ではじまったダンスなのに、今はもう少し踊っていたいとさえミュリエルは思った。

ところが、そんな夢見心地な気持ちはやはり長くは続かないものだ。そもそもサイラスと一緒にいて、それだけで済むと思っているミュリエルの見立てがどうしたって甘い。

色の濃くなった紫の瞳が、色気たっぷりに艶めく。

「だから、刻み込ませてくれないか」

黄金色の飴が、またトロリと溶けていく。

「忘れないように、強く、深く」

サイラスの吐息の熱にさらされて。

「君の、体に」

甘い甘い雫《しずく》はミュリエルの耳朶《じだ》を犯し。

「私のリズムを」

そして体に沁《し》み込んで、先程灯った胸の熱と混ざりあった。

重なり、溶けて、一つになる。そしてそれはサイラスの望み通りに、ミュリエルの心に消えない痕を残すのだ。サイラスのつけた熱く深く甘い、痕。

カッ、と全身が熱くなって目が眩む。やりすごすことができない勢いで、ミュリエルの膝《ひざ》から力が抜けた。

サイラスがミュリエルの膝の裏に腕を通して横抱きにする。まるで図ったような正確さで、それは曲の終わりと同時のことだった。

「無理をさせすぎてしまったな。やはり少し場所を変えて、休もうか」

開け放たれたバルコニーに有無を言わさず連れ去られそうになったミュリエルは、驚いてサイラスの肩につかまる。その肩越しにホールが見えて、そこでやっと周囲の視線を総なめにしていることに気がついた。誰も彼も頬を染め、なかにはサイラスの色気にあてられたのか眩暈《めまい》を起こしているご令嬢も見える。

ミュリエルは肩につかまったまま、首を引っ込めてたくさんの視線から逃げた。それはサイラスの胸に頬をよせるような仕草に見えなくもない。しかし、それどころではない。

(わ、わ、私、とても、とても目立ってしまったわ！　ダンスを楽しんでいる場合じゃなかったのに！　こ、このまいくと、物語でよくある壮絶な罵《ののし》りを、ご令嬢方に囲まれて受けるはめに……。そして、巡り巡って最終的には……)

——突然の、死。

ミュリエルは久方ぶりに白目をむいた。しかしそれは折よくサイラスの腕のなか、胸に顔を埋《うず》めていた時のことだったので、上手いこと誰にも見咎《みとが》められることはなかった。

バルコニーに用意されていた長椅子にそっとおろされたミュリエルは、冷えた感触にハッとした。扉をくぐった途端に変わった空気は澄んではいるが冷たく、ほてった肌はもう熱を失ってしまっている。

ふるりと体が震えると、サイラスが羽織っていた長衣を脱いでかけてくれる。かけてもらった長衣にはサイラスの体温が残って暖かく、また心地よい重みがあった。

されど香る黒薔薇が、安心だけを与えてくれないのだ。向かい合って適度な距離にいるはずなのに、サイラスに抱きしめられているような勘違いをしてしまいそうになる。

「ここで、もう少し二人の時間を過ごしたい」

正面で片膝をついたサイラスに手を握られて、ミュリエルは小刻みに首を振った。それなのにサイラスは余裕たっぷりに微笑むと、そのまま指先に口づけを落とし、続けて手の甲にも唇をよせる。

「賞賛、敬愛……」

唇の触れる場所により意味を持たせるのは、お互いに読んだことのある物語のなかの決めごとだ。それをしっかり意識させてから、サイラスは握ったミュリエルの手をクルリと返した。

それによりミュリエルは、次にどの場所に唇が触れるのかを知る。掌ならば求愛、だ。

「ま、まま、待ってください！」

軽く引かれる手を引き返してミュリエルが止めるも、サイラスは微笑みを崩さない。

「違う場所がいいだろうか？」

「ち、違う……？」

予想だにしない質問を受けて一瞬思わず違う場所を想像したミュリエルだったが、即座に発火する。指先や手の甲以外は、より難易度の高い場所しかない。そして固まってしまったミュリエルに対して、サイラスは待つことをやめたらしい。顔がゆっくりとうつむき、掌に向かって落ちていく。

「っ！　サ、サイラス様！　わ、私……、はっ！」

遮る言葉の途中で天啓のように閃いた考えに、ミュリエルは逆にサイラスの手を握り返した。重大な報連相の抜けを思い出したのだ。

「サイラス様、私、大事なご報告があるんです！」

身を乗りだしたミュリエルの意表を突く動きに、サイラスが思わず顔を上げる。色のある空気が霧散した気配に、ここで一気に報告してしまおうとミュリエルは勢いを得た。

まずはアトラ達とギオが和解したことからはじまり、殺処分のこと、グリゼルダがパートナーではないこと、だがカナンがギオのパートナーになり得るかもしれないこと、それらを矢継ぎ早に話しきる。

そして解決策として、カナンとギオに絆《きずな》を結んでもらうためにも、カナンには死ぬことばかりに気を取られず、想いを向けているグリゼルダをちゃんと自身で守ってもらうことが有効なのではないか、と提案した。

「殺処分の話は、私もグリゼルダから聞いて知ってはいた。しかし、私のいない間にそこまで話が進んでいたとは……。君が聖獣番として優秀なのは、今までの働きから十分にわかっていたが……。よく、やってくれた」

話しはじめてから隣に座ったサイラスに、ミュリエルはお褒めの言葉をもらって表情を明るくした。

「私もグリゼルダとギオの様子を見て、おかしいとは思っていたんだ。だが、君のおかげで確信が持てた。それで、君から見たギオはどんな聖獣だろうか？　カナンに確実にギオのパートナーとなってもらうためには、聖獣の性格によりアプローチの方法を変えた方が効果的だ」

そこでミュリエルは考えた。おおまかな分類的には、ギオはアトラと同じ系統だろう。ただアトラほど面倒見がいいようには思えないし、真面目でもない。

これをどう伝えればいいだろう。少し悩んでから、ミュリエルは口を開いた。

「アトラさんと似ているところもありますが、もっと荒っぽいといいますか。その日暮らしの気のいい山賊？　みたいな？」

そのものズバリの言葉が思いつかなくて、ミュリエルは自分の言ったことなのに違和感があって首を傾《かし》げた。読んだことのある物語で似た登場人物がいればよかったのだが、ちょっと思いつかない。完全なイメージ先行の表現となってしまった。

「あ！　こ、ここだけの話にしてください！」

万が一にもギオの耳に入ることがあれば、大変なお怒りを買うことになってしまう。

「あぁ、もちろんだ。君の言いたいことは、なんとなくわかった。そちらについては、また考えよう」

今の意味不明な説明で伝わるなんてさすがサイラスだ、とミュリエルは感心した。すっかり自分の表現のまずさは棚上げだ。

「それとは別に、気になっていることがある。もう一点だけ、聞かせてほしい」

「は、はい。なんでしょうか」

改まったサイラスの様子に、ミュリエルはキリリと表情を引き締めた。

「シグバートに届けさせた本のことだが、気に入ってもらえたか？」

「あ！　はい。そうでした。いただきものをしたのにお礼が遅くなり、申し訳ありません。ありがとうございました」

構えるほどの内容ではなくてミュリエルの返答は軽くなったが、対してサイラスは視線を伏せてなんだか少しはにかんだような雰囲気だ。

「喜んでもらえたなら、私も嬉しい。二人がはじめて想いを言葉にする場面などは、私としても通ずるものがあって……。そんな気持ちで君に贈ったんだ」

「通ずる、もの……？」

この言い方からすると、サイラスはやはりあの本に意味を持たせてミュリエルにプレゼントしてくれたらしい。ミュリエルは物語の内容をもう一度考える。そして納得した。

（あ！　なるほど！　そういうことだったのね！　身分違いの恋、それに琥珀色。これは、王女殿下とカナンさんを応援しようというサイラス様のメッセージだったのだわ！　今日の様子を見ればカナンさんだけではなく、王女殿下の気持ちが同じだってこともわかるもの。それならぜひ、私も応援しなくっちゃ！）

会って間もない時に二人の気持ちを見抜く、そんな芸当はサイラスだからこそできたことだろう。自分では到底無理だと思いながら、ミュリエルはふんわり微笑んだ。

「とても素敵だと思います。私もサイラス様と同じ気持ちです」

物語のなかでヒーローとヒロインは、身分違いから素直に気持ちを伝えられないでいた。その二人がはじめて想いを伝えあう場面は、乙女ならば誰もが憧れを持つだろう。カナンとグリゼルダがそうなれたら、なんとも素敵ではないか。

「では、今から見に行かないか。今宵はちょうど満月だ」

視線を伏せていたサイラスが、答えを聞いて艶やかな紫の瞳をミュリエルに向ける。誘う声は甘くかすれ、緩める口もとにも細める目もとにも壮絶な色気が溢れていた。当然ミュリエルは息をつめることとなる。

（な、なな、なんで、なんで急に……っ！）

突然の色気にあてられたミュリエルは、それでも必死に頭を働かせた。本の内容に即して、サイラスは月を見に行こうと言っているのだろう。今しがた話題にした場面は満月の晩であって、物語を再現するなら確かに今夜はうってつけだ。

（で、でも、サイラス様と私が、行く必要はあるのかしら？　だって、ここはやっぱりカナンさんと王女殿下を二人きりにしてさしあげた方が、いいような……。そ、それに……）

ミュリエルはもとより、この誘いを断るしかなかった。なぜなら先約がある。

「す、すす、すみません。わ、私、実はこのあと、約束があって……」

「約束？　誰と？」

「っ⁉」

今の発言の何がいけなかったのか。強烈な色気の真っただなかに、あわや魔王再降臨の憂き目を見る。ミュリエルは声をうわずらせながら、瀕死《ひんし》の状態で訴えた。

「レ、レレレ、レグさん！　レグさんです！　レグさんからドレス姿が見たいから、獣舎によってほしいって言われているんです！」

言葉を重ねると魔王はあっさりとお帰りいただけたようで、とりあえずミュリエルはホッと胸をなでおろす。

「そうか。だが、月を見てからでは駄目なのか？　今宵の月は、格別に綺麗だと思うんだ」

魔王はご帰宅いただいたが、色気の安定供給は続いている。ふわりと広がる黒薔薇の香りに、ミュリエルは呼吸を細くした。

「そ、そ、それは……。い、今は……。あ、あとで……。ま、またの機会に、し、しませんか？　ち、ちゃんと仕切り直しに、しましょう！　なので、今日はお暇《いとま》を……」

例えばアトラ達も一緒にお弁当を持って夜のピクニックに行くのなら、首を縦に振れる。しかし、こんな色気溢れるサイラスと二人で夜の月を眺めるなんて、そんなのはいつ気絶してもおかしくない。

「あの、あのっ、私……」

答えてくれないサイラスに、ミュリエルは続く言葉が見つからない。だがサイラスは淡く微笑むとスッと立ち上がった。

『あとで』か。わかった。では、今は送っていこうか」

「で、ですが……」

「今日の夜会に私はいささか年かさで、正直肩身が狭いんだ。それに、グリゼルダには私よりも相応《ふさわ》しい者がついているだろう？」

扉から室内に視線を向ければ、カナンとグリゼルダが仲睦《むつ》まじげにおしゃべりを楽しんでいる。こちらの視線に気がついて、二人同時に首を傾げたのが微笑ましかった。

確かにお邪魔するのは無粋《ぶすい》だろう。明るい室内に気を取られていたミュリエルは、続いて囁かれたサイラスの言葉を聞き逃した。

「それに、もう少し君と二人でいたい」

聞き返そうと思って見つめれば、サイラスが柔らかく微笑む。よくわからないながらつられて微笑むと、笑みを深めたサイラスに手を引かれて立たされた。

「獣舎に向かうなら正面からではなく、庭を横切ってしまった方が早い。行こうか」

バルコニーには庭へおりる階段があり、その庭を横切れば獣舎に戻るには一番の近道だ。しかし、足を階段に向けたところで声がかかった。

「視線を送られたゆえ、何か話があるのかと思えば……。二人で抜けるだけではないか。見せつけおって。面白くない」

「……なんというか、ミュリエル殿も、隅に置けないな」

きっとグリゼルダからだけの非難だったならば、ミュリエルは言い返すことなどできなかっただろう。だが、最後にボソッとつけ加えられたカナンの言葉には、同志としての気安さからつい大きな声で反論してしまった。

「ち、違います！　着飾った格好をレグさん、……せ、聖獣達に見せようと思っただけなんです！」

闇夜に二人で消えるなどと、そんな勘違いをされたままでは耐えられない。今後も顔を合わせる機会のある相手へは、しっかり言い訳をしておくに限る。

「ほぉ！　そうか！　それは思いつかなかったが、興味深い。私もギオに着飾った姿を見せたくなった。獣舎に行くなら庭を突っ切った方が早いのだな？　では、カナン」

グリゼルダが名を呼んで両手を伸ばすと、カナンは勝手知ったる様子で王女殿下を横抱きにした。

いったい何が、と二人を見比べるミュリエルに、グリゼルダはおっとりと笑ってみせた。

「私は慣れぬ靴でもう足が痛いのだ。ゆえに、歩きたくない。そなたもであろう？　遠慮など無用。サイラスに抱えてもらうがいい」

それを聞くや否や、サイラスの動きは早かった。

「気遣いが足りなかったな」

急に高くなった視界と軽くなった足に、ミュリエルはびっくりした顔でサイラスを見た。借りた長衣ごと、包まれるように横抱きにされている。

「い、いいえ、私はまだ歩けるので、お、おろして、くださいっ」

「あぁ、そうだ！　楽しいことを思いついたぞ！　ふふふっ」

ミュリエルのおずおずとした制止の言葉は、グリゼルダの鈴を転がすような笑い声に重なり打ち消されてしまう。

「獣舎まで競争といこうではないか。どちらの男ぶりが上か、勝負して見せよ」

それどころかグリゼルダの思いついた「楽しいこと」の提案がひどい。

「ダンスの腕前はカナンの方が上と言えよう。サイラスも上手だが、相手への気遣いを失念する場面があったからな。その点カナンは、終始相手への思いやりに溢れておった。そなた、そう、そなただ。名は確かミュリエルであったな。そなたもカナンとのダンスを楽しんだであろう？」

一気にまくしたてられたミュリエルは、とりあえず自分に向けられた最後の質問に答えようと首を縦に振った。それを確認したグリゼルダは、いかにも得意げな表情をしたあと、サイラスに向かって流し目をして見せる。

「お従兄殿《いとこどの》、まさか断らぬな？　ここで引くのは、名折れぞ？」

まさかサイラスがそんな子供がするような勝負を受けるはずがない、ミュリエルはそう思った。しかし、紫の瞳は予想に反してやる気だ。

「もちろんだ」

ミュリエルは目をむいた。やる気どころか、サイラスの目は真剣だ。

（な、なんで!?　なんで、サイラス様ったら、やる気なの!?　う、嘘よね？　こんな正装姿に抱っこで、夜の庭を舞台に競争だなんて、そ、そんなこと……）

「団長、大丈夫ですか？　ミュリエルと出たきり戻りが遅いので、何かあったのかと思って」

「すみません。レインティーナが気になると言って聞きませんでした。今はお邪魔になると止めたのですが」

こういった場面でのレインティーナの登場率の高さは、ある意味安定していると言える。

ミュリエルはこの流れを止める光明が見えた気がして、レインティーナに熱い眼差しと笑顔を向けた。それなのにサイラスがくるりと二人に背を向けてしまう。

「あ、あの、サイラス様？」

「……比べようもなく、一番でありたいと思ってはいけないか？　このところの私は、どうにも感情の浮き沈みが激しい。自重する精神的余裕を取り戻すためには、もう少し長く、もしくは多く、飴が必要だ」

「えっ？」

疲れすぎて糖分が足りないのだろうか。ミュリエルは意味がわからずポカンとサイラスを見上げた。しかし返事はない。

「そなた達も参加するがよい。楽しい楽しい抱っこ競争だ。ゴールは獣舎、商品は美女からの賛辞。もちろん、断らぬであろう？」

「あぁ、それで抱っこをしていたのですね！　楽しそうです、ぜひ！」

そして首を巡らせても誰の姿も確認できないことに声をかけあぐねていれば、話は勝手に進んでしまう。しかもレインティーナの存在は光明でもなんでもなかった。清々《すがすが》しいほど気持ちよくグリゼルダの提案に乗っている。

せめて手綱《たづな》役のシグバートが止めてくれないだろうか、とミュリエルは期待した。だが。

「嫌だ、は通用しないのでしょうね。はぁ」

シグバートも常識はあれど諦めが早かった。

「それで、レインティーナ。一応聞きますが、どちらが走りますか？」

「私に決まっている。競争だぞ？　シグバートが走っては夜が明ける。私は負けたくない」

「……夜は明けませんよ。せいぜい前を行く二組の気配が、感じられなくなる程度です」

「訓練ならそれでもいい。付き合う。だが、競争でそれだけ差がつくのは我慢できない！」

謎の負けず嫌いを発揮したレインティーナの叫びに、グリゼルダが楽しそうに笑い声をあげた。

「話すのは、そろそろ終《しま》いにせよ。ほれ、よーい、ドン！」

相手の準備が整っていないことなどお構いなしに、グリゼルダは競争の開始を告げた。

ザザザザッ、と芝や垣根を荒く踏み進む音が暗がりのなかで絶え間なく響く。

なんと言ってもサイラスの走る速度が完全に本気なのだ。ミュリエルの目は夜の色に慣れたはずなのに、焦点を合わせる前に景色は高速で移ろっていく。

「は、激、しい……っ」

しっかり抱きしめられていても、体には強い振動が伝わってくる。自らもしっかりサイラスに抱き着いた方が負担は少ないと早々に悟ったミュリエルは、恥も外聞もなく両腕をサイラスの首に回していた。

「ま、待っ、て。待って、ください。サイ、ラス、様っ。……あっ！」

それでも、激しい振動の合間に往生際悪く制止の言葉を挟んでしまう。しかし、サイラスのスピードは少しも落ちない。

「激し、すぎ、てっ。こんなのっ。……やっ！　駄目っ！」

垣根をよけるのではなく飛び越える気配を見せたサイラスに、ミュリエルは響く振動を予想して身を硬くした。

「ミュリエル、口を閉じてほしい」

着地しても身構えたほどの衝撃はなかった。だが、抱き着いていることで近くなった耳元でサイラスに囁かれ、ミュリエルはゾクリと背中を震わせた。

「間近でそんな乱れた声を聞かされては、気が取られる」

走っている影響をまったく受けていない囁きは、夜の気配に似合った甘さと色気を含んでいる。しかし言われた内容を素直に受け取れば、勝負の邪魔だから黙っていろ、だ。

サイラスはこの勝負にいたく固執している。そう判断したミュリエルは、自分のせいで負けるのだけは避けなければならないと思った。

（お、おかしな勝負だけれど、サイラス様が真剣に取り組んでいるのだもの。もしかしたら私が気づけない、大事な意味があるのかもしれないわ……。はっ！　これを機にカナンさんとグリゼルダ様にもっと仲良くなってもらおう、みたいなことかしら！　そ、それなら……）

そうとなれば、今まで止める言葉ばかりをかけていたことが申し訳なくなる。

「全部、お任せ、しますっ。サイラス様のっ、お好きになさって、くださいっ。……あっ！」

「……」

サイラスから返事はなかったが、きっと勝負に集中しているのだろう。ミュリエルは少しでも負担が軽くなればと、ますます抱き着く腕に力を込めた。

三人は時に並走し時に追走しながら、オブジェやアーチ、噴水といった本来なら障害物になり得ないものを避けつつ進む。

障害物の多いコースで競争する際、最善の道筋を瞬時に選ぶことが重要なのは言わずもがな。そうなると土地勘のある者の方がもちろん有利で、フライングにより優位を得ていたカナンはレインティーナと二位争いをし、首位をサイラスに譲っていた。抱っこされているのがミュリエルと、一番小柄なのも要因かもしれない。

肩口に後方を見れば、二位争いをする二組が見える。その四人の様子は、またなんとも対照的だった。カナンが無表情なのに対しレインティーナはいい笑顔だし、グリゼルダが笑いっぱなしなのに対しシグバートの無駄口はいっさいない。

とくにシグバートの格好がひどい。レインティーナは、自分のジャケットの長い裾が邪魔だったのだろう。抱えているように指示したのか、シグバートが裾を体に巻きつけている。結果、まるでスカートを穿《は》いているように見えるのだ。

しかもレインティーナは知っている場所のはずなのに、コース取りが一番めちゃくちゃで、動きの無駄が多いように思う。垣根を飛び越え、噴水を踏み台にし、オブジェの隙間をくぐる。動きが生き生きとしていることから、わざと障害の多い道を選んで楽しんでいるのではないかと疑いたくなるほどだ。

「はははは、楽、しい、な！　これ、はっ、愉快、だっ！　カナン、私に、格好の、よいところを、見せて、おくれっ！」

舌を噛《か》む危険を恐れずしゃべるグリゼルダに、カナンが速度をあげる。今すぐ抜くために並んで走るのでなく、あえて後ろにさがりサイラスのコース取りをなぞるようにして、ぴたりと追従してきた。それをチラリと確認したサイラスが、ミュリエルの耳元で囁く。

「私は絶対に負けない。君にそんな姿を見せたくないから」

両手はサイラスの首にしがみつくのに忙しく、耳に吹き込まれた吐息に体が震えても、それを逃す術《すべ》がない。そんなミュリエルがギュッとより抱き着いたのは、完全に不可抗力だ。しかしサイラスの抱く腕にも力がこもる。

抱っこされているために体力は減らないし、カナンとグリゼルダのためにもと覚悟を決めたミュリエルだったが、精神的なものがガリガリと削られていくように感じられてならなかった。こうなると、とにかくもう一刻も早くゴールに着くことを祈るばかりだ。

王宮と庭の境にある門も、サイラス達の勢いに緊急かと勘違いした兵士が先んじてあけたことで、立ち止まることなく駆け抜ける。庭に入ってしまえばそこは毎日慣れ親しんだ景色だ。

ミュリエルは獣舎までの距離をはっきりと把握した。残りの道筋を頭に思い浮かべる。

（あ、あと少し……）

このままいけば、サイラスが一位を守ったままのゴールとなるだろう。そう思ったのだが、あるはずのない小山が前方に出現し、サイラスが急停止した。素早くミュリエルをおろすと背にかばい、それに異変を感じたであろうカナンも倣《なら》う。レインティーナとシグバートも、それぞれが動きやすい距離に離れて構えをとった。

「キュキュッ、キュゥウウゥゥン……」

身構えた一同であったが、カナンとグリゼルダ以外はすぐに体から力を抜いた。こんもりとした塊《かたまり》から聞き慣れた声が聞こえたのだ。

『リーンさんが好きや、いつだってめっちゃ好きや……』

「ロロ、さん？」

「あれ？　その声はミュリエルさんですか？」

ミュリエルが聞くと、別の声で聞き返される。これはリーンの声だ。

「リーン殿、これはいったい……」

「あ？　団長殿もいらっしゃいます？　なんか、どうも僕、さらわれるところだったみたいなんですけど。でも、この通り不審者はのされて、僕はロロと愛を確かめ合っています。要するに今、とても幸せです！　幸せの絶頂です！」

全員で大きな毛玉を回り込んでみれば、ロロの胸もとから髪の毛の一部とほんの少しだけおでこが見える。そしてさらに少し先には、三つほどの小山ができていた。

よくよく見ると盛り土で、顔だけ出した人影が下敷きになって伸びているではないか。サイラスの視線を感じたレインティーナとシグバートが盛り土に走りよる。

「三人とも意識がありません」

「これは引っ張り出さないと、動けないでしょうね」

そして出ている顔をしゃがんでベチベチと叩《たた》いて回り、ざっと様子を見分した。

「あれ、レインさんとシグバートさんもいます？　皆さんおそろいなんですね。もしかして、夜会を早退させてしまったのでしょうか。お騒がせして、すみません。でも大丈夫です。不審者？　と思った時には、ロロ達が相手をのしたあとだったので」

リーンの声はくぐもっていて、しかもロロの愛を告げる鳴き声に紛れてさらに聞き取りにくい。ミュリエルはロロに近よると、ビロードのようになめらかな毛並みをなでた。

「ロロ達、とは？」

「僕、周りの様子がまったく見えないんですが、アトラ君達はそこにいませんか？」

辺りにそんな気配はない。だがよくよく目を凝らせば、踏み荒らした数種類の足跡に、えぐれた地面、途中で折れた枝と、ロロだけが何かしたとは思えないような惨状《さんじょう》が広がっている。

一同は顔を見合わせた。そしてロロが落ち着くまでリーンは動けないと判断し、とにかく目の前にある獣舎に向かうことにする。グリゼルダとカナンだけはギオの特別獣舎へと別れて進んでいった。

特務部隊の獣舎に足を踏み入れると、入り口と天窓からさす月明かりでは心もとない。すぐにランプに明かりを灯す。

するとまず、背を向けて丸まっているケシェットとスジオにクロキリ、そしてアトラが確認できた。これで眠っているのだと騙されるほど、ミュリエルと彼らの仲は浅くない。

そしてこんな見え透《す》いた寝たふりをしている原因には、もう当たりがついている。レグの馬房のゲートが大破しているのだ。どう考えてもやらかした本人であるはずのレグは、完全に背を向けて巨大な毛玉と化している。いつもより窮屈そうな姿勢は、きっと頭を隠しているつもりなのだろう。しかし巨体のために、悲しいほどに全容が丸見えだ。

「レグ」

大破したゲートに近づいたレインティーナが腰に手をあてて、いつもより低い声で呼びかけた。

「これはどういうことだ？」

再度声をかけてみるが、沈黙が続く。

「レグ……、レグゾディック・デ・グレーフィンベルク。質問に答えるんだ」

とうとう最後通牒《つうちょう》のような呼びかけがされると、巨大な毛玉からシュバッと四本の脚が生えた。

「ブッフォォオォオォッ!!」

レグが天井に向かって間欠泉もかくやというほど、高く高く鼻息を吹きだす。

『違うのぉぉおおぉぉおっ!! 悪戯《いたずら》とかふざけてとかじゃないのよぉぅ! だって、リーンちゃんが危ないと思ったからぁ!』

そして頭も体もブルンブルンと身震いさせながら、激しい謝罪の言葉を叫んだ。目からは涙が噴き零《こぼ》れている。

『ロロだけじゃ万が一もあるかもしれないし、アタシもいかなくちゃ、ってぇ!! ……ん? あら! まぁまぁまぁ、まぁ!』

ところが平身低頭の謝罪の途中でレインティーナに目を向けると、長い睫毛《まつげ》をバッサバサさせながら瞬いた。

『な、なんて、なんて素敵なのぉぉおおぉぉおっ!?』

レグは完全に目をハートにさせると、最愛の騎士に向かってゴリゴリと鼻やら牙やら頬やらを遠慮なしに押しつけた。レインティーナは激しすぎる頬ずりを受けても、一歩もよろめかない。そして作っていた固い表情を笑みに変えた。

「……わかった、レグ。お前が反省していることはよくわかった」

確かに数瞬前は猛省していた。しかしレグは今、完全にそのことを忘れている。そんなことは露知らず優しく頷くレインティーナを、ミュリエルは見守ることしかできなかった。

『いやぁん！　レインってば、ス、テ、キ！　さすがアタシのレインだわぁ!!』

「大丈夫だ。もう謝らなくてもいい」

『全身をよく見せてちょうだい！　あぁ！　いい！　いいわぁ!!』

「……少し、強く叱《しか》りすぎたか？」

『すてきすてきすてきすてきぃ!!』

「ほら、レグ、私はもう怒っていない」

そしてやはり、相も変わらず二者の会話がまったく噛み合っていない。

さらに見守ることしばし。他の聖獣達が様子を見るために、こっそりと顔を上げては視線だけを向け、そして毛玉に戻るのを繰り返しはじめる。その様子に他のメンバーも通常運転なのを確認した。すると、サイラスが指示を出す。

「レイン、シグバート、伸びている侵入者の処置を頼む」

レインティーナは興奮するレグの首もとを力強く叩くと、チラチラと顔を上げるケシェットをひとなでしたシグバートと共に出て行った。

「ミュリエルには、アトラの通訳を頼みたい」

「は、はい」

いまだお尻を向けるアトラに近よると、まずは耳だけがこちらを向く。

「アトラ、確認だ。お前達に怪我《けが》はないな？」

お叱りではなく案じる言葉をかけられたからか、白ウサギがのっそりと体勢を入れ替えた。

『怪我なんてねぇ、けど……』

ただ赤い目をどこかあらぬ方向にそらしては、チラリとサイラスをうかがい見るので、やましい気持ちがあるのは明らかだった。いつも強気な白ウサギのなかなか見られない行動に、ミュリエルは笑いを堪《こら》える。

『あ?』

途端にガラの悪い声で凄《すご》まれて、ミュリエルは姿勢を正した。

「本来なら、ここに不法侵入するなどという命知らずな者はいないからな。判断を悩んだのだろう? 最善かと言われると難しいところだが、悪くなかったと思う。助かった」

アトラの挙動不審な様子がおかしかったのは、サイラスもだったようだ。頬を緩ませている。しかしアトラの方はばつが悪いのは変わらないようで、意味を乗せずにギリギリと歯ぎしりをした。

「それで、どんな状況だった?」

『どうもこうもねぇよ。リーンが暗くなってもミミズを掘り返しててよ……』

そこからのアトラの説明はこうだ。

まず、ロロが拒否した手前正面からリーンに甘えられず、それでも恋しくて馬房から抜け出して陰からこっそり眺めていた。そこに不審者が侵入してきて、リーンをさらおうとしたらしい。しかし全員が事前にそれに気がついていたために、不審者はリーンに指一本触れることはなく、聖獣達によってのされた。ちなみに無断外出は全員で行ったが、ゲートを飛び越えられないレグのみ大破させてしまったとのこと。

『レグがゲートを壊さなけりゃバレなかったのによ。おい、ミュー、これはサイラスに伝えなくていいからな』

流れでそこも通訳しかけたミュリエルは、ギロリと赤い目ににらまれてキュッと口をすぼめた。しかし、こっそり思う。あれだけ痕跡が残っているのだから、とぼけきるのは難しかったはずだ、と。

『我々はレグ君をかなり強く止めたのだ。全員で行くと過剰戦力も甚《はなは》だしいからな』

『ジブンだけでも十分だったっス。でもレグさんが真っ先に突っ走ったんスよ』

『えぇ、それで結局、レグさんを止めるために全員で出て行くことになったんですよね』

ジトリと全員の視線を向けられて、レグが地団太《じだんだ》を踏んだ。

『ち、ちょっとぉっ！　アタシだけ悪いみたいに言わないでくれるっ⁉』

敷き藁《わら》はミュリエルの掃除の甲斐《かい》もなく、聖獣達の脱走ですでにあっちこっちに飛び散ってしまっている。だが、巨大イノシシの足踏みによってさらに方々に舞い上がった。

そうしてギャンギャンとはじまってしまった罪の擦《なす》りつけ合いに、ミュリエルは鳴き声の方にキョロキョロと顔を向けるのに忙しくなる。

「み、皆さん、お、落ち着いてください！　ね？　ほら、レグさんも……」

『だってミューちゃん！　よってたかってアタシだけが悪いみたいに……、って、あら！

やーん！　ミューちゃんてば、カ・ワ・イ・イ！』

　盛大な地団太を踏んでいたレグは、今度はクネクネと体を揺らした。変わり身の早さに戸惑っている場合ではない。気がそれたのをこれ幸いと、ミュリエルはその場でクルリと回る。

「あ、ありがとうございます。あの、お約束通りお見せしようと思って来たので……」

　そしてレグに向かってスカートを摘《つ》まみ、膝を軽く折ってみせた。

『可愛《かわい》いわぁ、とぉっても可愛いわぁ！　レインは王子様として素敵だったけど、ミューちゃんはお姫様みたいで素敵ね！　レースにリボンに綺麗な宝石！　あぁん、もう、とびっきり似合ってるわ！　ねっ？』

　同意を求めるレグに他の聖獣達も口々に褒めてくれて、ミュリエルは肩を縮めてもじもじとした。今まで受けたこともない全力の褒め言葉を向けられると、なんとも面はゆい。

『ほらっ！　アトラもなんとか言いなさいよ！』

『あ？　……いいんじゃねぇの？』

『駄目ね。やり直し！』

　しげしげと眺めながらも気のない返事をしたアトラは、速攻でレグの駄目だしを受けている。ところがミュリエルとしては、アトラの声が優しく聞こえたのでちゃんと褒めてもらえた気分になっていた。そのため、さらにそわそわとする。

「ミュリエル」

「はい？」

「とても可愛いと思う」

「えっ？」

突然会話に入ってきたサイラスに、ミュリエルはポカンとした。

「もちろん、いつだって可愛らしい。だが、君の着飾った姿もとても可愛いと思う」

柔らかく微笑まれて、ましてや可愛いなどと称されて、ミュリエルは当然のように発火した。

（な、なぜ突然？　で、でも、ほ、本当に？　サイラス様から見ても、今日の私はちゃんと、か、可愛いかしら？　……はっ⁉　だけれど、さっき森で競争したり、土がむき出しの地面を歩いたりしたし、汚れとか、着崩れたりとか……。そ、そうなると、やっぱり社交辞令、かしら……）

ミュリエルはドレスの裾と、自身の髪の毛の乱れを気にして、今さらながらいそいそと手で整えてみる。そして、とりあえずはと息も絶え絶えにお礼を述べた。

「あ、ありがとう、ござい、ます。で、ですが、なぜ、急に……？」

「夜会では目先の事態に動揺して、君の姿を褒めるのをすっかり失念していた。私は、アトラに先を越されてしまったのだろう？」

はっきりとアトラに先を越されたとは言えないが、他の聖獣たちにはすっかり越されている。しかしせっかく褒めてくれたのだ、そんな説明をするのは野暮だろう。

『何、何⁉　サイラスちゃんが動揺って、何があったの？』

『ほぉ、目新しい進展があったのなら聞きたいものだ』

『そうそう、ギオさんのことと同じくらい、お二人のことも気になるっス』

『ふふっ、楽しいですね、恋のお話って。本舎の方にはない初々《ういうい》しさです』

野次馬丸だしで身を乗りだしてくる面々に、ミュリエルは体を引いた。

「皆に何か言われたのか？」

そう聞かれたからとて、サイラスに会話の内容を伝えたら藪をつつくことになりかねない。そしてこういう時はどっちを向いても逃げ場がないのだ。

『おい、ミュー。その、なんだ、あー……。その格好、いい、と思う』

『えぇー、なんで今なのよ？　しかも、さっきとたいして変わらないってどういうこと？』

散々悩んだ挙げ句のアトラのこの台詞。容赦のないレグの突っ込みに思うところがあったのか、アトラは歯を鳴らすことはせずにギッと歯をむき出しにしてから顔をしかめた。

「サイラス、ギオに問題はなかったぞ。馬房で大人しくしておった。むしろ何やら機嫌がよさそうでさえあったな」

グリゼルダが再びカナンに横抱きにされて戻ってきた。獣舎の入り口から姿を現す。

その格好でギオに会ったのなら、夜会でカナンがグリゼルダの相手をしっかり務めたと伝わったのだろう。機嫌がよかったのなら二人の姿に満足してくれたのだ。

(サイラス様がここに残って、お二人だけで行ったのもよかったんだわ。カナンさんがサイラス様から王女殿下を奪ったように見えるものね。あ！　まさか、サイラス様はここまで見越していたのかしら？　だとしたら、本当にさすがだわ……)

間に突発的な事件が挟まったにも関わらず、結果的に抱っこ競争はカナンとグリゼルダのためになったと言える。カナンがギオのパートナーになる道は、一歩前進したはずだ。

（それと、あとで私からもカナンさんの雄姿をお伝えしておいた方がいいわよね。そうすれば、微力ながら後押しができそうだもの）

上手くいきそうな予感に、二人の様子を微笑ましく眺める。すると急に視点が高くなった。

「きゃっ！　サ、サイラス様!?」

なぜかグリゼルダ同様、ミュリエルも再び横抱きにされてしまっている。

「不公平、だろう？」

そんな平等はいらない。だが、とりあえずはドレスの裾が乱れないように、ミュリエルは足をピタリと閉じて大人しく腕のなかに収まった。

「い、いえ、足はもともとつらくありませんし、もし痛くなっても、小屋に靴も着替えも置いてあるので……。あの、本当に、大丈夫ですから……」

サイラスのする残念そうな表情に負けないよう、ミュリエルも一生懸命目で訴える。

「予備の服とやらは、私の分も頼めるか？」

「えっ？　お、王女殿下の分、ですか……？」

獣舎のなかに立ち入ることを遠慮しているカナンとグリゼルダのために、サイラスがミュリエルを抱っこしたまま入り口に移動する。動き出しにつられて、またつい首もとにつかまってしまった。これではサイラスの思うつぼだ。

だがグリゼルダから声をかけられたのに、サイラスに話しかけ続けるわけにもいかない。ミュリエルは二人を交互に見ながら、サイラスには遠慮がちに広い胸をタップすることで降りる意思を伝えようとした。しかし、サイラスは知らん顔をしている。

「カナンに抱かれて移動するのも飽きた。私にも貸してほしいのだ」

ところが放してもらえないミュリエルの前で、グリゼルダの方が先にカナンの腕から降りる。それを見て、ミュリエルは先程より少し強くサイラスの胸をタップした。平等をうたうのなら、ここは降ろしてくれるところだろう。

するとやや不服そうにしながらも腕を解かれたので、ストンと地面に立つ。そしてグリゼルダに向き直った。

「そ、それでしたら、王女殿下はご自身のお部屋に……」

「今着替えたいのだ」

困ってしまったミュリエルは、振り返ってサイラスに視線で助けを求めた。

「着替えが一着しかないのなら断ればいいが、もしもう一着あるのなら、貸してやることはできるだろうか？」

この王女殿下は言い出したら聞かないから、と言葉にはされなかったが、明らかにサイラスの目はそう続けている。

「あ、あの、靴も服もいくつか常備しているので、お貸しできます。ですが、本当に私のものでよろしいのですか？　動きやすさを重視したものなので、お好みに合うかどうか……」

「よいよい。カナン、そなたは小屋の入り口にて待機せよ。さ、参ろうか？」

言うが早いか、グリゼルダはミュリエルをグイグイ押して小屋に向かう。振り返ってもう一度確認すれば、サイラスは頷いているしカナンは黙ってついてくる。どうやらグリゼルダのお相手は完全にミュリエルに任されたらしい。

小屋は獣舎の脇にあるので、会話の間がもたないこともなくすぐに着く。パタンと扉を閉めてしまえば、カーテンが引かれた室内は真っ暗だった。だが勝手知ったるミュリエルは手探りで難なくランプを探り当てると、火を灯した。ポワッと温かみのある炎が室内を照らす。

引き継いだ当初はなんの飾りもなかった小屋内は、少しずつミュリエルの好みに染まってきていた。椅子には小花柄のキルトがかかっているし、机の上にはレースのテーブルランナーが敷かれている。お気に入りの茶器だって、万事そろって銀のトレイに並んでいる。

棚には可愛らしい小物を飾り、窓辺にかかるカーテンをまとめるタッセルも、最近ビーズが縫いとめられたピンクの房飾りのものに替えた。

ミュリエルにとっては間違いなく過ごしやすい空間なのだが、王女殿下を招き入れて胸を張れる場所かと聞かれると少し疑問がある。どう思っているのかしら、とグリゼルダを見れば辺りをしげしげと眺めていた。やはりもの珍しいのだろう。

とりあえず、もう足が痛くて歩けないと言っていた王女殿下をいつまでも立たせているわけにはいかない。ミュリエルは椅子を勧めると、自分はクローゼットに向かった。

「あの、こういったものしかないのですが、いかがでしょうか」

一着は肩にかけ、さらに一着ずつ両手に持って見せる。色はそれぞれ茶色、紺、深緑と濃い色味で、デザインもシンプルな動きやすいものだ。聖獣番の制服の予備はあるが、万が一に備えて仕事で着ても問題ないものを小屋には備えている。そのため、事前申告の通り飾りけがない。

与えられている部屋に戻れば、もう少し気の利《き》いたものもある。だがそこに取りに行くくらいなら、グリゼルダに部屋に戻ってもらった方が早い。

「普段ならば茶色と言うのだが、せっかくだ。その深緑のものが着てみたい」

「は、はい。かしこまりました」

椅子から立ち上がったグリゼルダが背中を向けたので、ミュリエルは手伝うために傍によって手を伸ばした。

グリゼルダが髪留めを引き抜くと、あらわになっていた首筋が乱れた赤い髪の下に隠れた。手櫛《てぐし》を通しながら頭を一振りした仕草には、大人の女性の色気があった。それを一纏《ひとまと》めにして肩口から前に垂らしたグリゼルダは、首だけをわずかに動かしミュリエルに顔を向けた。

「……時に、そなた」

「は、はは、はいっ！」

ミュリエルは聖獣番になってから自分のことは自分でしているが、侍女の真似事となると勝手が違う。細心の注意を払っているところに会話まで求められて、ミュリエルはいつも以上にどもった。

「カナンからは力強い否定を聞いてはいるのだが、あえてそなたにも問うておきたい」

「な、なんでしょうか」

「そなた、よもやカナンに懸想《けそう》したのではあるまいな？」

「は？」

あまり聞かない固い言い回しに、ミュリエルは呆《ほう》けた。手伝う手も止まる。

ところがグリゼルダは停止したミュリエルに完全に向き直ると、残りは自分でさっさと着替えてしまった。さらにはお行儀悪くヒールのついた靴を放るように脱ぎ捨てて裸足になり、腰に手をあててミュリエルに迫る。

「カナンを好いてしまったのか、と聞いておる」

「……、……、……好っ!?　い、いえいえっ！　いっさいそのようなことはございません！」

うかがうように目を細めたグリゼルダは、再び椅子にこしかけた。足を組み、腕も組んで首を傾げる。

「靴をおくれ。あぁ、そちらの室内履きでよい。……で、だ。重ねて問うが、カナンはただ綺麗なだけの者とは違う、なかなか味のある男であろう？　あの陰のある静かな面差しに、私はいつも心が騒ぐ。そなたは、そうはならなかったか？　数少ないながらも飾らぬ言葉に、心が乱されたりはしなかったか？」

「い、いえいえいえ！　まったく、そのようなことは、ございません！」

「……あまりにもきっぱり否定されるのも、面白くないものよ」

わずかな勘気を感じて、ミュリエルは手にしていた室内履きを落とした。そんな粗相には気を留めず、グリゼルダは勝手にそれを履くと履き心地を少し気にしてから立ち上がった。そしてするりとミュリエルの後ろに回る。

「手伝ってやろう」

遠慮の言葉より早く、さらにはミュリエルより手早く、グリゼルダは慣れた様子でドレスを引っぺがしていく。

「っ！　っ!?　っ!!」

あっという間に身ぐるみをはがされたミュリエルは、両手を胸の前で交差させると、涙目になった。

「こちらの紺で、よいな」

いったんクローゼットにかけてあった紺のワンピースを取ると、グリゼルダはそれをテーブルに乗せ、芝居がかったように微笑んだ。ミュリエルは体を強張らせたが、グリゼルダは交差させたまま固まっている両手をがっちりとつかむと無理矢理おろさせる。

「全裸ではないが、まぁ、私とそなたはこれで裸の付き合いをしたと言えよう。親睦《しんぼく》は深まった。……そうであるな？」

美女に凄まれて、ましてやこんな格好で、さらには強気とは無縁のミュリエルが、もとより異を唱えることなどできるはずがない。従順な態度でコクコクと頷く様子に満足したのか、グリゼルダはミュリエルの肌に粟《あわ》が立つ前に、テーブルにおいたワンピースを渡してくれた。

「そこで、腹を割って話そうではないか。私はそなたをミュリエルと呼ぶ。そなたにも、私をグリゼルダと呼ぶことを許そう」

異論はないな？　と目線で問われて、ミュリエルは高速でワンピースの袖に腕を通しながらさらにコクコクと頷いた。

「私は、カナンが好きなのだ」

「っ！」

突然の告白に驚いたことには驚いたのだが、まず最初にミュリエルが思ったのは「両想い」というなんとも幸せな単語だった。予想の範囲内だったこともあり、表情も驚愕《きょうがく》というよりはどこか期待に満ちたものとなる。その顔を見て、グリゼルダも控《ひか》えめながら嬉しそうに微笑んだ。

「ミュリエルには、カナンを夜会に連れてきてくれたこと、感謝しておる。私がいくら誘っても、あやつはいつだって首を縦に振らぬ。おかげで、はじめてあのような場でカナンの手を取ることができた。だが……」

カナンと過ごした夜会を思い出したのか、グリゼルダは幸せそうに目を細めた。しかし、次に何を思い出したのだろう。急に表情が険しくなってしまった。

「この私より先に、そなたが手を握っていたのが気に食わぬ」

「そのっ、わ、わた、私……、も、申し訳ございませんっ！」

わたわたと慌《あわ》ただしく最後のボタンを留め終えたミュリエルは、グリゼルダに指を突きつけられて体を直角に曲げる形で頭を下げた。

「……ふふっ。冗談だ。確かにやきもちは妬《や》いたがな。カナンとは相思相愛だと自信を持っておる。この程度では揺らがぬよ」

グリゼルダはニコニコと笑ってご機嫌だ。行儀悪く椅子に横向きに座ると、背もたれに肘《ひじ》をつき足を組んだ。そしてもう一つの椅子を目線で示し、ミュリエルにも座れと促《うなが》してくる。

どうやら居座る気満々のようだ。仕方なくミュリエルも示された席に腰をおろす。

「されどあやつは控えめゆえ、いつもやきもきさせられるのだ。もっとおおっぴらに好意を伝えてほしいと思うのは、私の我儘であろうか」

美女が悩ましげなため息をつく。その姿は画家がこぞって絵に描きたがりそうな、完璧な構図だった。

「昔から変わらぬのだ。カナンが万事控えめなのは。それなのにそなた、このような短期間でよくあれだけ馴《な》れ合ったな？　仲良うなるきっかけはなんだったのだ？」

聞かれてミュリエルは思い返す。人見知り同士といった共通項があったからこそ、連帯感が生まれたところがある。しかし、一番はじめのきっかけはなんだったか。

「……あ。わ、私、どうも、カナンさんと同じ病にかかっているようで、そのよしみで……」

「病、だと？　どういうことだ？」

途端に真剣味を帯びたグリゼルダに、慌ててミュリエルは声を張った。

「死ぬことのない病なので、ご安心ください！　特定の言葉……、えーと、特定の場面の場合もあるかもしれません。それに遭遇すると、こう、胸がギュッと苦しくなって、痛くなって、どうしたらいいかわからなくなる病です」

手で痛みを覚える部分をさすったり、握ったりしてみせる。するとグリゼルダはポンッと拳にした手で掌を打った。

「あぁ、それか！　驚かせおって。それなら私も患《わずら》っておる。しかし、ミュリエル、そなたの病の相手は誰なのだ？　事によっては、サイラスが不憫《ふびん》なことになる」

どうしてサイラスの名前がここで出てくるのか。それもわからないが、ミュリエルにはもっと気になる内容があった。

「この病には、相手がいるものなのですか？」

「何を当然なことを」

ミュリエルにとっては寝耳に水の新事実だったのだが、グリゼルダの方は当たり前のことを聞くなといった様子だ。どうやらこの病に相手があることは有名な話らしい。

「あぁ、なるほど、そういうことか。サイラスが、そなたは純情を絵に描いたような娘だと申しておった。……とは言え、ずいぶんと度がすぎるのではないか？」

呆《あき》れた様子でしげしげと眺められてしまい、ミュリエルは自分の無知に恥じ入る。

「これではさすがのサイラスも、手こずるわけだ。けしかけてみても、熱くなるのはお従兄殿ばかり、か。まぁ、よい。ここは私が一つ背を押してやろうではないか。なぁに、気にするでない。カナンを夜会に連れてきてくれた礼だ。となれば……」

あごに手を添えて、グリゼルダが考え込む。少しの沈黙を経《へ》て、グリゼルダは一つ頷いた。

「よし。では、ミュリエル。胸の痛みを感じる時に、関わっている人物がいるであろう。それは、誰だ？」

「関わっている、人物……？」

人物というよりは物体では、とミュリエルは思った。物体とは、もちろん禁句にもなっている「し」「ん」「だい」のことだ。ただグリゼルダは人物だと言っている。

それならば、と言われたことをミュリエルは素直に考えてみた。すると連想ゲームのようになって次々に関連したものが思い浮かんでいく。

（闇夜、月明かり、流れる雲の影……。美女、グリゼルダ様、微笑む……。見つめる、手を引く、サイラス、様……うっ）

言われた通りに人物までたどり着いたミュリエルは、発作に襲われて胸もとを握った。

「よし、わかったか？　わかったな？　今思い浮かべた者だ！　誰だ？　誰であった？　ほれ、まどろっこしい！　早く申せ！」

グリゼルダにせっつかれて、ミュリエルは胸もとを握りしめた前かがみの格好のまま声を絞り出した。

「グ……」

「グ？」

「グリゼルダ様……」

「なんとっ⁉」

「と、サイラス様です……」

びっくりして目を見開いたグリゼルダは、ミュリエルの続けて呼んだ二人目の名前を聞いて眉間《みけん》にしわをよせた。

「馬鹿者！　変な言葉の切り方をするでない！　私がサイラスに刺されるところだったではないかっ！」

親指と中指を使っておでこを弾《はじ》かれたミュリエルは、痛みの上書きを受けて両手でおでこを押さえた。

「だが、これはよい。なるほど、なるほど」

訳のわからないミュリエルと違って、グリゼルダはしたり顔で腕を組み何度も頷いている。

「よいか、ミュリエル。ここからが大事なところだ。その胸の病だがな、相手次第でやわらぐこともあれば今以上につらくなることもある」

「い、今以上につらく、なる……？」

ミュリエルは唖然《あぜん》とした。今だって相当痛くて苦しいし、はじめて感じた時などは本当に命の危険を感じた。それがもっとつらくなるだなんて、いくら死なないとアトラに太鼓判《たいこばん》を押されていても、これ以上の痛みは我慢できそうにない。考えただけで涙目になってしまう。

「ふっ、そのような顔をせずともよい。今しがた頭に思い浮かべた人物、む！　私ではないぞ！　私にはカナンがおるゆえな。そなたはサイラスだ、サイラス！　そのサイラスがそなたを相手として同じ病を患っていたのなら、そなたの病は快方に向かうだろう」

「ほ、本当ですか？」

「うむ。しかし、そうでなければ地獄の苦しみを知ることになる……。まぁ、そのようなことは絶対にないがな」

「地獄……」

ミュリエルは「地獄の苦しみ」という強烈な単語に、意識をゴッソリと持っていかれた。想像力豊かに地獄を思い浮かべ、そこに落ちてしまった自分の姿で頭のなかがいっぱいになる。

「じ、地獄は嫌です！　グリゼルダ様、わ、私はどうしたら……っ！」

涙をいっぱいにためたミュリエルは、椅子から転げ落ちるようにしてグリゼルダの膝にすがった。必死すぎるミュリエルを見てグリゼルダは一瞬驚いたものの、すぐに慈悲深い微笑みを浮かべる。

「サイラスに直接、胸の痛みについて問いただしてみるがよい。さすれば救われる。ただし必ず直接、そして二人きりで、だ。そうでなければ余計な横やりが入り、無用の痛みを呼ぶやもしれぬからな。よいな？　直接、二人きりで、だぞ？」

薄暗がりで見上げたグリゼルダの深い微笑みに、ミュリエルは女神を見た。そして拝む。

（す、救いの女神様のご光臨だわ……！　し、信じる者は救われるのよ！　これほどまでに

神々《こうごう》しい方のおっしゃることに、間違いは絶対にないはずだもの！）

ミュリエルは決意した。サイラスに必ず心臓の痛みと苦しみについて聞こう、と。

「さて、ミュリエル。ここまで話してみて、私はそなたが気に入った。着替えたいなどと適当なことを言ってまで、二人きりになってよかった。そうであろう？」

ミュリエルはコクコクと高速で頷く。ここでグリゼルダに病の対処法や特性を聞くことができてよかった。何も知らずにいたら、地獄の苦しみを味わうことになったかもしれない。そして絶対に死ぬことがないとくれば、これぞ正しく生き地獄。そんなのは絶望しかない。

「そのように必死で首を縦に振りおって、愛《う》いやつめ」

グリゼルダがミュリエルの頭を、まるで仔犬《こいぬ》にするようにグリグリとなでる。

「裸の付き合いに腹を割った会話、時間は短いが私とそなたはもはや朋友《ほうゆう》と呼んでもよい仲であろう？　うむ、うむ。ここにいる間、私の傍に侍《はべ》っておくれ？　もちろん時間の許す範囲で構わぬ。よいな、ミュリエル」

なんと有り難《あがた》い申し出なのか。ミュリエルはキラキラとした目をグリゼルダに向けた。まさか王女殿下御自ら「朋友」などと大層な響きの言葉を使い、友人関係を宣言してくれるだなんて。

「はい！　こちらこそ、ぜひ！　ぜひ、よろしくお願いします！」

盟約は結ばれた。グリゼルダに何かあれば、ミュリエルは助力を惜しまない。ということはグリゼルダもまた、ミュリエルが心臓の病に苦しんだら、必ず力になってくれるに違いない。

◆◆◆

　ミュリエルとグリゼルダが小屋にて恋の話に花を咲かせている頃。サイラスはなんとかロロを馬房に帰し、いまだ抱えられているリーンと今回の件について情報の共有を図ろうとしていた。

「はわぁ……。僕、しばらく腑抜《ふぬ》けて、役にたてないかもしれませーん」

「リーン殿、あまり邪魔はしたくないのだが……、そろそろ頼む」

「はいはーい、わかっていますともー」

　顔を出すことには成功したが両手は抱き込まれたままのリーンは、大きくずれたモノクルを直すこともできないでいる。ただ本人は心底幸せそうで、もとからの細目をさらに細めてふにゃふにゃにしていた。

「どう、見た？」

「うーん。クロイツ殿下が寝台に乗ってきてしまっての、コレ、ですからね。他の関連は考えられないです。今まさに、この時この場所ですから」

　サイラスはとりあえず一緒に入ったロロの馬房で、壁に背を預けて腕を組んだ。一方リーンは仰向《あおむ》けの体勢で固まっているため、振り仰ぐようにしてサイラスを見ている。髪が重力に逆らわず下に向かい、おでこが全開になっていた。

「だって、そもそも我が国の者であれば、聖獣の近くで不埒《ふらち》なことを働くリスクを考えないはずがありません。こんな悪手《あくしゅ》に出るはずがない。ということで、今回の侵入者の後ろにいるのは、聖獣についての見識の浅いティークロートで間違いないでしょうね」

自分が予想したものと変わらぬ意見に、サイラスは一つ頷いた。

「しかし、リーン殿が狙われたということは、我々に分があるということだな」

「まぁ、僕も、この手のことについては第一人者としての自負がありますからね」

「頼もしいことだ」

頭が下にさがってしまっている格好は威厳も何もないが、リーンの自己評価はけして高すぎるものではない。リーンは聖獣、ひいては竜について、現代に存在するあらゆる書物に精通し、廃《すた》れてしまった古《いにしえ》の文字にまで見識を持っていた。それに並ぶ者が他にもいるとなれば、すでにどこかで大きく名をあげているだろう。

「とはいえ、僕もちょっと足踏みです。あとひと声なんですけどね。正直、いましばらくは寝台に通わないと駄目そうです。ですが、時間が迫っていますから。それに、例の、その、ほら、彼の件が……」

急に言い淀んだリーンに、サイラスは苦笑いをした。例の彼、とはギオのことだ。

ロロにそっぽを向かれてしまった原因と直結する固有名詞を、最愛のパートナーの前で口にすることを憚《はばか》ったのだろう。やっと触れ合える喜びを取り戻したところで、再び手放すことになっては目も当てられない。

「彼については考えがある。はじめて見た時点で疑問に思ったからこそ、リーン殿にも接触を持ってもらったわけだが……。つい先程、ミュリエルも同意見であることがわかった。しかも彼女から、解決方法まで提案されている」

「おぉっ。さすがミュリエルさん」

本当にその通りだ、とサイラスは思った。己は経験則による予測だが、ミュリエルは能力により真実を得ている。そして、こちらが手をこまねいている間に解決策まで見出《みいだ》し、さらには実際に動き出していたのだ。

思い起こせば少し前、公園で聖獣番としての覚悟を問うた時「手を引いてくれ」と頼まれたはずだった。だが時置かずして、彼女はすでに自分と肩を並べて歩いている。そしてこちらを見上げ、逆に行く先を真っ直ぐに指さしサイラスに示すのだ。

しかし、ありありと思い描けるミュリエルのそんな姿に、嬉しい反面少し焦る気持ちも生まれる。これからも同じ方を見て共に歩くためには、サイラスこそが手を放してはいけないのだと思わせるからだ。

「そのご様子だと、仲直りできたみたいですね。よかったです。僕だけ幸せなんじゃ、申し訳ないので」

サイラスは苦笑いをした。来ないでくれと叫ばれてから今日まで、本当に気が気ではなかったのだ。平常心を心がけて仕事をこなしていても、どうあっても頭にはミュリエルのことが浮かんでしまう。

しかもそんな彼女が、あんなに勢いよく出ないと言っておきながら夜会に姿を現した時、ギリギリでノルト伯爵から連絡をもらっていたものの、一瞬思考が飛んだ。

ミュリエルが着飾っているのは、夜会に来るのだから当然だ。そしてエスコートを受ける相手がいるのも。それでもいつもより肌をさらし、自分が贈ったものではないネックレスで首もとを飾った彼女が、他所《よそ》の男に笑顔を向けているのを目《ま》の当たりにしてしまえば、もう止まることはできなかった。

体中を逆流するように駆け巡る、形容し難いあの想い。そんな目先の激情に支配され、謝罪より先に追いつめるような態度をとるとは、我ながらどうにも大人げない。しかし、自分のそんな恥ずかしく思える言動も、ミュリエルからもらえた言葉を思えばもはやどうでもいいと言える。

(まさかここで、ミュリエルから気持ちを返してもらえるとは思わなかった。たった一夜で、彼女との距離がとても近くなったな。会えない時間ばかりが続いて、このままではふりだしに戻ってしまうと危惧《きぐ》していたが……)

サイラスは服の上から胸もとを押して、素肌に触れる石の感触を確かめた。すれ違いからの出来事には肝《きも》を冷やしたが、それによってあの本を贈ったのはよい判断だっただろう。

息も絶え絶えに「あとで」と強請《ねだ》るミュリエルの可愛さを思い出してしまったサイラスは、その破壊力に耐えるために目を閉じた。そして思う。今目の前にあることをまずは片づけ、何よりも自分のために「あとで」の時間を早急に作らなくてはいけない、と。

「団長殿、顔が緩みきっていますよ。それでも色男が崩れないのはさすがですが」

　サイラスはハッとして、緩んでいた口もとを咳払《せきばら》いと共に拳で隠した。リーンは自分が幸せの絶頂にいるからか、他人をからかう余裕ができたらしい。

「とりあえず、明日、仕切り直そう」

「誤魔化《ごまか》しましたね。ですが、了解です」

　一言余計ではあったが、それ以上突っ込まないリーンにサイラスは感謝した。しかし、なんのことはない。リーンもまた、ロロとの触れ合いに早く没頭したかっただけなのだ。

# 4章　上に立つ彼らが魅せる至高のお手本

一夜明け。前日の就寝時間が遅かったとしても、体がいつもとは違う場所に違和感を訴えていても、聖獣番の仕事は待ってはくれない。ミュリエルは平常通り業務をこなしていた。サイラスとの誤解が解けたことと、グリゼルダとカナンのことを朝一でアトラ達に報告できたこともあり、気持ちは軽い。

『よぉよぉ！　おそろいで、早いじゃねぇかぁ！』

定刻通りに庭に出ているのだから、ミュリエル達にすればもういい時間だ。だがここに来てから惰眠《だみん》をむさぼっている様子のギオにとっては、まだまだ早い時間らしい。スチャリスチャリと鉤爪《かぎづめ》を鳴らしながら大きな態度でやって来る。

『オレ達は変わらねぇよ。早いのはオマエだろ。ご機嫌すぎて目が覚めたのか？』

くあっ、と欠伸《あくび》をしながら前後に伸びをするアトラに、ギオはその場で足踏みをした。

『は？　上機嫌ってぇ、なんのことだ。べ、別にオレは普通だし』

足踏みはするわ、目は泳ぐわ、頭は振るわ。それだけのことをしておいて普通だとは、誰も認めないだろう。

『素直じゃないわねぇ。昨日の夜、嬉《うれ》しかったんでしょ？』

『まったくだ。カナン君の漢気《おとこぎ》を見て満足したのだろうに』

うりうり、とレグがからかいに身をよせるのを、毛繕《けづくろ》いをしながらクロキリが見やる。

『ば、馬っ鹿。オレはそんな……』

巨体にすりよられてギオは斜めになったのだが、逆側からスジオとケシェットが幅よせをしたので中央で潰れた。ロロは爪をわきわきさせながら笑っている。

『隠さなくていいっスよ。全身から喜びが溢《あふ》れてるっス』

『照れてるんとちゃいますか？　ギオはん、素直やないから』

『パートナーが好きなのは、当然のことですのに』

からかい混じりの声かけにギオは挟まった羽だけをまず抜くと、羽ばたいて空中に逃げた。

『あぁんな一回こっきりで、オレが満足すると思ったら大間違いだぜぇ！　今までの分を取り返すもんを見せやがれ、ってんだぁ！』

幅よせをしていたひと塊《かたまり》の毛玉の山を飛び越えて、ギオはボフッと着地するとふんぞり返った。黒い羽毛はエメラルド色につやつやで、膨《ふく》らんだ胸毛はクロキリよりもずっと丸い。

『……けどよ。嬢ちゃんは、その……、あ、ありがとな！　オレよぉ、いつまでもなんも変わり映えしねぇもんだから、ずっとイライラしちまってて。周りのもん全部、面白くなかったんだぁ。けど、嬢ちゃんのおかげで、なんつーか、ほら、アレだ。あー、えー、クソっ。……オレの言いたいこと、わかるよなぁっ!?』

最後は逆切れ気味になったギオに、ミュリエルは堪《こら》えきれない笑いを零《こぼ》しながら頷《うなず》いた。

『何はともあれ、よかったな。けど、あとひと押しがほしいところか？』

『そうねぇ。こう、ビビッときて、パァンッと気持ちが弾《はじ》ける？　みたいな？　あの状態って、なんて表現したらいいのかしら』

アトラとレグにはパートナーを得た時の共通の感覚があるらしい。アトラは目を細めてそよそよと髭《ひげ》を動かし、レグは長い睫毛《まつげ》をバサバサさせながらブフゥと鼻息をついている。

『興味深いな。それについてはワタシも聞いてみたい』

『そうっスね！　ぜひぜひ、参考にさせてほしいっス』

いまだパートナーが決まらないクロキリとスジオが居ずまいを正したのを見て、ミュリエルもそれに倣《なら》った。聖獣の言葉がわからなければ、絶対に聞くことのできない裏話だ。そんなもの興味しかない。

『なんやろう。ボクはこうなでてもろうたら、ほわん、と丸ごと包まれたみたいになって、気持ちええなと思った時には、体の一部になっていたような……、感じ？』

『ワタシはじわじわとした予感がまずあって、幾度となく触れ合うなかである時突然この方だ、と閃《ひらめ》いたような感じだったでしょうか……？』

パートナーを持つ面々は当時の気持ちを引っ張りだしているらしく、思い思いの方向を見上げている。

『目があってコイツだ、と思ったけどよ。背中に乗せてみて、ふと気持ちが重なったって感じた瞬間があったんだよな。馴染《なじ》む、って言えばいいのか。そうしたらもう、他のヤツじゃ絶対に駄目《だめ》だと思ったんだ』

　アトラの経験までを聞いたが、感じ方はどうもまちまちだ。ただ共通点はある。

「えっと。見た瞬間に他の人間とは違う何かを感じるけれど、確信する出来事や瞬間、感覚には個体差がある、ということでしょうか？」

　激しく触れ合っても優しく触れ合っても、会った瞬間でも時間がかかっても、まずは相手に感じるものがあって、次に確信する瞬間がくる。それはどの組み合わせにも言えるようだ。

　異議があがらないことで、ミュリエルはギオに向き直る。

「それだと、ギオさんはできるだけカナンさんと同じ時間を過ごした方がいいかもしれませんね。触れ合いとかも、もっと積極的にしていく感じで……」

　特別獣舎にはあまり近よらないミュリエルは、日々のカナンとギオの様子についてはわからないことが多い。ただ、公務に忙しいグリゼルダに代わりカナンが世話を一手に引き受けているのは確かで、それならば触れ合うための時間的余裕はあるはずだ。

『いいわね！　パートナーとの積極的な触れ合い！　とぉっても、幸せよね！　あぁん！　レイン、好き好きっ！　大好き！』

『くっ。惚気《のろけ》か』

『超絶うらやましいっス』

　レグがクネクネと身をよじる姿を見て、クロキリとスジオが羨望《せんぼう》の眼差《まなざ》しを向ける。

『ひひひっ。ボクも今、改めてリーンさんのこと、めっちゃ好きやぁ！　って思ってて－』

『何につけても自分のパートナーが一番だな、素敵だな、好きだな、ってなりますよね！』

加えてロロとケシェットまでがクネクネとした動きをしはじめると、うらやましさが爆発したのか、クロキリは羽毛をスジオは尾っぽをボッと膨らませた。

『こればっかりはパートナーを持ってるヤツじゃなきゃ、わかんねぇからな。機会に恵まれたら、逃すなんてもったいねぇよ。で、ギオ、オマエはどうする？』

その機会を目の前にして足踏みをしているギオに、全員の視線が集まる。話を振られて注目を浴びたギオは、ジリジリと後退した。そしてクルッと後ろを向くと、来た時同様鉤爪を鳴らして猛ダッシュで去っていく。

『べ、別に、オマエ達や嬢ちゃんに言われたから、戻《もど》るんじゃねぇからなぁっ！　ち、ちょっと早起きして眠くなったから、戻るだけなんだからなぁっ！』

素直じゃない捨て台詞《ぜりふ》が笑いを誘う。フリフリと振られる可愛《かわい》いお尻を、ミュリエルはアトラ達と一緒に見送った。

◇◇◇

「ミュリエル、今よいか？」

昼を終え、次の予定の合間で道具の手入れでもしようかと思っていたミュリエルに、パンツ姿のグリゼルダが声をかけてきた。昨夜の朋友《ほうゆう》という言葉に違《たが》わず、王女殿下は親しみのこもった笑顔を浮かべている。

「はい！　今ちょうど手があいたところです！」

麗《うるわ》しの女神からさっそくのお誘いを受けて、ミュリエルは元気よく返事をした。

「では、筋トレを共にしよう」

「えっ。筋トレ、ですか？」

女神が口にするにはいささか不似合いの単語が登場して、ミュリエルはオウム返しをする。

「うむ。私はまず、絶対的に筋肉量が足りぬらしい。ここに来てよりの日課なのだ。公務の合間に励《はげ》んでおったのだが、筋トレならどこでもできるとサイラスに追い出されてしまった」

「追い出されたって、そんな……」

戸惑っているミュリエルと違い、グリゼルダの口調は真面目《まじめ》で重々しい。王女殿下という立場の女性に、はたして筋肉は必要なのか。そう思ったものの、グリゼルダは真実がどうあれギオのパートナーということになっている。それならば、騎乗する際などに多少の筋力が必要だとの判断がなされたのだろう。

ということで、ミュリエルは求められるままにグリゼルダと共に芝の上で軽い準備運動をすることにした。そしてさっそく取りかかろうとした、のだが。

「あっ、王女殿下、そうでは、ない、ような……？」

「むっ。こうか？」

芝に座り込み、二人は体を伸ばす。ミュリエルは小屋にて手早くスカートからパンツに着替えたため心置きなく一緒に行っているのだが、簡単で基本的な誰でもできる動きであるはずの柔軟体操で、グリゼルダは珍妙な格好となっていた。

「い、いえ、腕はこっちで、足は向こうに……」

「うーん。では、こうか？」

ミュリエルは困惑していた。自分以上に運動のセンスのない人物に、はじめてお目にかかってしまった。しかしながら同時に、強い仲間意識が芽生える。

サイラスに追い出された、と先程グリゼルダは文句を言っていた。あの優しいサイラスがそんなことをするだろうかと思ったが、なるほど、こんな珍妙な動きを傍《そば》でされたらきっと気が散るに違いない。

「ち、違います。こんな感じで……」

「そなたと同じであろう？」

一つを直すと一つがおかしくなる。そして両方を指摘すれば両方おかしくなってしまうのだ。そもそも体を動かすことを得意としていないミュリエルが、他人にものを教えるのはいくらなんでも荷が重すぎる。

「王女殿下のは、こうなっているので、こちら側をですね……」

「……、……、……あー！　もうっ！」

たび重なる指摘に焦《じ》れたのか、グリゼルダはとうとう地面を両手で叩《たた》いた。

「あ、あのっ、王女殿下、きゅ、休憩《きゅうけい》にいたしま……」

「ミュリエル！　何度も言わせるでないっ！　グリゼルダと呼べと申しておる！」

「は、はいっ！　グリゼルダ様！」

指をさされて、ミュリエルは即座に訂正した。怒っている相手には逆らわぬが吉だ。

「……すまぬ。八つ当たりだ」

「い、いえ、私は大丈夫です」

ばつが悪かったのか、グリゼルダは手元の芝をブチブチと抜きはじめた。顔は完全に不貞腐《ふてくさ》れている。

「見てわかったと思うが、私は極度の運動音痴なのだ。……そなたは、馬鹿にせぬのだな」

「ば、馬鹿になんてしません！　だって、私も体を動かすのは苦手ですし、それどころか何もないところでよく転んだりもするんです。ですので、むしろお気持ちは大変よくわかります！」

「そ、そうか！」

パッと表情を明るくしたグリゼルダに、ミュリエルは深く深く頷いた。このできないのは自分だけではないと知った時の安心感は、きっと運動のできる者にはわからないだろう。さらに言えば、運動のできる者にできない者の珍妙な動きは絶対に理解できないはずだ。

何より、麗しの女神が運動音痴だなんて、グッと親近感がわくではないか。

「ん？　しかし、昨晩はずいぶん軽やかに踊っていたではないか」

「あっ。あれはとても不思議なのですが、ダンスだけは人並みにできるんです。運動音痴でもリズム感は別なのではないか、と思うのですが……」

「そなた、私にリズム感もないと言いたいのか？」

ピキリと仲間意識に亀裂が入ったのを肌で感じ、ミュリエルは慌《あわ》てた。

「ち、違います！　だ、だって、王女っ、グ、グリゼルダ様も、素敵に踊っていらしたではありませんか！」

「あぁ、あれか……」

グリゼルダが若干《じゃっかん》遠い目をする。

「あれは、振り回されておったのだ」

端的な言葉だが、理解するには少々情報が足りない。それを見越したのかグリゼルダは説明を続けた。

「私はダンスも壊滅的にできぬ。ゆえにいつも事情を知る相手を選び、任せっきりにするのだ。足など、曲の半分は床についておらぬ」

「そう、だったんですね……」

そしてミュリエルは夜会での様子を思い返し、納得した。サイラスとグリゼルダの近すぎる距離には、ちゃんと理由があったのだ。

「ん？　待て、ミュリエル。そなた……。サイラスから私の相手を務めることについて、説明は受けたのであろうな？」

「は、はい？」

返事は肯定だが、態度が否定を示しているミュリエルに、グリゼルダはあからさまに眉をひそめた。

「なんということだ。お従兄殿《いとこどの》はこの辺りの気遣いができる男だと思っておったのに、これではそこいらの男と変わらぬではないか！　えぇい！　よいか、ミュリエル！　よく聞け！」

「っ⁉」

がっしりと両肩をつかまれたミュリエルは、至近距離で琥珀色《こはくいろ》の目に見つめられ、その勢いに何度も瞬《まばた》きをした。

「夜会では、私とサイラスの距離を不安に思ったであろう。さもありなん！　しかしそれは、私がダンスを踊れぬからだ！　サイラスに適当に振り回してもらい、なんとなく踊っている風を装うのに、あれは致し方なき距離だったのだ！　ゆえに、他意はない！　いいか、繰り返す！　他意はないっ‼」

思い至った理由が間違いではないと明確にわかり、王女殿下は女神なだけではなく、さらには親身で親切な方なのだなぁとミュリエルは感激した。先程からされるやりとりのなかで、手の届かない女神からより身近な女神へとよい意味でグングン印象が変わっていく。

「そのように微笑《ほほえ》むでない。可哀想《かわいそう》に。胸が痛んだであろう？　私でさえ確認せずにはおらなんだというに、そなたは何も聞かなかったではないか。我慢しておったのか？　あぁ、なんと健気《けなげ》な娘なのだ。それなのに私と友になることも受け入れてくれるなど……」

グリゼルダは何やら一人で盛り上がっていく。つかまれていた両肩を引かれ、今度はギュッと抱きしめられてしまった。なぜか感極まった様子のグリゼルダに、しばらくの間よしよしと頭をなでられる。

「よし、あいわかった！　今日の筋トレはもう終《しま》いだ。これよりは、阿呆《あほう》な男共への不満を吐き出すこととしよう！　うむ。それがよい、それがよい」

そして一人で納得すると、どこかワクワクとした目を向けられる。ミュリエルは再び困惑した。

（阿呆な男共って、今のグリゼルダ様の話の流れだと、そのなかにサイラス様が含まれているのよね？　というか、サイラス様とカナンさんのことよね？　で、でも、阿呆って……）

阿呆という言葉の対極にサイラスの存在がある気がして、ミュリエルは困った。

「私はな、何度も言うがカナンの気持ちを信じておる。しかし、やはりもっと、こう、男ならビシッと押すところは押してもらいたいと思うのだっ！」

わかるであろう、と強い視線で同意を求められて、ミュリエルはカナンの様子を思い起こした。

「カナンさんは、グリゼルダ様の前ではそうかもしれません。ですが……、あっ」

「ですが、なんだ」

思わずカナンから聞いたグリゼルダへの想いを口にしそうになって、ミュリエルは思いとどまった。本人の意思に反してここで教えてしまうのはいけない行為のような気がする。

しかし、グリゼルダの圧力がすごい。夜会で壁際に追いつめられた時の目に近いものを感じ、ミュリエルは心のなかであっさりとカナンに謝罪した。

「……ですが、カナンさんは『少しでも長く少しでも多く一緒にいたい』とか、『姫様を守るのはいつでも自分でありたい』とか、『いつだって俺の目は姫様に釘《くぎ》づけだ』とか、私の前では言っていました……、よ？」

「っ⁉」

ボッと急激に真っ赤になったグリゼルダは、いつもはキリリとあがった目をオロオロと彷徨《さまよ》わせた。

「そ、そうかっ。し、しかしだな。や、やはり、それは本人の口から直接聞きたいものだな！　だって、そうであろう。私は、その、なんというか、ほら……、……、……っあー‼　そ、それで、ミュリエル、そなたはどうなのだ！」

「えっ？　わ、私、ですか？　え、えーと……」

急に方向転換してきた話題に、何を答えればいいのだとミュリエルの話しだしは決まらない。しかしグリゼルダの期待に満ちた目はミュリエルの言葉を待っている。何か、何か言わなければ。そんな妙な緊張感に嫌な汗がわきはじめたが、グリゼルダがふと気をそらした。

「カ、カナン、なぜこちらに来たのだ。ギオはどうした」

「……ギオは昼寝中です。それに、公務中だと思って傍を離れたのに、なぜか姫様の姿が見えたので」

王女殿下至上主義のカナンの様子と、先程聞いてしまった暴露話が重なってまんざらでもないグリゼルダは、口もとをむずむずとさせていた。ただ嬉しい表情を素直にするのが恥ずかしかったらしく、唇を尖《とが》らせている。

「い、今は女同士で内緒話の最中なのだ！　来なくてよい。ミュリエル、こちらへ」

そしてスクッと立ち上がるとスタスタと歩きだし、カナンの脇を抜けて振り向きもしない。ミュリエルが二人を見比べていてもお構いなしだ。

「えっ、あ、あのっ、いいのですか？」

「よいのだ。カナンに聞かせるわけにはいかぬ」

そして手を引かれるままに突き進んで行くと、ミュリエルは途中でグリゼルダの目指す先に気がついた。反射的に足を踏ん張って、はじめて拒否を態度で示す。

「あっ！　い、嫌です！」

「いかがした？」

ギオの特別獣舎が建てられたその並び、巨大寝台を目の前にしてミュリエルはイヤイヤと首を振った。

「わ、私、ここには……」

言葉にしなくとも目に入ってしまった寝台に、にわかに心臓が痛くなる。

「何も怖いものなどありはせぬ。ここが内緒話にはうってつけの場所というだけだ」

「そ、そうですが、そうではなくて……」

「では、なんだと申すのだ。はっきりせよ」

他者に命令することに慣れているグリゼルダの言葉は、ミュリエルにとってても響きが強い。向けられる迫力に翠《みどり》の目にじわじわと涙がわくが、グリゼルダは口をきつく閉じて眉根をよせただけだった。言うまで許してはくれないらしい。

「わ、わ、私、見てしまったんです……。グリゼルダ様がこちらにいらした晩、ひ、人目を避けるようにして、サ、サ、サイラス様と二人きりで、ここに、入っていく、の、を……」

「っ⁉」

大きく見開かれた琥珀の瞳を前にして、ミュリエルもあの夜のことを鮮明に思い出した。今は昼間でサイラスの姿もない。それなのに、あの時と大差ない衝撃が全身を襲う。

「あぁ、なんという……。それの説明も受けておらぬのか……。呆《あき》れて、ものも言えぬ」

怒っているようにも困っているようにも悲しんでいるようにも見える、一言で言えば変な顔をグリゼルダはしていた。

「聞くより見た方が早かろう。来るがよい」

「きゃっ！」

グッと手を引かれ、勢いのまま階《きざはし》を小走りであがる。跳ね上げられた帳《とばり》のなかへつんのめるように転がり込めば、辺りは真っ暗で何も見えない。

すぐにグリゼルダがランプを灯《とも》すと、豪華な内装がすぐに浮かびあがった。

外側から見たこの巨大寝台は黒のベロアに金糸がアクセントに使われていたが、内側は赤のベロアに金糸だった。ただ刺繍《ししゅう》の量が桁違《けたちが》いだ。地の赤を半分は埋めるのではないかというほど、大小の幾何学《きかがく》模様が煌《きらめ》く宝石を配しながら縫いつけられている。一つ一つの宝石が思い思いにランプの灯りに輝きを返し、なんとも言えぬ幻想的な雰囲気を醸《かも》しだしていた。正面の壁にはティークロートの紋章が入ったタペストリーも飾られている。

入り口を除く三辺には壁に添うように足のないソファが置かれ、房飾りのついた円柱型のクッションがいくつか並べられていた。毛皮の敷物までかけられている。

あまりにも贅《ぜい》を凝《こ》らした造りに、ミュリエルは口をぽっかりあけた。

「ミュリエル、そなたに見せたいのはこれだ」

そう言って、グリゼルダは折り重なるように敷かれた絨毯《じゅうたん》を次々にまくり上げた。すると、いくつかの豪奢《ごうしゃ》な絨毯の下から古びた一枚の織物が出てくる。それは広げた両手で囲えるほどの小さな正方形で、しかし一目で歴史的価値があるとわかるものだ。

「あの晩、サイラスはこれを確認しに来たのだ」

ミュリエルはグリゼルダと織物を見比べた。

「ミュリエルよ、なぜ、サイラスに聞かなかったのだ？　あのように取り乱すほど、心を騒がせておったのに。しかもあちらは乞う立場。そなたは不誠実だと罵《ののし》ることも許される」

なぜか怒っているグリゼルダに、ミュリエルは眉尻を下げた。なんと言えばいいのか考えはまとまらない。だが今までのグリゼルダの性格上、このままだんまりは許されないだろう。

「な、なぜって……。だ、だって聞けません。グリゼルダ様とサイラス様は従兄妹《いとこ》同士で、サイラス様はグリゼルダ様を応援していて、しかもグリゼルダ様とカナンさんは相思相愛なんです。それについて何かを言うだなんて、そんなこと……」

たどたどしいミュリエルの言葉にも、グリゼルダが口を挟むことはなかった。そしてなおも聞く姿勢を崩さない姿を見せられては、まとまらないまま言葉を続けるしかない。

「わ、私は……。私は、サイラス様を信じているんです。本当に、ちゃんと、信じているんです。だから、それについて何か言ったりしたら、疑っているみたいになりますし、疑ったら、信用していないことになってしまいます。本当はきっと、動揺してしまうのも、おかしくて。ですから聞けないし、聞いてはいけないと……」

話しているうちになんだか泣きたい気持ちになってきて、ミュリエルは翠の瞳を潤《うる》ませた。

「なるほどな。そなたは確かにサイラスを信じているのであろう。だが、よいか？　この場合、信用する、しない、は別の次元の話だ」

言い含めるような静かな声音の合間に、ミュリエルはぐずつきだした鼻を鳴らす。

「何度も言うが、私はカナンを心底信じておる。だが、あやつが他の娘の手を取る姿を見れば、面白くない。そして私は、それを信じていないからだとは思わぬ。恥とも思わぬ。なぜなら自然な感情だからだ。ミュリエル、安心するがよい。そなただけではないのだ。何よりこの感情を素直に見せてしまったとて、相手が誠実な者であればなおのこと、すべてを受け止めてくれるはずだからな」

再びよしよしと頭をなでられたミュリエルは、サイラスのことを考えた。誠実であることに疑いはない。ならばこのなんとも言えない不安定な気持ちは、伝えても許されるものなのだろうか。

「……姫様」

帳の外からカナンの静かな声がする。するとグリゼルダはわずかに不機嫌な声をだした。

「何用だ」

「団長様と学者様が」

「あぁ、ちょうどよい。二人とも、入っておくれ」

心の準備も何もなく招き入れられたサイラスとリーンに、ミュリエルはとっさに顔をグリゼルダの肩口に埋《うず》める。真っ向から顔を合わせるのを避けたものの、床にさした光が再び陰ったことで二人が寝台内に入ってきたのだとわかった。

「ミュリエル？」

「あれ？　ミュリエルさん？」

さっそく声をかけられてビクリと体を揺らせば、グリゼルダの背に回された手にわずかに力がこもった。

「泣いて、いるのか？　グリゼルダ、これはどういう……」

「そのような目で見られる筋合いはない」

ぴしゃり、と言いきったグリゼルダの声はいつになく低いが、髪をなでてくれる手は変わらず優しい。

「ミュリエルが泣いているのは貴方《あなた》のせいだ、サイラス。ここでした夜の会合のこと、今の今まで勘違いしておったぞ。可哀想に。なんでも卒のないお従兄殿とあろうものが、とんだ失態だな。好いた娘の機微に疎《うと》いなど、どうなっておる」

「っ！　ミュリエル、私とグリゼルダは……」

傍で片膝《かたひざ》をついたサイラスの気配に、ミュリエルはそっと顔を上げた。

「あ、あのっ。も、もう、お聞きしました、ので、大丈夫です。大丈夫、ですので……」

それでも手はグリゼルダにすがったままだったのだが、やんわりと背を押されてサイラスと向き合うことを琥珀の目でもって無言で勧《すす》められた。情けない顔でサイラスを見つめると、割れものに触れるような手つきで目尻の涙を拭《ぬぐ》われる。

「そんな風に、言わないでくれ。……君の言葉に浮かれ、甘えた私が悪かった」

泣いているミュリエルよりも余程つらそうなサイラスが、涙を拭った手でそのまま頬に触れてくる。分け合う体温からサイラスの抱く切実さが流れてくるようで、ミュリエルは大人しくされるがままになった。大きな手は、親指で目もとを、人差し指で耳を、小指であごをするりとなでていく。

「どうか申し開きの機会を、くれないか？」

ランプの頼りない灯りが映り込んだ紫の瞳が、切ない色に揺れている。ミュリエルは泣いていたことなど忘れて、ゴクリと生唾を飲み込んだ。だが気づいた時にはもう遅い。

憂えるサイラスの周りで、色気の粒子が光って散る。ランプと帳が作りだす赤く染まる密室で、黒薔薇《くろばら》はゆっくりと、そしてどこか危うげな様子で花弁を広げていった。

退廃的な美とでも言うべきか。なぜだか、普段よりもずっといけないものを見ているような気分になる。

すべてはランプの灯りのせいで、サイラスの何かが変わったわけではない。そう思いたいが、確かに妖《あや》しさは倍増して見えるのだ。よってどこか不健全さのある色香は、とてもミュリエルが太刀打《たちう》ちできる代物《しろもの》ではなかった。

（サ、サ、サイラス様は、絶対にそんなつもりはなくて、ただ、私に悪いと思っているだけなのよ、ね……？　それなのに、い、色気が、すごい、わ……。お、抑えることを、忘れてしまっているの、かしら？　ま、まずいわ。このまま無尽蔵に振りまかれてしまったら、私、い、息が、呼吸が、心臓が……。く、苦しくて、い、痛い……、はっ！）

にわかに痛みだした心臓をあいている手で押さえれば、「し」「ん」「だい」病のことを聞かなければと思い出す。ただ、芋《いも》づる式に助言をくれたグリゼルダのこと、さらには現在も同じ空間にいることまでを思い出し、ミュリエルはさらに体を硬くした。

サイラスの頬を包む手は添えているだけなのに、なぜか身動きが取れない。ミュリエルは目だけを動かして周りを見た。するとグリゼルダはクッションによりかかり、リーンは正座した膝につっぱった両手を握ってのせている。体勢は対照的ながら、どちらも完全にミュリエルとサイラスの事の成り行きを、少しも見逃すまいとしているのがありありとわかる姿だった。

「ま、まままま、待って！　待ってください！　み、み、見られて……っ！」

「続けるがよい。むしろ気がかりゆえ、しっかり仲直りするのを見届けさせておくれ」

「ええ、僕らのことは置物か何かと思ってもらえれば大丈夫ですので」

　ミュリエルは収まっていた涙が、別の意味でまたわきだすのを感じた。逃げたい思いでいっぱいだが、サイラスの顔が悲しそうなのが気になって身動きがとれない。

「サ、サイラス様、あの、と、時と、場所を改めて、あの、そのっ……」

　せめて悲しそうな顔だけでも直ってくれたら。ミュリエルは頬を包むサイラスの手に勇気をもって自分の手を重ねた。ギシギシと音のしそうな不自然な動きであったが、触れた瞬間に少しだけ紫の瞳が柔らかくなった気がして、それに励まされてもう片方の手も添える。そして注意深く、そっとそっとサイラスの手を頬から放した。

「お、お願い、します。もっとちゃんと、ゆ、ゆっくり話したい、ので……。あ、あとで。あとで、では、駄目です、か……？」

　涙のたまった目で、それでもなんとか視線をそらさずに紫の瞳を見つめた。すると、ふうっと息を吐きだしたサイラスが軽く目を伏せる。そして再び上げた時には、困ったような表情をしていたものの悲しい色は瞳に浮かんでいなかった。握り合った手に力が込められる。

「わかった。必ず、『あとで』。……そのためにまず、目先のことを片づけてしまおう」

　そして移した視線の先には身動きも瞬きも封じていたグリゼルダとリーン、そして床に敷かれた織物がある。

「あ、あのっ、私は席を外しますので……」

　大事な話がはじまりそうな雰囲気に尻込みしたミュリエルだったが、素早くサイラスに引き止められた。繋《つな》いだ手を握り直されてしまう。

「いや、いてほしい。グリゼルダも、構わないな」

サイラスの言葉にグリゼルダが簡単に頷いてしまえば、退出の機会はもうない。ミュリエルは浮かしかけた腰を再び据えた。だが、今まで聞かせずに進めていた話に急に参加していいものか。落ち着かない気持ちでいると、すかさずリーンが口を挟んだ。

「団長殿が言い訳をしないので、僕が老婆心《ろうばしん》ながら口をだしますけど。聖獣達がまったく関係ないとは言えませんが、これまでは人間側の政治に重きを置いた話だったので、ミュリエルさんまで通していなかったんですよね。なので仲間外れにしたり、軽んじたりしていたわけではないんですよ？　そもそもミュリエルさんもアトラ君達に深く関係しなければ、聞きたいと思わないでしょう？」

ミュリエルはコックリと頷いた。もともと仲間外れにされているような気持ちにはなっていなかったが、政治の話には正直まったく興味がない。役に立てることもないし、むしろ外してもらって一向に構わないと思う。

「ただ色々と繋がってきた結果、聖獣と竜の話がかなり混ざってきましたし、ギオ君の今後についてもここで話してしまいたいので、今回は同席してもらえませんか？」

さらにミュリエルはコクコクと頷いた。いてくれと頼まれるということは、今までの話の流れ的にここからはミュリエルも知る必要のあることなのだろう。それにギオについては仲良くもなったし、サイラスにだって報告した手前、ちゃんと情報の共有を図って最後まで責任を持って関わっていきたい。

「では、僭越《せんえつ》ながら僕からざっと経緯を説明しましょう」

　そうしてリーンからの説明を聞いたところによると、まず、グリゼルダがわざわざこの巨大寝台でやって来たのはギオのためもあるが、この古びた織物を秘密裏にワーズワースに運びたかったためだということだった。もちろんリーンに解読してもらうためだ。

　なぜ秘密裏になったかといえば、ティークロートにおいて聖獣と竜に関連したよからぬ動きがあるかららしい。そして夜会の夜にあったリーン誘拐《ゆうかい》未遂もまた、これに関連して起こったことだと言う。

「諸々《もろもろ》の出来事と王女殿下からのタレコミ、それらを総合的に捉えた結果、件《くだん》の研究施設での幽霊騒ぎ、あれが我が国だけでなくティークロートにも繋がっていたというのが、今のところの僕らの見解です」

　ひと通り説明されても、ミュリエルが何かを言える余地はない。狭い世界で生きてきたミュリエルにとって、事の規模が大きすぎるのだ。考えたこともない壮大な繋がりは、いたずらに不安を煽《あお》るだけで心細くなるばかりだ。ミュリエルは助けを求めるようにサイラスを見た。

「君のことはもちろん、アトラ達にも危害が及ばないよう細心の注意を払っている。もし思うことがあるのなら、すぐに聞かせてほしい。君の不安を拭うために、手を尽くそう」

　漠然《ばくぜん》とした不安を言葉にするのは難しい。困って眉を下げるばかりのミュリエルを、安心させるようにサイラスは微笑んだ。

「わからないこと、知らないこと、先の見えないこと、それらを怖がる気持ちは誰でも持つものだ。もちろん、私も。だが、我々は一人ではないだろう？」

サイラスの視線に促《うなが》されてリーンとグリゼルダを見れば、二人もそろって微笑んでいる。それに心底助けられた気持ちになったミュリエルは、精一杯首を縦に振った。

「では、話を進めましょうか。と言っても、解読が思うように進まなくて。面目ないです」

肩をすくめたリーンは、織物の文字と思われる一部分を指さした。

「この単語が、たぶん人物を指す言葉なんでしょうけど、僕の知っている言葉で翻訳が利《き》かなくて。この単語が何を意味するのかわかれば、一気に進みそうではあるんですけど」

「えっ？　花嫁、ではないのですか？　だって、これって『竜と花嫁』のお話ですよね？」

ミュリエルは言葉をポロリと零した。思わず割り込む形になってしまったのは、はじめてこの織物を見せられた時から、『竜と花嫁』の物語を織ったものなのだと思っていたからだ。

「……なぜ、そう思いました？　この人物、花嫁と断定するにはそうした要素が少なくありませんか？」

リーンの言う通り、見た目ではこの人物が花嫁であるかどうかはわからない。それどころか髪は長いが大きなローブを纏《まと》っていて体格も見えないし、他に比較するべき人物もいないため、性別すら不明だ。だが、ミュリエルが注目したのはそこではない。

「えっと、まず、この織物の作りなのですが、真ん中に向かい合うように竜と人がいて、それを外側から内側に向かって、二十四に区切られた織柄が囲んでいます。この二十四の織柄が、竜と花嫁が過ごした二十四節気《にじゅうしせっき》を表しているのだと思いました」

子供向けの「竜と花嫁」では、簡単に読めるようにと四季にわけるだけで、二者が過ごした一年を大雑把《おおざっぱ》に書くことが多い。しかし、詳《くわ》しく読みたいと少しでも専門的なものに手を伸ばせば、どれもが必ず二十四節気にわけた形で語られる。

「なぜそう思ったのですか？」

「色が褪《あ》せてしまっているので、各季節を表す色とは違う箇所が多いです。ですが、各季節をすべて思い出すと、それに添った色や柄が順番になっているように見えてきませんか？　大きくわけて四つ、さらにそのなかに趣向の違う織柄が六筋。とくにわかりやすい箇所だと、春分、夏至《げし》、秋分、冬至を表すこの辺りでしょうか」

ミュリエルの説明した部分に頷きで理解を示したリーンは、次の質問を口にした。

「二十四の織柄が二十四節気を表す。それはわかりました。ですがそれがなぜ、『竜と花嫁』に断定することに繋がったんでしょう？」

「えっと、ここをたどると……」

ミュリエルは外側から数えて十九番目の織柄をたどっていく。人物によって地の織柄は途切れるが、そのまま指を動かして人物が耳の横に飾っている花を指さした。

「竜が花嫁に贈った青い花が、ここにあります。色が褪せてしまっていて、全然青には見えませんが……」

四つの花弁を持つ小ぶりな菱《ひし》の花は、花嫁の耳元で髪を可憐《かれん》に飾っている。

「一般的に菱の花は夏に咲きます。ですが、この織柄を二十四節気に当てはめるのなら、この十九番目は立冬で冬のはじめです。咲くはずがありません。ただ、語られる話が『竜と花嫁』なら、この青い花がこの時期にあるのは重要で、外すことのできない内容です」

花嫁と本当の意味で心を通わせた竜が、ここではじめて花嫁に花を贈るのだ。それは子供向けの物語のなかでも決して省略されることのない大事な場面だ。

ところが黙り込んでしまったリーンに、ミュリエルは急に恥ずかしくなった。専門的に研究しているリーンに対して、あまりにも浅知恵でものを話してしまったと思ったのだ。

「あ、あのっ、ごめんなさい、私っ」

「……すごい。すごいですよ！　ミュリエルさんっ!!」

織物を挟んだ対面から飛びつく勢いでがっしりと両手を握られたミュリエルは、びっくりして体を引いた。だが、リーンはあっさり手を放すと織物に向かう。

「ということはっ!!」

そして懐《ふところ》からボロボロの手帳を取りだすとパラパラとページをめくり、手帳と織物を交互にかぶりつくようにして見ている。同時に聞き取れないほどの小声で息継ぎなしの独り言がはじまったと思えば、瞬きはいっさいしなくなってしまった。

「こうなっては、リーン殿との会話は不可能だな。我々だけではこれ以上この話はできないから、ギオについての話に移ろうか」

四人でいまだ織物を囲んでいるものの、リーンは完全に周りのことが見えなくなっている。

しばらくは三人で会話を進めるしかなさそうだ。

「サイラスは、ギオについて実りのある話ができるのか？　残念ながら、私はいつまでたっても柔軟さえ満足にできぬ」

グリゼルダから目線で同意を求められたミュリエルは、肯定も否定もできない。この麗しの女神の運動神経のなさは、励ます箇所を見つけることさえ困難だ。

「このままでは、ギオの立場は悪くなる一方だ」

自分の不甲斐《ふがい》なさを悔やむグリゼルダに、ミュリエルは先程自分がしてもらったようにそっと背に手を添えた。

「ギオの殺処分は、絶対に阻止する。気づいているか？　先の研究施設との繋がりがそちらにあるのなら、ギオの命が実験に使われる恐れがある。いや、むしろ、もとよりそちらが狙いだった可能性さえあるんだ」

「っ!!」

ミュリエルはグリゼルダと同時に息を飲んだ。話が大きくなりすぎて、深く考えることを放《ほう》棄《き》していたが、つまりはそういうことなのだ。あまりの衝撃にグリゼルダとそろって言葉もなくサイラスを見つめる。グルグルと回る思考では生産的な答えなど浮かんでこない。

「私は解決策もなく、こんな話を聞かせたりしない。ただ、その前に一つはっきりさせておきたいことがある。グリゼルダ、貴女《あなた》がギオのパートナーではないということだ」

この事実について、ミュリエルは先に知っていた。しかしグリゼルダはそうではない。立て続けにこんな話をされる彼女の衝撃はいかほどであろうか。心配になったミュリエルは、添えていた手をなでるように動かした。

「それは……、誠のこと、か？」

かすれてはいても、グリゼルダは気丈にも自らの声でしっかりと問う。

「はじめて貴女とギオの様子を見た時から、疑問があった。絆《きずな》を結んだにしては、互いを尊重する姿が見えなかったから。そしてここ数日の様子を見て、今はそれを可能性ではなく確信として持つに至っている。やはり、貴女はギオのパートナーではない」

唇をわななかせるグリゼルダに、ミュリエルはいっそうなでる手に力を込めた。

「あ、あのっ、ギオさんはグリゼルダ様のことを、大変お好きではあるんですよ？　赤いお髪《ぐし》はお気に入りのトサカとおそろいの色ですし、瞳だって同じ琥珀色だって、とっても自慢げに言っ……、い、言って、いるように、み……、見えました！」

必死に言い募《つの》るミュリエルを茫然《ぼうぜん》とした様子で見たグリゼルダは、しばらくそのまま見つめてから微《かす》かに微笑んだ。

「ありがとう。ミュリエル、そなたはやはり優しい娘よ。……しかし。しかし、そうなるとギオはどうなる？　御せる者がいないために、本国で殺処分の話がでているのだ。これで私がパートナーではない、となれば……。ん？　では、新しいパートナーを決めればよい、のか？」

頼りない表情だったのはひと時のこと。グリゼルダはすぐに強い口調に戻ると、キッと目も眉もつり上げた。

「その通りだ。ギオは、カナンと絆を結ぶのだと思う」

「カナン、だと？」

前のめりなグリゼルダに向かって、サイラスはあくまでゆっくりとした口調を崩さない。

「何度も聖獣と人との見合いを見てきたなかで、ふと予感することがある。たぶん、カナンがギオのパートナーになり得るはずだ。これは私だけでなく、ミュリエルも同意している」

パッと振り向かれたミュリエルは、自信を持って頷いた。するとグリゼルダの琥珀の瞳が前向きな色になる。

「それは、どれほど勝率のある話なのだ」

「たぶん、とは言ったが、私は確証のない話をこうした場ですることも好まない。カナン次第のところが大きいため断言は避けたが、カナンがギオのパートナーなのは間違いない」

「どうすればよい？」

グリゼルダはサイラスだけでなく、言葉のたびにこちらにも視線を合わせてくれる。その様子に、ミュリエルは自分の瞳にも前向きな色が浮かぶのを感じた。降ってわいた話を少しも疑わず、平等に意見を求めてくれるグリゼルダに、向けてくれる信頼の強さを感じたのだ。

力になりたい。ミュリエルは強く思う。ギオがカナンをパートナーと認めるまで、あと一歩のところまできているのだ。きっかけになる何かさえあれば、事は丸く収まるはずだ。

「ひと芝居打とうと思う」

サイラスの提案に、ミュリエルはグリゼルダとそろって期待の目を向けた。

「私とアトラの力を見せつけて、カナンとギオを同時に煽るつもりだ」彼らには、少し手荒な方法があうはずだ。

「カナンはそうかもしれぬが、ギオもか？　あれは気性が激しいゆえ、一度興奮すると手がつけられぬ。下手《へた》な焚《た》きつけは心配が大きい」

グリゼルダの思うところは、ミュリエルとて同じだ。ただサイラスには、幾度も聖獣達の見合いに立ち会ってきた経験がある。失敗の可能性があれば、こんなことは絶対に勧めてはこないだろう。

「問題ない。ギオは、根は真《ま》っ直《す》ぐだがやや享楽的《きょうらくてき》だ。そして人に指図されることも、理屈っぽいことも好まない。その代わりこちらが堂々と力を示せば、それまでの遺恨は忘れて認めてくれるだろう。と、ミュリエルが言っている」

「えっ？」

「違ったか？　君が言ったことは、そういう意味だと思ったのだが」

ミュリエルは瞬き三回分考えた。そして思い出す。「気のいいその日暮らしの山賊」、そう自分がギオを形容したことを。だが、サイラスはその言葉でここまで推《お》し量ってくれたというのか。

（サ、サイラス様は、さすがだわ。「わかった」なんて、あの時は短い言葉しか返されなかったけれど……。だって、これではなんだか、私が自分で自分を理解するよりも、サイラス様の方がずっと私のことを……）

心臓がわずかに騒ぐ。されどそれは、痛みや苦しみの予感ではない。逆にふわりと温かくなった気がしたのだ。ミュリエルは胸もとを押さえた。

するとサイラスも同じ仕草をする。それに服の下にある青林檎《あおりんご》のチャームが思い出されて、ミュリエルは急に恥ずかしくなってうつむいた。

「……自覚なしに、見せつけてくれるものよ。だが、二人を見ていると事態の深刻さが薄れてよい。そうだな。ついでに私とカナンの仲も、知らしめてはくれぬか？」

前のめりになっていた体勢から、グリゼルダはいつの間にかクッションに体を預けている。さっきまでグリゼルダにより添っていたはずなのに、いつの間にかサイラスと向かい合って見つめる体勢になっていたミュリエルは、弾《はず》むように大きく後ろに体を引いた。

その様子をサイラスが困ったように笑うと、グリゼルダは大変楽しそうに笑う。どちらを向いても綺麗《きれい》な顔が自分に注目していることに、ミュリエルはますます顔を赤くした。

◇◇◇

『えー。めんどくせぇよぉ。オレ、行きたかねぇし』

聖獣を交えた鍛錬《たんれん》にギオを誘ったところ、開口一番この発言である。

「そんなことを言わずに、ね？　参加してみたら楽しいかもしれませんよ？」

サイラス達にグリゼルダ、それにカナンも、すでに鍛錬場に行ってしまっている。ミュリエルは今日に限って、絶対にギオを鍛錬場に向かわせなければならなかった。何しろここが、カナンとギオに絆を結ばせるための作戦、その第一歩目になるのだから。

サイラスとアトラがそろって力を見せるには、相応の場所が必要だ。場が整わなくては、何もはじめられない。責任重大なお役目に、ミュリエルは手に汗を握っていた。

『嬢ちゃんよぉ、なんか今日はやけにしつけぇんじゃねぇかぁ？』

だが、いやに気合の入る様子をさっそくギオに疑われてしまう。ミュリエルは誤魔化《ごまか》すことができずに固まった。そしてその反応により、さらにギオに疑念の目を向けられる。

しかしこの重要な場に、何もミュリエル一人で挑《いど》んだわけではない。背後には秘密裏に作戦を伝えてある、心強い味方が控《ひか》えていた。そして援護の言葉はまず、白ウサギの口から放たれる。

『……おい、ギオ。ミューが言いづらいみてぇだから、オレがはっきり言ってやる』

ところが台詞の雲行きが怪しい。作戦は内緒で、あくまで自然な成り行きだと思ってもらわなければならないのだ。それなのにアトラは何を言おうというのか。

制止の手を伸ばしたミュリエルだったが、歯ぎしりの方が早かった。

『オマエ、確実に太ったぞ』

事もなげに言い放ったアトラに、ギオは嘴《くちばし》をカパッとあけた。心なしか小刻みに震えている。ギオが言われた内容にショックを受けたのは明らかだった。そしてミュリエルは思った。

(私もそれは、とても感じていたけれど。アトラさんてば、容赦《ようしゃ》がないわ……)

　そしてさらに追い打ちがかけられる。

『そうよねぇ。誰が見ても太ったわ』

『うむ。同じ鳥類として恥ずべきボディだな』

『まるまるとしてるっス』

『ボクはいいと思いますよ。食っちゃ寝ぇはこの世の天国です』

『あとはその体を許せるかどうか、本人の意識の問題でしょうね』

　さんざんな言われようにギオは大変ショックを受けたらしく、首もとの羽毛を逆立てるように膨らませている。しかし、それが丸みを帯びた体をより丸く見せた。

　小刻みに震えていた体は今やブルブルと震えている。しばらくその体勢を維持していたギオだったが、突如《とつじょ》丸い体からニョキッと首を空に向かって伸ばすと、轟《とどろ》くような鳴き声をあげた。

『それは言わねぇ約束だろぉがぁっ!!』

　あまりの大音量に全員で顔をそらす。ミュリエルはついでに両手で耳を押さえた。

『そんな約束してねぇし』

　そっけないアトラに対し、ギオは若干涙目だ。太ったことについては、本人なりに相当気にしていたらしい。

『クッキーばっかり食ってるからだろうが。いいから、動けよ』

　恨みがましい涙目を面倒そうに見返して、アトラはタシタシと後ろ脚で地面を踏んでみせた。

怠《なま》けボディに慈悲はない。

「ギオさん、一緒に行きましょう？　ね？　ちょっと動けば、すぐにスリムになりますよ」

ミュリエルが優しく声をかけるとギオは項垂《うなだ》れた。しかし脚が鍛錬場に向いたので、一行はそのまま作戦の幕開けへと移ったのだった。


実は鍛錬場に足を踏み入れるのは、ミュリエルもはじめてだ。本隊の獣舎からの方が近い位置で王城とは逆の方向にあるため、用がなければ通りかかるということがないのだ。

庭の延長線上に木立と茂みで仕切られている広場は、踏み固められているからか芝はなく、乾いた地面がむき出しになっていた。

勝手知ったるアトラ達に先導されてついてきたミュリエルは、まず剣戟《けんげき》の音を響かせて打ち合っているレインティーナとシグバートを見つけ、ついで少し離れた位置に立つサイラスとリーン、傘を手に日陰を作るカナンと一人いい具合の岩に腰かけるグリゼルダを見つけた。邪魔《じゃま》をしないように大人しく近づいたのだが、ギオを見つけたグリゼルダが感激したように大きな声をだす。

「ギオ！　来てくれたのだな！　嬉しいぞ！　ミュリエルも、よくぞ連れてきてくれた！」

少し機嫌をうかがうようにそっと首もとの羽毛に触ったグリゼルダだったが、ギオが拒否しないのを見てとってパッと嬉しそうに笑った。大胆にズッポリと両手を差し込んで柔らかさを堪能《たんのう》している。

　そんな嬉しそうにしているグリゼルダと違い、ギオはまだショックを引きずっているようで、いつもの元気がない。

「ミュリエルよ、先程のサイラスはすごかったぞ。まずレインティーナとやり合ったのだが、見事だった。しかし、何が見事かは聞いてくれるな。私では説明できぬ。とにかく……」

　ガキンッ！　と重い金属音がグリゼルダの言葉を遮って響く。音の発生源に視線を走らせれば、シグバートの手から刃を潰した剣が飛んだところだった。回転しながら落ちてくる剣を、レインティーナが自身の剣で遠くに弾く。

「そこまでだ」

　サイラスのかけ声で、シグバートの首もとに間髪入れずに剣を突きつけていたレインティーナが一歩引く。膝をついていたシグバートは立ち上がったが、涼しい顔をしたレインティーナと違って肩で息をしていた。

「つはぁはぁ、レイン、ティーナ。情けは無用と、いつも、言っていますっ」

「なんのことだ？　私は別に手加減などしていない」

「嘘《うそ》、ですね。初手で一度、躊躇《ためら》ったでしょう」

「む。……あぁ、あれは、もうはじめていいのか一瞬考えてしまっただけだ。次は気をつける。だが、気づくと思わなかった。上達したんじゃないか？」

「慰めは、不要、です」

シグバートは完膚《かんぷ》なきまでにレインティーナに負かされていたが、負け方がお気に召さないらしい。言い合いながら戻ってきた二人は、笑顔と会釈でこちらに挨拶《あいさつ》をすると、やってきていた己のパートナーに身をよせた。

『レイン！　ス・テ・キ！　やっぱりサイラスちゃんについでの、騎士団ナンバーツーの実力は伊達《だて》じゃないわねっ！』

『シグバートさん、お疲れ様です。悪くなかったですよ！　騎士団最弱の名の返上も、きっと近いです。頑張ってまいりましょう！』

対照的なかけ声に聞き返したい思いでいっぱいになったが、ミュリエルはグッと堪える。

「人数が少ないと、鍛錬も単調になってしまっていけないな」

呟《つぶや》いたサイラスの言葉を拾ったのは、動きやすい簡素な格好をしながらも優雅さのなくならないグリゼルダだった。

「うちのカナンを貸してやろう。サイラス、いつかの勝負の続きといかぬか？」

いよいよとなる作戦の幕開けに、ミュリエルはこっそりカナンをうかがい見た。グリゼルダの命令に背くことはないというが、表情に乏しい顔からはなんの感情も読み取れなかった。

「カナン、よいな。私に恥をかかせないでおくれ？」

言葉と共にカナンが持っていた日傘を奪ったグリゼルダは、さっさと自分でさすと前を向いてしまった。わずかばかりの沈黙を経《へ》て、灰色の髪の間でカナンは目を伏せた。

「……御意」

ミュリエル達から距離をとって、サイラスとカナンが対峙《たいじ》する。

「剣は使えるか？　他のものがよければ用意しよう」

「……いえ、剣で」

少ないやりとりだけで、二人は少しの距離を取ると向かい合った。

「じゃあ、合図は僕が。……、……、……はじめ！」

ミュリエルはまず、リーンらしくない短くはっきりとした発声でされた開始の合図に驚き、そして一拍後に澄んだ音を立ててカナンの手から離れた剣に再度驚いた。立て続けに起こったこれらに、言葉を挟む隙間《すきま》はなかった。

「……これは、驚かされた。サイラスは、先程よりさらに上の動きがあるのか」

きっとカナンとてグリゼルダの傍に常にいる身なのだから、弱いということはないはずだ。それがこんなに簡単に戦闘不能にされるとは、サイラスの強さが尋常ではない。

『サイラスちゃんって、相手に合わせた戦い方が抜群に上手なのよねぇ』

『力技のレイン君と違って、カナン君は俊敏性や瞬発力が自慢なのだろうな。そこからさらに先手を取るのだから、見事なものだ』

『器用っスよね。それにすごく目がいいっス。じゃなきゃ、ああはいかないっスよ』

『騎士団内で能力を項目別にして比べると、どの分野でもダンチョーはんは一番やないのに、不思議なもんです』

『えぇ、本当に。それでも戦ってしまえば、いつだって一番お強いのですよね』

レグ達の感想に、アトラがギリギリと軽快な歯ぎしりをした。

『当然だろ。誰のパートナーだと思ってんだ』

アトラは大変得意げだ。ところがそれと対照的なのがギオで、アトラの言葉を聞いて鋭くなった目をさらにきつく細めてカナンをにらみつけている。

「話にならないな。王女殿下の傍に控える役が、それで務まるのか？　もしそれが実力なら、グリゼルダ、貴女も傍に置く者は考えることだ」

「……くっ」

サイラスの厳しいもの言いは作戦のうちなのだが、そんなことは知る由《よし》もないカナンは、自分のせいでグリゼルダまで言及されてしまったことを激しく悔やんでいるようだった。

サイラスはそんなカナンに背を向けると、地に落ちた剣を拾いに向かう。しかしかがんで拾うことはせずに、つま先で軽く蹴り上げて、さらには自分の剣を使って弾く。飛ばされた剣は、レインティーナとシグバートの近くに落ちた。とくに指示されることなく、レインティーナが剣を拾うとシグバートが鞘《さや》を渡してこれを収める。

「カナン、お前の得手はその腰にある双剣だな？」

カナンはただ頷く。背中側の腰元に交差させて佩《は》いているのは、二振りの細身のダガーだ。

「では、それでかかってこい」

「……刃を潰したものじゃない」

「構わない。私に傷をつけられるものなら、やってみろ」

台本にないサイラスの台詞に、ミュリエルは目をむいた。

（ち、ちょっと、待ってください！　ほ、本物の刃物を使うなんて、そ、そんなのっ！）

ミュリエルは慌てて周囲に目を走らせる。ところが、リーンとレインティーナにシグバートの表情は変わらず、少し驚いた風のグリゼルダもすぐに揺らがぬ目をして、狼狽《うろた》えるミュリエルに頷いてみせるだけだった。アトラ達も通常通りで、その温度差に止めようとする言葉や心配する言葉は喉に張りついて出てこない。ギオだけは落ち着きなく頭を動かしてトサカを震わせていることから、何かしらの気持ちの動きはあるようだ。

サイラスが引き続き長剣を構えたのに対し、カナンはダガーを両手で引き抜く。春のものにしては冷たい風が、乾いた地面をそっとなでた。

戦いがはじまる前にミュリエルの心臓が止まってしまいそうだ。祈るように両手を組んで、口もとにあてる。指先は緊張でもう冷えていて、あがってしまったように短く吐き出す息は、逆に熱い。わずかな静寂のあと、合図をしたのは先程同様リーンだった。

「……はじめ！」

飛びだしたのはカナンだ。上体を低く保って腕を交差させ、剣先を下げたままサイラスに突っ込んで行く。厚い前髪は風で流れ、目もとどころか額《ひたい》までさらけ出している。好戦的な光を宿した目は、黒と緑の間でギラギラと目まぐるしく色を変えていた。

サイラスの手前で急激に勢いを殺したカナンが、両腕を同時に振り上げる。それに対してサイラスがどのようにいなしたのか、ミュリエルには見えなかった。長剣が水平に構えられたと思ったら、カナンが後方に飛び退《の》いていたのだ。確かに剣の重なる音は聞こえたが、剣筋はまったく見えない。

二人の間にあいた距離は、またしてもカナンが一足飛びでつめる。二人の動きからずいぶん遅れて砂埃《すなぼこり》が舞った。

ひたすら攻めの姿勢をとるカナンに、サイラスは後ろに退きながら攻撃を受け続ける。一つ一つの動きがまったく追えないミュリエルにとって、サイラスが押されているという状況のみがすべてだった。

「っ！　サ、サイラス様、頑張って！　負けないでください！　勝って、勝ってください！　お願い……っ！」

「むっ。カナ……っ。くっ。素直に応援できぬ私を、許せ……っ！」

作戦のことなどもう完全に忘れたミュリエルは、涙をいっぱいにためて本気で祈っていた。隣のグリゼルダの苦悩などまったく耳に入らない。

ほんの一瞬、本当にたった一瞬だけ、紫の瞳がこちらを見た気がした。しかし、それは動きを追えていないミュリエルの勘違いだったかもしれない。

押されていたサイラスの足が止まる。カナンの攻撃のひと呼吸にも満たない間で長剣を逆手に持ち替えると、鍔《つば》の部分を利用してダガーの軌道を二振りまとめて横に流した。

両手を同時に持っていかれたカナンだったが、逆にその反動を利用して足を振り上げる。側頭部目がけて繰りだされた蹴《け》りをサイラスは左腕でガードすると、そのまま足をつかんでひねった。足に合わせて回転してしまったカナンは、受け身をとったものの地面に倒れ込む。

ところがそれではまだ終わらない。カナンはさらに自ら回転してサイラスの腕を引き離すと、立ち上がる勢いを利用して下からダガーを突き立てようとする。間合いを考えれば、長剣では分の悪い近すぎる距離だ。ところが、サイラスの手に長剣は握られていなかった。

あいた両手でカナンの手首をつかむと、サイラスはグッと自分の方に引きよせる。強く踏み込み相手に向かう動きをしていたカナンは、踏ん張ることができずにいとも簡単にサイラスに引きよせられた。そんなカナンのみぞおちに向かって、サイラスが強烈な膝蹴りを入れる。

「かはっ」

体を折って腕で腹を押さえたカナンが、たまらず後方へ飛び退いた。それに対してサイラスは、拳《こぶし》を握ってその場でトントンと軽くステップしてみせる。

回復に時間を取るカナンにサイラスは緩く微笑むと、「かかってこい」とでも言うように上に向けた人差し指を軽くクイクイと動かした。

そんなサイラスを前に、いつも静かなカナンもとうとう熱くなったのだろう。唸《うな》るように息を吐き出すと、これまでで一番の素早さで突っ込んだ。ところがそれに対するサイラスの動きは、ごくわずかなものだった。

一歩も動かずカナンを迎え入れると、軽い手の動作だけで嘘のように簡単に両手のダガーを取り落とさせる。そしてそのまま、カナンの体を反転させて腕を背中でひねり上げた。肩のはずれる一歩手前の力加減で、そのままカナンを地面に沈める。

顔に土をつけたカナンはしばし抜け出そうと暴れたが、それさえもサイラスは静かに見守り、大人しくなったところで手を放した。

「はぁ……」

煽るために「期待外れだ」とこれ見よがしにため息をついたサイラスに、カナンの目から光が消えていく。そしてそれを追うように静かにまぶたが落ちていった。

全身に力の入っていたミュリエルは、戦いの終息に一気に脱力する。へなへなとその場に座り込んだ。

「すごいな。団長殿、本気だったんじゃないですか？」

「これは、うずうずするな。私ももう一戦やりたい」

「レインティーナ、空気を読んでください。そんな雰囲気ではないでしょう」

荒事に慣れていないミュリエルは、目の前で見せられた激しい戦いに腰が抜けてしまったが、リーン達の常と変わらない様子はこれが騎士達の日常なのだと教えてくれる。しかし、だからといって抜けた腰が今すぐ立つわけではない。それに、終わったという安心感から激しく脱力してしまっていて、今すぐ立とうという気力もない。

ところが呆《ほう》けていられたのは、わずかな時間だけだった。至近距離から発生した突風をなんの用意もなくまともに浴びて、横に座っていたアトラの腹まで日傘を手放したグリゼルダと共に吹き飛んでしまったのだ。

「コケコッコォォオォォォッ!!」

突風の発生源はギオだ。大きく羽ばたいて、怒りの雄叫《おたけ》びをあげている。そして眼光鋭くにらみつけた相手は、地にふしたままのカナンだった。ギオは一直線にカナンのもとに向かう。

『てめぇはっ!! なんでっ!! いつもっ!! そう！ なん！ だっ!!』

短く、コッ！ コッ！ コッ！ と鳴くごとに鋭く嘴で突き刺そうとしてくるギオに、カナンは起き上がる隙もなく地面をゴロゴロと転がった。

『諦《あきら》めてんじゃねぇ!! いじけてんじゃねぇ!! ましてや、やられっぱなしなんて話にならねぇっ!!』

繰りだす嘴の勢いは本気で、ひと刺しごとに地面はえぐれ、土の塊が弾けるように飛び散る。もしあれを体にくらってしまったら、大怪我《おおけが》どころの騒ぎではない。

「アトラ！」

『おう、任せろ！』

サイラスに名前を呼ばれたアトラは、ミュリエルとグリゼルダが一人でしっかり座れるように身を押しつけたあと、軽い足取りで駆けだした。そしてギオの頭の上を飛び越す。ギオの意識がそれたのを見ると、今度は逆側からもっとゆっくりと弓なりに頭上を飛び越した。

『おい、ギオ。相手ならオレがしてやるよ』

『はぁ!? アトラに相手してもらっても仕方ねぇんだよぉ！ オレがムカついてんのは、コイツなんだからなぁ！』

ギオはアトラの誘いに乗ってこない。ここが作戦の肝《きも》なのだから、ギオには乗ってもらわねば困るのだ。ところが白ウサギは余裕そうにニヤリと笑う。そして激怒している黒ニワトリに向かって、今一番効果的な言葉を向けた。

『ソイツ相手に動く程度じゃ、ダイエットにならないぜ？』

『あ？』

ビキリ、と顔を引きつらせたギオが、ギョロッと目だけをアトラに向ける。

『贅肉を落としたいんなら、そんなチンタラ動いてても駄目だろ？』

それは煽り文句としては完璧すぎた。

『それとも、そのまま丸々と肥えることにしたのかよ？』

ブルブルと震えだしたギオの、うつむいた顔に影がさしている。

『……それは、言わない、約束、だろぉぉおおぉっ!!』

出だしは静かに、言葉尻は激しく。それと合わせてゆっくりと体の向きを変えはじめたはずのギオは、怒鳴り声と共に勢いよくアトラに向かって駆け出した。それを見たサイラスが、地面で半身を起こして茫然としているカナンの襟首をつかんで安全圏まで引く。

ギオはどうやら周りが見えなくなっているようだ。土埃どころか土塊《つちくれ》を蹴散らしながら、アトラに向かって何度も嘴を突きだしている。ところがアトラは軽いステップで難なくそれらをかわすので、ギオのイライラは収まるどころか高まっていった。

『おいおい、息があがってるぞ』

『つはぁ、はぁ。う、うっるせぇ！　こっから、なんだ、よぉっ！』

威勢はいい。しかしギオの鋭い嘴も自慢の爪も、アトラにはいっさい届かない。あと少しというところですべて綺麗によけられてしまうのだ。

『ちっとは動けねぇ自分の体、把握できたか？　じゃあ、ついでに、背中にパートナーを乗せるとどうなるか見せてやるよ。サイラス！』

あくまでも「ついで」を装ってアトラがサイラスに視線で呼びかける。その意をサイラスは違わず汲《く》んだ。

アトラの大きな跳躍の着地点を寸分の狂いなく読んだサイラスは、前脚が地につくと同時に背の毛をつかみ、後ろ脚が飛び出す時には反動も利用してすんなりと騎乗の体勢をとっている。一瞬の動作は流れるようで少しの無駄もない。

ギオの前に戻ったアトラは、背のサイラスを見せびらかすようにその場で宙がえりをした。

「いいか、アトラ。私が乗ったからには、攻撃の機会をギオに与えるつもりはない」

『当然だ、サイラス。格の違いってもんを、オレ達で見せてやろうぜ』

すでに勝った、とでもいうような二者の様子に、ギオがボッと羽毛を膨らませた。目を爛々《らんらん》と光らせて、トサカなどは赤みが増してまるで燃えているようだ。

アトラが誘うように後ろ脚でタップする。当然ギオに自重という選択はなく、けたたましく土塊を蹴り上げながら真正面から突っ込んだ。

それをヒラリとかわしたアトラに、ギオが体勢を入れ替える。ところが次の攻撃に入る前にアトラがまたヒラリと飛んだ。二匹の距離は相変わらず近い。しかしギオの向きからアトラに攻撃するためには、数歩の踏み替えをしなければならない位置関係だ。ギオは嘴での攻撃ではなく、爪による攻撃に切り替えようとした。しかし、やはり脚が上がりきる前にアトラはヒラリとかわす。

アトラはギオを中心として、円を描くような一定の範囲内で跳躍を続ける。ギオはそれにより中心の一点より一歩も動かない、いや動けないのだ。その場で向きを変え、足踏みをし、首を振る。サイラスがアトラの背に乗って以降、そのたった三つがギオに許された動きのすべてだった。

『くそ、くそ！ くそぉっ‼』

怒髪天《どはつてん》を衝《つ》く勢いのギオは、爆発してしまいそうなほどトサカを真っ赤にしていた。

「ギオ、君の攻撃は無駄が多い。それに単調だ。読めてしまえば怖くない」

『ってわけだ。これでもまだ、背中に誰か乗せるなんて面倒だ、なんて思うか？』

アトラだけでギオの攻撃をよけていた時と、サイラスを背に乗せてからの時。明らかにサイラスを背に乗せてからの方が、動きに無駄がない。ミュリエルの目から見ても、最小限の動作で最大限の効果を得ているのがよくわかった。

「背にパートナーを乗せれば、得られる情報が増える。アトラは自分の視点に加えて、私の人としての視点と思考を持って動いていているんだ」

『オレだけじゃ、見るのも考えるのも程度が知れてるからな。オマエも乗せてみりゃいい。世界が変わるぜ』

そしてアトラは『まだまだやろうぜ』とでも言うように、軽快なステップを踏んだ。

『ほら、そこにうってつけのヤツがいるじゃねぇか』

促された言葉と視線を追ったギオが顔を向けた先には、食い入るように今までの闘いを見ていたカナンがいた。

『おい、テメェ‼　オレの背中に乗りやがれぇ‼』

先程嘴で穴をあける勢いで襲われたことが頭をよぎったのか、カナンが身構える。逃げの体勢をとろうとしたカナンを見て、ミュリエルは思わず叫んだ。

「カナンさん！　ギオさんの気持ちに応えてあげてください！」

ミュリエルの声かけが動きの抑制となったのか、一瞬動きを鈍《にぶ》らせたカナンにギオが迫る。よけようのない距離に体を強張《こわば》らせたカナンを、ギオは嘴をすくうように使って空中に放り投げた。体勢を崩したカナンはギオの背中に引っかかっただけだったが、そんなことはお構いなしにギオはそのままアトラに向かって突っ込んでいく。

「カナン、姿勢を正せ！」

サイラスの強い指示に、カナンが身を起こす。鞍《くら》のないギオの背になんとか乗ったカナンだったが、馬とは勝手の違う揺れと動きに何度も体勢を崩しそうになっている。

「聖獣ごとに、動きと揺れに規則性がある。ギオの特性を覚え、あわせろ」

初心者に優しくない動きを続けるアトラとギオに、カナンは厳しい実践を強いられた。ところがやはり、もともと運動神経のある者は飲み込みの速さが違う。十分な筋力も持ち合わせたカナンは、サイラスの指示をどんどん飲み込んでいった。

「自分の手に、足に、体に、聖獣の筋肉の動きが伝わってくるのがわかるか？　それで聖獣が何をしたいのか、何をしようとしているのか、次の行動を読むんだ」

サイラスのその言葉を聞いた途端、カナンの動きが劇的に変わる。それまで体勢の維持が後手に回っていたところから、自然とギオの動きについていくように傍目《はため》にも変化した。

「そこに自分の思考と視点を混ぜ、共有する。戦闘において、パートナー間で必要なのは言葉ではない」

真剣な表情をしていたサイラスがふと笑う。不敵なその笑みは、言葉も視線も合わせていないアトラにしっかりと伝わったようだった。軽くギオをいなしていたアトラの跳躍のスピードが加速する。

素早い白ウサギの動きについて行けないギオが、思わず脚を止めた。そして目でも追えなくなった瞬間に、アトラの後ろ脚で繰りだされた蹴りが脇腹に入った。土埃をあげて地面を滑るようにそこそこの距離を飛ばされたギオは、転ぶことだけはなんとか耐えた。どうやらアトラが相当手加減をしたようだ。

「私とアトラはまだ半分の力も出していない。君達は互いの力を借りてなお、その程度か？　それで大事なものが守れると思っているのか？　その覚悟があるのか？」

『まぁ、コイツらのはつけ焼刃ってヤツだしな。それに、覚悟があったって足りねぇんだろ。大事なもんを本当に守る覚悟はよ』

　サイラスは肩から力を抜いてため息混じりに言い放ち、お座りをしたアトラは余裕で耳のお手入れをする。紫の瞳は静かだがどこかつまらなそうで、それはペロリと舐《な》めた前脚をおろして細められた赤い目も同様だった。サイラスとアトラ、そろってたいした役者だ。

　それに対してカナンは言い返さないどころか、動きもしない。このまま いつものように引いてしまうのだろうか、とミュリエルは不安になった。だが、そこはちゃんと背中を押す適役がいた。

『おい、テメエ、諦めるつもりじゃねぇだろうなぁ？　そんなんこのオレが、黙って許すとでも思ってんのかぁ？　あぁん⁉』

　バサバサバサッ、と羽を震わせたギオは、何度目になるか気合の雄叫びをあげる。

『いいかぁ、気合入れろぉっ！　こっから巻き返すぞっ‼』

　少しも淡くならない真っ赤なままのトサカが、カナンの心にも火を灯したようだった。

「大事なものを守る覚悟なんて、俺だって、はじめからずっと、持っているんだ……！」

　厚い前髪に隠れる黒に近い緑色の目は、暗い色をしていなかった。カナンとギオの気持ちがそろったからなのか、二者の動きはどんどん自然になっていく。

「俺は、この命だって惜しくない。いつだって姫様のために、喜んで死んでみせる……！」

　カナンの台詞に、ミュリエルは歯がゆい思いを抱く。だが、背にカナンを乗せているギオの方が余程強くその思いを持っているのだろう。苦虫を噛《か》み潰したような顔で、再び活を入れるために嘴を開きかけた。だが。

「安い命だ。失うことで守ろうとするのは、死にゆく者の自己満足でしかない」

それを制して場に静かに、されど深く響いたのはサイラスの声だった。

「迷う気持ちには、共感する。私とてそうだ。だが、私は覚悟を決めた。大事な女性は傍で守ると。奪いにくる者には、容赦をしないつもりだ」

戦いの最中でサイラスの瞳がふとこちらを向く。目があった一瞬だけ柔らかくなった紫の色に、ミュリエルは胸もとを握った。ただそれは本当に瞬きするほどのわずかなことで、サイラスの目はすぐにカナンを見据えた。

「お前は違うのか？　ならば諦めて、地にふすといい」

低く切り捨てる強さを持った声に、カナンは虚を衝かれたような顔をした。そしてふとカナンの視線がこちらに向けられる。その瞳がとらえているのは、カナンにとってたった一人のお姫様の姿だった。黒に近い緑の瞳には、ギオに負けない熱がある。

「違う、違う！　姫様を……、姫様を守るのはいつだって俺の役目だ！　これまでも、これから先も、誰かに譲るなんて、本当は絶対に嫌なんだ!!」

カナンの叫びは、鬼気迫るものがあった。ビクリと体を震わせたグリゼルダにミュリエルが手を伸ばすと、目は合わないままにただきつく握られる。それを同じように強く握り返せば、胸を打つ思いに涙が誘われ、ミュリエルは唇を噛みしめた。

そしてギオもまた、カナンの強い想いを聞くことができたことで全身の羽毛を歓喜に逆立てていた。

『よく言ったぜぇ、カナンっ!!　男ならそうこなくっちゃなぁ！』

カナンとギオの呼吸が、この時を境にピタリと合う。嘴と爪の攻撃、そのどちらを選ぶのか。避けられたあとはどうするのか。右か左か、進むかさがるか。

大振りで粗削りな動きは二者の高揚した気持ちを表しているようで、そのすべてをサイラスとアトラがかわしてしまっても、高まった気持ちは少しも萎《しぼ》まないようだった。それどころか重なった想いに呼応するように、弾むような楽しさまで感じられる。

動きの統制がとれてくれれば、運動不足のギオも息切れが少なくなる。長く立て続けにキレのある攻撃をしてくるカナンとギオに、サイラスとアトラは素早くかわしながらもやはりどこか楽しそうだ。

それまで地面から離れずに嘴と爪の攻撃を繰り返していたギオが、カナンの合図で翼を使って高く飛ぶ。太陽の光を背にして爪をかざしたギオに、アトラは後方に飛び退いた。

「悪くない動きだ。だが、まだ甘い」

『やるじゃねぇか。けど、まだぬるい』

好戦的な色を宿して、紫と赤の瞳が楽しげに光る。引いた場所から大きく跳躍したアトラが、まだ空中にいるギオのさらに上を飛び越す。一見すると緩やかにさえ見える弧を描く動きをギオとカナンが目で追えば、白い脚は着地と同時に力強く大地を蹴り、いまだ地面に降り立つに至らないギオの足もとを、今度はまるで唸る矢のように切り抜けた。その隙間は爪のかからないギリギリのところ。

緩やかな動きを見せられてからの素早い動きの切り替えに、ギオとカナンの対応は多大に遅れた。アトラは前脚だけでブレーキをかけると、浮かんだままの下半身が短く縮む。その反動を利用して、やっと地に脚をついたギオの無防備な脇腹を蹴りつけた。

先程大きな手加減を加えてされたものとは、比べものにならない強烈な蹴りだった。大量の土埃があがって、吹っ飛んだ先のギオとカナンを隠す。駆けよることもできないミュリエルはハラハラとしたが、もうもうと立つ土煙が落ち着く前にギオの声が聞こえた。

『おい、カナン！　大丈夫かぁっ⁉』

ギオは羽ばたき一つで視界を取り戻すと、吹っ飛んだ文句を言うより先に自身からさらに飛ばされた場所に転がるカナンに駆けよった。嘴が刺さらないように、眉間《みけん》を使ってそっと押すようにカナンを揺り動かす。

「……痛っ、ギオ？」

『おう！　起きれっか？　いてぇのか？　大丈夫かぁっ？』

ゆっくりと起き上がったカナンの顔をのぞき込み、右に左に首を傾《かし》げながら矢継ぎ早に質問を飛ばす。

もちろんカナンには「コッコ、コッコ」と鳴く声しか聞こえないはずだが、友好的な雰囲気は伝わっているようだった。恐る恐るといった様子でギオの頬に手を伸ばす。そんなカナンのゆっくりと近づく手に、ギオはぶつかる勢いで頬をあてて擦《こす》りつけた。

『おい、大丈夫なんだなぁ⁉　聞いてんだからさっさと答えやがれぇ‼』

茫然と手に触れる黒い羽毛をなでるカナンに痺《しび》れを切らしたのか、ギオがボッと首の羽毛を膨らませた。ここで我に返ったミュリエルは通訳をしようとしたのだが、それよりもグリゼルダの動きの方が早かった。

「カナン！」

ミュリエルの手をパッと放すと、グリゼルダは走りだす。ところが、カナンのもとにたどり着く前に盛大に躓《つまず》いた。両足が地面から浮く勢いで転んだグリゼルダに、いち早く動いたのはカナンだった。それまで茫然としていたのが嘘のような身のこなしで立ち上がると、手を伸ばす。

間一髪抱き留めたはいいが、そのあとの体勢が続かない。二人は体をよせ合ったまま倒れ込んだ。だが、倒れ込んだ先は固い地面ではなく、ギオの柔らかな羽毛の上だった。

『へへっ、ナイスキャッチ、だろぉ？　そんだけ動けりゃ上出来だぁ！』

得意げなギオを眩《まぶ》しそうに見上げたグリゼルダが、カナンに笑顔を向ける。

「カナン、そなたがギオのパートナーだ」

「……俺、が？」

カナンの問うような視線に黒ニワトリは、トサカを揺らしながらそっぽを向いた。首の動きに合わせてプルプル揺れるトサカがいつになく恥ずかしそうに見えるのは、気のせいではないはずだ。

「……ギオ？」

視線が合わないことで疑問が拭われず、カナンの黒ニワトリを呼ぶ声には少しの疑いが含まれていた。

『おう、なんだぁ』

ところがギオの返事はわずかの間もあけずに返された。顔はそっぽを向いているが、目は完全にカナンに向けられている。「ギオ」が、黒い軍鶏《しゃも》のラベルがついたお酒の名前から、この世に一匹しかいない、気のいい山賊風な黒ニワトリの名前になった瞬間だった。

「ふふっ。私の言うことは聞かぬが、カナンの言うことは聞くようだ」

「……もし、それが本当なら、結局ギオも姫様の言うことを聞くことになる。だって俺は、姫様の望みはなんだって、いくらだって叶《かな》えたいと思っているから」

機嫌をうかがうようにカナンがギオに目を向ける。

『あ？　オレに器のデカさを見せろ、ってかぁ？　ま、お気に入りの人間にゃ、ちぃっとばかし融通利かせてやらぁ。……二人まとめて可愛がってやるよ。そんでいいんだろぉ？』

ギオが毛を膨らませる。するとカナンとグリゼルダは温かで艶《つや》やかな黒い羽毛に埋もれた。姿がまったく見えなくなってしまったが、グリゼルダの嬉しそうな笑い声だけが聞こえる。

「上手く行ってよかったな」

『いい感じにまとまったな』

戻って来たサイラスとアトラに駆けよったミュリエルは、笑顔を弾けさせた。

「お疲れ様です！　さすがサイラス様とアトラさんです！　それに、とっても格好よかったです！」

ミュリエルはアトラの鼻先に抱き着いた。するとアトラの背から降りたサイラスが背後に立ったので、笑顔を向ける。しかしすぐにそのまま表情を固めた。

おもむろに両手を広げたサイラスが、淡く笑って首を傾げている。これは完全に順番待ちをしている体だ。即座に拒否の言葉を言いそうになったミュリエルだったが、すんでのところで口を結んだ。

(な、なんだか、サ、サイラス様ったら、私が抱き着くことを少しも疑っていない様子だわ。な、なぜ？　なぜなの？　と、とても拒否できる雰囲気にないわ。だ、だけれど、抱き着くだなんて、そんな……)

ミュリエルが一人で葛藤している間も、サイラスは根気強く順番待ちをしている。ミュリエルは苦肉の策を講じた。

「あ、あ、あとで……。あとで、でいい、ですか……？　だって、ここでは、その……」

一応サイラスの顔を見て告げたものの、口にするそばから体温の上昇が止まらず、ミュリエルは結局白い体に顔を押しつけて隠した。

「あとで、か。ずいぶんと色々『あとで』が溜《た》まってしまったな。では、ミュリエル。確かに全部、『あとで』。……楽しみだな」

体は触れていないが、かがまれて耳元で囁《ささや》かれたミュリエルは、アトラに抱き着いていたことでへたり込むのだけはなんとか免《まぬが》れた。

『……オレはどっちでも関係ないけどよ。オマエ的には墓穴を掘ったんじゃねぇか、ミュー』

『あら、いいじゃなぁい！　だっておあずけって、ドキドキが増すもの！　それに、まとめてハッピーエンド、ってやつだわ！　これは、もう、しっかり見届けさせてもらわなきゃ！』

　少し呆れた歯音に弾む鼻息が重なる。ついでにレグは、隣にいるレインティーナにクネクネと体を擦りつけた。しかしそれに続くクロキリ達からは、喜びきれない鳴き声があがる。

『……だが、なんというか、事前に読んだ本がいけないと思わないか？』

『……ジブンも思ってたっス。身分違いの恋は、もはやトラウマっスよね？』

『……せやけど、ほら、イヌとニワトリ、種族が全然ちゃいますし？』

　しっかりと根づいてしまった「琥珀色に想いをのせて」の気配に、ミュリエルは顔を上げた。上手くいったギオ達に水を差すようなことはあってはならない。それなのに。

『種族が違う以外に、違う点はどこでしょうか……？』

　ケシェットの真面目な声で落とされた質問に、聖獣一同は顔を見合わせた。そして一瞬の沈黙が訪れる。まずい、ミュリエルが思ってアトラから体を離した時には、もう止められる瞬間は過ぎていた。一番早く動き出したのは、猪突猛進《ちょとつもうしん》、イノシシのレグだ。

『ギオォォォォッ！　アナタ、死ぬんじゃないわよぉぉぉっ！』

　轟く足音が大地を揺らす。先程の闘いであがった土埃など目ではないほど、辺り一面に大量の土煙が立ち込めた。

　異変に気がついたギオは、突進してくるレグの勢いと、グリゼルダとカナンを抱えている現状を瞬間的に計算したようだった。そしてグリゼルダを抱くカナンの襟首をくわえると、バッサバッサと羽ばたく。

飛び上がったギオの脚もとを、当然急には止まれないレグが駆け抜ける。そしてそのまま奥の木立に突っ込んだ。雷が間近に落ちたようなものすごい音を立てて、数本の木が根こそぎ倒れる。

『ば、馬っ鹿じゃねぇのっ⁉ なんだってあんな勢いで突っ込んできやがったんだぁ⁉』

大惨事な様子を見やったギオは、カナンとグリゼルダを思って優しく着地した。ところが反対側から、アトラを含めた残りの聖獣全員が全速力で向かってくるのに気がついて、これは羽ばたいても駄目だとすぐさま二人をくわえて嘴を高く上げた。首まで細く長く伸ばす。

『ぐえっ！』

そして自身はなんの用意もないまま、ギュウギュウとおしくらまんじゅうに巻き込まれた。

『ギオ、死ぬんじゃねぇぞ！』

『その通り、まだ早すぎる！』

『そおっスよ！ ギオさんの物語ははじまったばかりっス！』

『ほんなら、アレや！ 今がプロローグやと思えばええです！』

『えぇえぇ！ そして、エピローグは永遠に来ません！』

誰の鳴き声か判別できないほどの大騒ぎだ。一匹ずつ落ち着かせるにも、こんな状態では手のつけようがない。

「み、皆さん、落ち着いて！ 落ち着いてください！ あれは作り話ですよ！ 『登場する人物、団体、名称等は架空のものであり、実在のものとは関係ない』んですよっ！」

　ミュリエルの訴えはかき消されてしまい、収束がまったく見えてこない。

「ロロってば、そんなに素早く動いたりして！　なんでですか？　どうしてですか？　もう！　僕も交ぜてくださいっ！」

「レグっ！　いきなりどうしたんだ⁉　大丈夫かっ⁉　レグっ‼」

「ケシェット、君までどうしたんです？　落ち着いてください！」

　それどころか、巨大な毛玉がおしくらまんじゅうをしているところに危険を恐れず突っ込んで行くリーンに、猛ダッシュで木立に向かうレインティーナ、届かない正論を叫ぶシグバート、と聖獣だけではなく人間の方も収拾がつかない。

「これはいったいどういうことだ？」

「ほ、本の影響です！　『琥珀色に想いをのせて』の犬が死んでしまうのが、相当ショックだったみたいで。そ、それで、今の状況に重ねてしまっているみたいなんです！」

　大騒ぎの面々とあわあわと両手を彷徨わせるミュリエルの横で、サイラスだけが冷静だ。

「なるほど。まぁ、あれで彼らも加減を知っているから、放っておいても問題はないのだが……。慣れないグリゼルダとカナンが巻き込まれているから、止めておこうか。ミュリエル、何か方法は思いつくか？」

　静かに問われることでいくらか冷静さを取り戻したミュリエルは、山となっている毛玉を見た。ギオの頑張りで、グリゼルダとカナンはプラプラと揺れているものの今のところは無事だ。

だがいつギオが力尽きるかわからないし、これでは加減を知っていると聞いても気が気ではない。

さらには横から、サイラスの期待のこもる視線を感じる。ミュリエルは決意した。ここは二人の安全が最優先だ。深呼吸すると最後に大きく息を吸い込み、禁句を解放する。

「最高級クッキー!! ありますっ!!」

人生ではじめて腹からだしたミュリエルの大声に、アトラ達はピタリと動きを止めてこちらを見た。圧死一歩手前のギオがくてり、とできたスペースに伸びる。遠くの木立でも木々がメキメキと音を立てはじめたので、気を失っていたレグもどうやら覚醒したようだ。

ミュリエルは聖獣達のクッキー愛にやや引きつった笑みを浮かべる。一拍遅れて倒木を免れたはずの木が、また数本倒れた。

急がねばなるまい。遅れれば、今度は自分がおしくらまんじゅうに巻き込まれてしまうだろう。

## ５章　聖獣番なご令嬢、恋を知る

そこからは問題だらけの出会いが嘘《うそ》のような時間だった。ギオは文句を言っても勝手な行動もなく真面目《まじめ》に訓練に励《はげ》み、そしてその背には常にカナンの姿があった。ワーズワースでしか学べない聖獣と人の関わり方を、助力を惜しまないサイラス達のもと、カナンとギオは時間を惜しんで学んだ。

そうして男子二人が密な時間を過ごすとなれば、自然と女子二人もそうなるものだ。筋トレの必要がなくなったグリゼルダは、上手い具合にミュリエルの隙間《すきま》時間に訪れては、ついでに恋の話を楽しむようになっていた。

さらにグリゼルダは何かにつけ、ミュリエルに「し」「ん」「だい」病について考えさせるきっかけを作る。忙しいサイラスとはアトラの引き渡しの際しか時間をとることができなかったのも、要因の一つだったかもしれない。ミュリエルは一日に何度もサイラスを思い出し、思い出すにつけ自分の胸の苦しさや痛み、それだけではない不思議な疼《うず》きについて考えた。

そんな風にして幾度かの朝を数えれば、ティークロートの一団が帰国する日をあっという間に迎えてしまった。

大々的に行われる城門での見送りにミュリエルは参加できないし、参加する者も親しく言葉を交わす時間はとれない。そのため、別れの挨拶は思い出深い巨大寝台の前で行うこととなった。すっかり片づいてしまったその場所は、本来の景色に近くなっただけのはずなのに、とても殺風景に見える。

ちなみに巨大寝台については織物と共に、ギオの問題を解決してくれたお礼としてここに寄贈してくれるとのこと。下手《へた》なところに移動させるくらいならこの場が一番安全だ、とサイラスの判断により据え置かれることも決定している。

国としての見送りの場は正式なものとなるため、城門への見送りに参加予定のサイラスとアトラ、レインティーナとレグ、シグバートとケシェットは正装をしていた。

シグバートとケシェットは本来であれば不参加のはずだったのだが、ここにきてやっとケシェットのバランスの悪かった角が落ちたため急遽《きゅうきょ》参加となった。

それぞれが纏《まと》う磨き抜かれた銀の鎧《よろい》は美しく、春天《しゅんてん》の光を弾《はじ》く。アトラ達のそろいの額《ひたい》飾りには聖獣騎士団を示す紋章が入っており、バッチリ決まっていて格好いい。一方サイラス達騎士は鎧と共に黒地のマントを纏っており、ワーズワース王国の紋章である三日月に一等星が銀糸で刺繍《ししゅう》されているそれは、風に軽くはためけばいっそう華やかだった。

どの組み合わせもとても素敵だが、やはりミュリエルの目はサイラスとアトラに向いてしまう。他の二組よりも機動性を重視した軽装備ながら、いつもより二倍も三倍も凛々《りり》しく見える姿に、ミュリエルは久方ぶりに直視できない恥ずかしさを感じていた。

そして何度もチラチラと盗み見てはサイラスにはクスリと笑われていたし、アトラには歯を鳴らされている。それでもやはり素敵で盗み見が止められない。

カナンとギオも急拵《きゅうごしら》えながら、同じような装備をしていた。サイラスからの餞《はなむけ》だ。そうしているとカナンとギオだって、もう眩《まぶ》しいほどに立派な聖獣騎士だった。

いよいよ別れの時間となると、ゴッ！　と骨が重くぶつかる音を響かせて、アトラとギオが額を突き合わせる。はじめて見た時とは心持ちが違った。少しもハラハラせずにその様子を見守れることに、ミュリエルは笑顔を浮かべた。

『次は負けねぇ！　覚えとけよぉ！』

『いつでも受けてたってやる。せいぜい励め』

なんとも二匹らしい挨拶だ。「ありがとう」とか、「頑張れよ、元気でな」とか、そんなありきたりの言葉は交わされない。ただ照れ隠しされた強い言葉のなかには、アトラとギオの気持ちがちゃんとつまっていた。

『あんまりクッキーばっかり食べてちゃ、駄目《だめ》よ？』

『うむ。鳥類としての気品を損なうことのないようにな』

『でも、お姫サマは甘いからクッキーすぐくれるっスよ』

『スジオはん……。まさかボクらに隠れて、もろうてませんよね？』

『まさかそんなことはないでしょう。って、スジオさん？』

今回はクッキーにはじまりクッキーで終わるようだ、とミュリエルは笑った。目を泳がすスジオにつめよる他の面子《メンツ》の圧がすごい。

「ミュリエル、世話になったな。ありがとう、とても楽しかったぞ」

品のよい笑みを浮かべたグリゼルダを見て、ミュリエルはそれまでのなごやかな気持ちを忘れて涙が込み上げてくるのを感じた。慈悲深い微笑《ほほえ》みを向けられたことで、会ってからのことが一気に思い出されてしまい、言葉さえも胸につまって出てこない。そんな言葉にならない想いは涙に代わり、瞬《まばた》き一度でいとも簡単に大きな粒となって次々と零《こぼ》れた。

「泣くでない。きっと私は来年も来るであろうから、これが今生《こんじょう》の別れにはなるまいよ。それに国に帰ったら手紙を書こう。そなたからも送るように」

仔犬《こいぬ》にするようにミュリエルの頭をなでてそう言うグリゼルダだったが、つられたように琥《こ》珀《はく》の目を潤《うる》ませている。ところがしんみりとした様子は、すぐに含みを持たせた笑みに塗りつぶされた。

「……サイラスとの『あとで』も、きっちり報告するのだぞ。私に督促状《とくそくじょう》を書かせないでおくれ？　よいな？」

抱擁《ほうよう》のついでにミュリエルの耳元で囁《ささや》くように告げたグリゼルダは、さっと身を引くと隠すことなく悪い笑顔を浮かべた。

しゃくりあげた拍子に大粒の涙をポロリと零したミュリエルは、グリゼルダから言われた内容を飲み込んだ瞬間にボッと発火した。そして頷《うなず》くでもなければ首を振るでもなく、フルフルと小刻みに体を震わせる。涙はびっくりして引っ込んでしまった。

「しっかり、な？」

最後の言葉だけを全員に聞こえる音量で言われてしまえば、沈黙でやりすごす機会を失ってしまう。ミュリエルは観念して、小さくコクリと頷いた。

グリゼルダと話している間にリーンにレインティーナ、そしてシグバートとも握手を交わしていたカナンが、ミュリエルの前に立つ。

「ミュリエル殿、貴女《あなた》には感謝するばかりだ」

差し出された手をミュリエルも躊躇《ためら》わずに握り返す。

「いいえ。こちらこそ、色々ありがとうございました。あの夜会だって、カナンさんのおかげで参加できたんです」

人付き合いが苦手で恐怖さえ覚える自分が、まさか己から望んで夜会に参加することになるとは思わなかった。今回のことがなければ、今後も参加する機会はなかったかもしれない。カナンもごくごく淡く微笑む。

「……あぁ。俺もだ。貴女のくれた初体験は、とてもよいものだった」

しみじみと告げたカナンの脳裏には、きっとグリゼルダの姿が浮かんでいるのだろう。カナンと面と向かっているミュリエルにはそれがよくわかったのだが、約二名がそうではなかったらしい。

「カナン、言い方に気をつけよ！　そなたのはじめては、すべて私のものだ！　今までも、これからもな！」

「カナン、言葉に気をつけてほしい。ミュリエルのはじめては、ここから間違いなくすべて私がもらう予定だ」

ミュリエルとカナンの間に同時に割り込んだサイラスとグリゼルダが、引き裂くように自身の身に抱きよせる。グリゼルダに抱きつかれたカナンは嬉《うれ》しそうにしているが、ミュリエルは平常心ではいられない。当然のように抱きしめられてしまうと、どう反応するのが正しいのかわからなくなってしまう。

『おい、コラァ、カナン！　まぁた、姫サンに何言わせてんだぁ！　大事なもんは誰から見ても間違いねぇほどに大事にしろぉっ！』

ずいぶんと見慣れた感じで羽毛をボッと膨《ふく》らませたギオに、カナンが口もとを緩める。そして目もとをほんのりと染めると、グリゼルダの体を抱きしめた。

「……姫様。もちろん私のすべては貴女のものです。ですから、末永くお傍《そば》に」

「っ！　う、うむ。よい。許す」

真《ま》っ直《す》ぐなカナンの言葉にびっくりしたのか、グリゼルダはカナンの肩口に顔を伏せた。もっと言葉が欲しいと言っていたグリゼルダだ。きっととても嬉しいに違いない。

「ミュリエル、他所見《よそみ》が多いように思う」

抱きしめていた手を揺すって、サイラスがミュリエルの意識を引く。はっきりと不満だと訴えてくる紫の瞳にぶつかって、ミュリエルは現状を思い出してあうあうと口を動かした。それでもサイラスが腕を解いてくれる気配がない。進退窮まったミュリエルは、アトラに助けを求めるために手を伸ばした。

「私が抱きしめているのに、君は違う相手を求めるのか？　……相手はアトラだ、と君は言うのだろうな。だが、ここにきて触れ合う時間が短すぎるせいか、私は今とても狭量だ」

そう言って片手で抱き留めたまま、もう片手がミュリエルの伸ばした手を捕まえる。捕まった手はそのまま持ち上げられ、指先に唇をよせられた。続けて掌《てのひら》にも。サイラスの大きな背中に隠れて、きっとグリゼルダ達には見えてはいない。だからといって許容できるかは別だ。

ミュリエルはあまりの羞恥《しゅうち》に全身をわなわなとさせた。

「……忙しいのも終わりだと思うと、気が急《せ》いてしまうな。だが、あとわずかばかりは我慢すべき、か。これも『あとで』、にしようか」

今のがなぜ「あとで」に追加されたのか、ミュリエルにはその基準がまったくわからない。しかし、まずい状況なのだけはわかる。

これではまるで、飲み屋のツケだ。都合のいいような悪いような『あとで』は雪だるま式に膨らんで、一度に払いきれるのかもう怪しい。

サイラスはほのかに微笑むと、プスプスと煙を上げる勢いで赤くなっているミュリエルをアトラに預ける。そしてグリゼルダ達に向き直った。

「では、そろそろ刻限だ」

いまだ抱き合うグリゼルダとカナンを促《うなが》すと、あとを引くことなく別れの道へと送りだす。

はじめましての時とは違った騒がしさのなか、さようならの時はこうして円満に過ぎていった。

そこからさらに時を置くことしばし。城から街へ、そして街外へと伸びる大道路を進むティークロートの一団を、ミュリエルは人気《ひとけ》のない丘から眺めていた。気を利《き》かせたリーンとロロが秘密兵器の本領を発揮して、ここに連れて来てくれたのだ。どこから取り出したのか以前の演習会の時に貸してくれた銀製のオペラグラスまで用意し、こうしてミュリエルのために時間を割《さ》いてくれている。

一行を先導するのはサイラスとアトラだ。何度見ても素敵で凛々しい姿に、ミュリエルは思わずため息を零した。そして少なくない時間見惚《みほ》れてしまってからハッとする。

（い、いけないわ、私ったら。今はサイラス様とアトラさんではなくて……）

ミュリエルはオペラグラスの視点を、なぞるように後方にずらす。するとたいして間を置かずに、大きな黒い体に行きついた。

来る時は巨大寝台に身を隠して姿を見せなかったニワトリの聖獣に、道の両脇を埋めるように立つ人々も笑顔で手を振り歓声を送っている。それは背に乗せているグリゼルダとカナンにも、同じように向けられていた。風に乗って聞こえてくる喧騒《けんそう》からは、道々に列をなす人々からの大きな好意が伝わってくるようだった。

カナンは相変わらず厚い前髪をおろして目もとを隠したままだが、背筋を伸ばした姿からは少しも陰鬱《いんうつ》な雰囲気は感じられない。ギオも後半の訓練に参加したおかげで、引き締まった姿で勇ましく鉤爪《かぎづめ》を進めている。そろって堂々たる姿だ。

グリゼルダは、とさらにオペラグラスをわずかに動かせば、ちょうど振り返ってカナンに向かって微笑みを向けたところだった。そして手を伸ばすとカナンの前髪を優しい手つきで横に流す。顔をさらして照れたように微笑みあう二人に、ひときわ高い歓声があがる。

「あはは。これは問題ないようですね。なんたって上層部への根回しはもちろん、事前に流した市井《しせい》での噂《うわさ》の効果も上々、何よりあの様子を見せつけられては、説得力は絶大です」

隣でオペラグラスをのぞいていたリーンは、きっとミュリエルと同じものを見たのだろう。糸目で笑っている。

グリゼルダがギオのパートナーであるという周囲の勘違いを解くことなく、カナンもまた間違いなくギオのパートナーなのだ、とサイラスは正式にティークロート側へ発表したという。

この世にも珍しいダブルパートナーの価値とギオ自身の能力の高さをよくよく言い含め、万が一にも殺処分などしないように、と自身の魅力と権力を最大限に活用して書面まで取りつけたらしい。そしてサイラスからの後押しはそれだけにとどまらない。

数に勝《まさ》る力はないと、世論を味方につけることにしたのだ。殺処分間近だった聖獣が愛と友情を知り、今までの常識を打ち破って姫と側仕《そばづか》え、その二人と深い絆《きずな》を結ぶ。そんな大団円は、興奮と歓迎と拍手によって市民に受け入れられた。つけ加えると、姫と側仕えという身分の壁に悩む恋物語としての人気もかなり高いとのこと。ここまで事が周囲に好意的に認知されれば、まかり間違っても殺処分などとはティークロート側も言えないだろう。

「我が国では、聖獣騎士になれば騎士爵を得ることができます。今まではその制度がなくとも、ティークロートでもカナン君を抱え込むためにほぼ間違いなく叙爵《じょしゃく》することになるでしょう。あとは頑張って働いてもらって、手柄を立てて出世し、王女殿下が降嫁《こうか》できるだけの実績を作ってもらうだけです」

難しいことをずいぶんと簡単な調子で言うリーンに、ミュリエルは水を差すことなく頷いた。リーンも、そしてミュリエルも、難しいことを簡単に言えるほどグリゼルダ達の力を信じているからだ。

「それにしても、有意義な青林檎《あおりんご》条約でしたねぇ」

「えっ？　青林檎、条約……？」

「ええ、僕達のなかでの隠語です。先だって交わされたティークロートとの条約に引っかけて、関連事はすべて『青林檎』と呼んでいるんですよ」

ミュリエルは父親であるノルト伯爵から、最近そんな話を聞いたなと思い出した。サイラスと二人で街に出かけて帰宅し、家族に青林檎と葡萄《ぶどう》のチャームを交換した経緯を説明したその流れで聞いた話だ。

「実はあれ、表向きはティークロートに有利な条約ですけど、僕らが裏で取引をしたからこそ不平等を飲み込んで結ばれたものでもあるんですよね。まぁ、ここではその説明は割愛しますが」

曖昧《あいまい》に笑うリーンは、やはりミュリエルに難しい政治の部分は聞かせるつもりはないようだ。

とはいえ、ミュリエルにしてみても人の思惑が絡《から》む部分は知らないままで構わない。何しろ大事なのは、いつだってアトラ達なのだから。

しかし、青林檎。ミュリエルは胸もとに手をあてた。物事の巡り合わせというのは、時に不思議なほど見当違いの方向へ繋《つな》がっていく。

「……さて。王女殿下とカナン君、そしてギオ君の物語も、『我が国編』は大団円でしたからね。次は『彼《か》の国編』の大団円が聞こえてくるのを、僕達はワーズワースの空のもと、楽しみに待つとしましょうか」

春らしい淡い青空を見上げたリーンにつられ、ミュリエルは空に目を向けた。さっきよりもずっと遠くなった歓声が風に乗って耳に届く。もうオペラグラスを使ってもグリゼルダ達の姿は追えない。

（……大丈夫。きっと大丈夫。だってあの方々なら、望む未来をつかめるはずだもの）

これからもっと開いていく距離を思うと急に切なくなってしまい、ミュリエルは胸もとにあてたままだった手をギュッと握った。そしてこの短期間で仲良くなったグリゼルダ、カナン、そしてギオの目指す先を思う。

大丈夫。ミュリエルはもう一度心で繰り返す。そう変わらず信じ続けることこそが、彼らの力になることもまた、同じように強く信じているからだ。

◇◇◇

　グリゼルダ達を見送ったその夜。なんとなく別れの余韻を引きずりながら、ミュリエルは獣舎の片づけをしていた。ケシェットが本隊に戻《もど》ることになったので、仮住まいとしていた馬房《ばぼう》も整えなければならない。

　少し前の日常に戻っただけのはずなのに、やはり急に人も聖獣も減った獣舎はどこか寂しげだ。明日からは完全に平常に戻る、そんな言い訳をしながら、ミュリエルは切り替えきれない気持ちを持ちつつ納戸《なんど》の戸を閉めた。

『おい、ミュー』

「はい、なんでしょうか？」

　ティークロートの一団を見送りにでていた聖獣騎士団のうち、レグは城門まで、アトラは郊外まで、そして本隊の数匹は国境までと役目を異《こと》にしており、特務部隊の二匹は比較的早く戻って来た。そのため、アトラとレグを含め全員がすでに寝支度をして馬房に収まっている。

『オマエ、サイラスと何かあったのか？』

「え？」

　アトラからの指摘に、ミュリエルは瞬《またた》いた。アトラを獣舎に帰してすぐ、事後処理に忙しい様子のサイラスは言葉を交わすのもそこそこに、すぐにいなくなってしまった。何かが起こる時間などなかったはずだ。

『今日がどうとかじゃなくてよ。あれは……、もっと前っぽい感じだと思うんだよな』

もっと前と言われても、勘違いを正して以降これといった問題を起こした記憶はない。されど無意識にサイラスに対し失礼な言動をとってしまうことは先刻証明済みなので、ミュリエルは我がふりを思い返した。

ところが熟考にふけるのを遮るように、レグが向かいの馬房で勢いよく立ち上がる。鼻息の荒さから見るに、すでに興奮の度合いが強いこともわかった。

『そうそう、そうなのよ！　アトラも思ったのね⁉　ここのところ会えてなかったはずなのに、今日のあのサイラスちゃんのミューちゃんへの触れ方の甘さったらなんなの⁉』

「えっ！」

粗相ではなかったが、やはり慌《あわ》てる内容には違いない。グリゼルダ達との別れ際、どさくさに紛《まぎ》れて受けた指先と掌へのキスを思い出してしまったミュリエルは、即座に硬直した。

『あぁ、あれか。わかりやすい独占欲を見せていたからな。二人の仲が進展していなければ、サイラス君のあの態度に説明がつかないとワタシも思っていたのだ』

『ジブンも思ったっス。ダンチョーさん、妙にがっついていたのに、変な余裕もあったっスよ。いつもだったらただ眺めて、仲間に入れないのを寂しそうにするだけのはずっス』

『そろうて考えることは同じやね。ボクが思うに、なんとなくやけど、夜会の辺りが境目のような気がします。ミューさん、なんも思い当たることあらへんの？』

「えっ……、……、……」

ミュリエルは顔を赤くしたまま、険しい顔をした。記憶を掘り起こしてみるが、やはり思い当たる節がない。

『……おい。またなんか行き違ってるんじゃないだろうな？』

『……奇遇ね。アタシも今、そう思ってたところよ』

疑念のこもる目で言葉を重ねられて、ミュリエルはそろりとアトラ達を見る。たくさん話している聖獣達に対して、自分の返す言葉が一文字きりになってしまっているが、ならば何か話せと言われても話せることがない。ジリジリとした無言の圧力を感じ、身を縮める。

『ミュリエル君、もう一度よく夜会でのことを考えてみたまえ。どんな会話をしたのだ。とくに勘違いを解くに至った部分など、どうだ？』

『あ！　あと、もらった本については聞いたっスか？　なんでまたあの本だったのか、あの時はジブンらが大騒ぎしちゃったから、はっきりしてないままっス』

『あぁ～、思い出すとまた悲しくなるぅ。せやけど、そこの辺りが重要な気がします』

クロキリ達の勧《すす》めに従い、ミュリエルは一生懸命考える。取りこぼしのないように順を追って思い出していると、うっかり脳内に魔王が光臨し、慌てて首を振った。今求められているのはここではない。

「え、えっと、あの本の真意は、『グリゼルダ様とカナンさんの恋を応援しよう』と伝えるためのものだったみたいです」

ミュリエルは、本に出てくる「琥珀色」と「身分違いの恋」からそう答えを導き出した。あの日の二人の様子や、今回の顛末《てんまつ》を考えても間違ってはいないように思う。

『……おい、ソレ、絶対に違うだろ』

『……えぇ、行き違いのもとはコレ、ね。間違いないわ』

それなのにミュリエルの答えを聞いた聖獣達は、そろって半眼になった。

『ミュリエル君、おかしいと思わないのかね。あの本はキミに嫌われたと思ったサイラス君が、ご機嫌取りに贈ってきた品なのだぞ』

『そうっスよ。ご機嫌取りとして選んだ本に、そんな意味を込めて贈る人がどこにいるっスか。他人の色恋の応援だなんて、余計機嫌を損ねる案件っス』

『とは言うても、ミューさんはソコ、喜んで応援してたんやけどね。まぁ、とりあえずここは、現物があった方がええと思います。ちょっとミューさん、あの本持ってきてください』

ミュリエルの間違いを、聖獣達は一方的に信じて疑わない。多勢に無勢の様子にミュリエルは一も二もなく小屋に走り、本を抱えて戻ってくる。

『っていうか、オマエ、その本にちゃんと目を通すの、はじめてじゃねぇか？』

表紙に手をかけたところで入ったアトラの突っ込みに、ミュリエルもはたと顔を上げた。

「た、確かに……」

ページを開こうと本を縦に持つ。すると指でめくりはじめる前に、本の後半にあたる部分のページが勝手に開いた。そこには、栞《しおり》が挟まっていた。銀細工の透かし彫りでできた薄い長方形の栞には、細く短い二本のリボンが結ばれている。色は紫と翠《みどり》だ。

『あら、栞？　まぁ、これって……。もう、言うまでもないわね』

『うむ。それに、栞の挟まっていたページの内容も重要だぞ』

言われるより早く、ミュリエルの目が無言のまま文字を追う。そこはサイラスが「通ずる想いがあるから、そんな気持ちで贈った」と言っていた、ヒーローとヒロインが満月の下で想いを通わせる場面だった。

もしこの本のヒーローとヒロインをグリゼルダとカナンに見立てて二人の応援物語とするならば、別段なんともない。しかし、挟まっていた栞から察するに、置き換えるべき主役二人はサイラスとミュリエルだ。そこにこれまでのサイラスの言動を上乗せしてみると……。すべてがどこまでも直球な愛の告白になるではないか。

(ど、どどど、どうしましょう！　わ、私……、あの時、サイラス様に、な、なな、なんというお返事を……！　だ、だって、あの言い方では、まるで……、うっ、くっ！)

ミュリエルは翠の瞳を潤ませると、唇を引き結んで震えだした。

『ミュリエルさん、どんな場面だったっスか？　めちゃくちゃ気になるっス！』

『何を言ってますの、スジオはん。そんなん、ラブラブなとこに決まってます！』

茶々を入れる二匹の声を完全に聞き流し、ミュリエルは潤む視界で文章を凝視《ぎょうし》する。何か自分の助けになるような内容はないか、と先を読み進めるのに必死だ。しかし発見したのは、別のことだった。

(な、内容は同じだけれど、古典版と新装版では台詞《せりふ》が少し違う、のね。で、ででで、でも、あぁ！　ちょっと、待って……。こ、こ、これは……、……、……ふぐぅっ！)

「ガッチン!!」

「ブッフォン!!」

気絶しかけたミュリエルを、強烈な同時気つけが正気に戻す。まったく猶予《ゆうよ》をくれない愛の鞭《むち》に、意識を手放すことを阻止されたミュリエルは、本を抱きしめて天を仰《あお》ぐと涙した。

『ミュー、しっかり気を持てよ。本番はこっからだ。ほら、真打《しんうち》のご登場だぞ』

『やぁん、もう、さすがサイラスちゃん！　タイミングはバッチリね！』

ミュリエルは本をきつく抱きしめたまま、涙に濡《ぬ》れた翠の瞳を獣舎の入り口に向ける。真打と呼ばれたサイラスは、ミュリエルの姿を認めると長い足であっという間に距離をつめた。

軽くアトラに挨拶をしてしまえば、紫の瞳は真っ直ぐにミュリエルに向けられる。しかも、すでに甘くとろけそうな色に艶《つや》めいていた。

「もしや、待っていてくれたのか？」

「うっ……」

きっと出会ったばかりのミュリエルならば、このかすれた声だけで気絶していただろう。短い言葉だったはずなのに、いつまでたっても音が残っているように感じるほど、多大なる色気が含まれている。まるで体の奥底で反響しているようなのだ。そのため耳だけではなく全身が痺《しび》れてしまい、体が言うことを聞かない。

「とても嬉しい。少しでも会えたらと、急いで来たから」

「ふぐっ……」

笑み零れたサイラスの視線が、ミュリエルの顔から外れて抱えている本に留まる。それによりわずかな呼吸を取り戻したミュリエルは、気絶の瀬戸際から一歩だけ退《ひ》いた。

「今宵《こよい》は満月ではないが、一緒に見に行こうか？」

ところが続くサイラスの言葉に、退いた一歩を瀬戸際の方が追いかけてくる。

「それとも、もっとしっかり場を整えてからの『あとで』の方がいいだろうか？」

返事どころか呼吸をしているのかも怪しいミュリエルに、サイラスは逃げ道を提案してくれる。だがここで「あとで」を選択したとしても、なんの解決にもならないだろう。それに気づいてしまったのに訂正せず、流れに身を任せたままではあまりにも不誠実だ。

「もっ」

「も？」

しかしカラカラに乾いた口に声が張りついて、いつも以上に言葉がスムーズには紡げない。いや、そればかりが理由ではない。これから伝えなければならないことへの気の重さの方が、原因としては大きいのだ。

ミュリエルは一度ギュッと目をつぶってから大きく息を吸う。そして意を決すると、カッと開いた目と同時に口も開いた。

「も、申し訳ございませんっ！　私、サイラス様からいただいた本を読んでいなかったんです！　栞も今やっと見つけたところで……！」

瞬《まばた》きをしたサイラスが微《かす》かに眉をよせる。反応の薄さにどうしていいかわからなくなったミュリエルは、抱いている本に視線を落としてひと呼吸ついてから、上目遣いでサイラスをうかがった。

「さ、最近読みやすく改訂された『新装版』の方には目を通していたので、内容は知っていたのですが……」

なおも反応のないサイラスに、ミュリエルは申し訳なさと居たたまれなさからジワリと涙を浮かべた。

「な、なので、サイラス様の、お、おお、お気持ちに、まったく気づいていなくて……。夜会での会話でも、色々と食い違いを……、あのっ、その……」

本をきつく抱きしめて再び下を向く。すると、やっとサイラスが言葉を発した。

「そう、か」

完全に落胆している声音に、ミュリエルは弾かれたように顔を上げた。サイラスは苦悶《くもん》の表情で額を押さえている。

「あ、あの……」

なんと声をかけていいのか二の句が継げずにいると、手をおろしたサイラスが悲しげで寂しげな様子で微笑んだ。

「少し、頭を冷やしてくる……」

静かな動作で去って行く後ろ姿を引き止めたくなったミュリエルだが、やはり言葉が見つからない。躊躇っているうちにサイラスは獣舎から出て行ってしまった。すると途端に急激な心臓発作に襲われてしまい、胸を押さえる。

『おい！　ミュー！　なんだってまた、サイラスをあんなに落ち込ませてんだ！　どういうことかわかるように説明しろ！』

ガッチン！　と盛大な歯音を響かせたアトラに、ミュリエルは文字通り飛び上がって姿勢を正した。アトラのお叱《しか》りに触れ、心臓発作も吹き飛ぶ。引き締まった気持ちで子細《しさい》を説明しはじめれば、どもることもなく一気に話しきることができた。

サイラスが来る前に気づいた通り、この「琥珀色に想いをのせて」は、サイラスのミュリエルへの想いを重ねて贈られたものだ。そこは疑いようもない。

そして夜会の晩、サイラスは「通ずるものがあって、その気持ちで贈った」と告げた。きっとその時思い浮かべていたのは、栞の挟んであるページだろう。それにミュリエルは応えたのだ。「私も同じ気持ちです」と。

この状態が両想いでなく、なんなのか。少なくともサイラスはこの時すでに、ミュリエルと想いが通じたのだと信じたはずだ。

そして「月を見に行かないか」という台詞も重要となる。この台詞は新装版を読んだだけでは理解することができない。古典版を読んではじめて意味がわかるものとなる。

というのも物語のヒーローとヒロインは満月の晩に、「月が綺麗《きれい》ですね」「貴方《あなた》と見る月だから」と言葉を交わす。これは当時の奥ゆかしい恋愛傾向と、物語の主役二人の人目を気にする立場から、直接的な愛の言葉をはばかったためにされた表現だった。そこに少しも恋愛を仄《ほの》めかす単語がなくとも、この物語では紛れもなく愛を告げる言葉として扱われているのだ。

ところが新装版では、現代風で直接的な「愛しています」「私もです」という台詞に差し替えられている。新装版しか知らないミュリエルは、当然気づくことのできない部分だった。

『今までだって何かと不憫《ふびん》だったけど。ミューちゃん、これはさすがにサイラスちゃんが可哀《かわい》想《そう》よ』

レグの言い分に反論のしようもなく、ミュリエルは唇を噛《か》んだ。サイラスのあんな顔は見たくないのに、そうさせてしまっているのは自分なのだ。

『まったくもって、じれったい。当初より決まりきった組み合わせなのに、なぜここまで来てまとまらないのだ』

『本当にあとちょっとって感じっスけどね。きっと、あれっスよ。レグさん風に言うと最後の「パァンッ！」が足りないっス。人間はジブンらと違って鈍《にぶ》いから、特大の「パァンッ！」が必要なんスよ』

『せやけど、ミューさんは今までも結構な刺激を何度も受けてたやろ？　ここからこれ以上刺激を与えても、なんも変わらんと思います。せやからどちらかと言うと問題なんは、気づいているのにわかろうとしてへんことやないですか』

責めるというよりは、聖獣達はどうしたらいいのかを一緒に悩んでくれているような雰囲気で、それがミュリエルをより申し訳ない気持ちにさせる。どうしようもない自分の尻ぬぐいを親身になってしてくれる様子を見て、このままでは駄目だと強く思った。

ただどうするのが最善なのかまったく見当もつかない。去ってしまったサイラスを追いかけた方がいいのか、時を少し置いた方がいいのかさえ判断がつかなかった。

『ミュー、行け。追っかけてやれよ。オレならそうするし、そうしてほしいからな』

気持ちを読まれたのかと思うほど、アトラの発言はミュリエルの気持ちのど真ん中をついた。さらにはアトラが言うからこそ説得力がある。

『かける言葉なんざ、後回しでいい。ただ今は、隣にいることが大事だと思う。だからサイラスの傍に、行け』

気の利いた台詞なんてもとよりかける自信はない。そんなものを用意してからなんて言っていたら、ミュリエルはいつまでもサイラスの顔を見ることができないだろう。だが傍にいるだけならば、それはいつだってどこでだってできる。

ミュリエルが頷くと、アトラは長い耳を動かした。

『サイラスは、寝台のとこにいるみてぇだな』

抱いていた本をアトラに預けると、ミュリエルは走りだす。色々と考えれば奥手なミュリエルのこと、余計に身動きがとれなくなる。

だが自分でも持て余す感情も、それを言葉にしなければならない難しさも、相手に伝えなければならない焦《あせ》りも、それらを全部いったん脇に置いてしまえば、サイラスのもとに駆けていくのは簡単だ。

月明かりに照らされた寝台、そのかけられたままの階《きざはし》にサイラスは腰をおろしていた。両《りょう》膝《ひざ》に両肘《りょうひじ》をついて、組んだ指に額を預けている。

ミュリエルの足もとで芝がサクリと音を立てたことで、紫の瞳がこちらを見た。目が合った途端に足を止めたミュリエルに向かって、サイラスは一拍おいてから淡く微笑んだ。

「……隣に、座るか？」

一見するといつも通りのようなサイラスは、座る位置をずれてくれる。ミュリエルはおずおずとその隙間に座った。だが、そこから言葉はない。夜の静けさが身に染みる。

「……、……、……月が、綺麗だな」

「っ⁉」

驚いて思わず隣を見れば、自分と大差ないほどサイラスも驚いていて、ミュリエルは二度びっくりした。

「す、すまない！　今のはそういう意味ではなかったんだ！　ただ単に、何か話さなければと思って口にしただけで、深い意味は込めていない！」

弁明と共にサイラスの体がこちらを向く。言葉の勢いに合わせて階におろされた手が、意図せずちょうどミュリエルの手に重なった。

「っ！　すまない！」

「っ！　すみません！」

　二人は弾けたように身を離し、手を引っ込めた。しかし、手に触れただけでこんな過剰な反応をするなんておかしい。そう瞬時に思い直したものの言葉は出てこなくて、互いに動けないまま見つめ合った。しばらくそのままでいると、先にサイラスが表情を崩す。

「いい大人が、恥ずかしいな。これではまるで……、いや、なんでもない」

　言いかけたサイラスは緩く首を振って、苦笑いをした。

「みっともない姿は忘れてほしいが、そうはいかないだろうな」

　困ったように眉毛を下げた様子は完全にいつものサイラスで、ミュリエルは知らぬ間に強《こわ》張《ば》っていた肩から力を抜いた。

「い、いえ、それならば私だってそうです。手に触れたくらいで大きな声をだしたりして、大げさでした」

「手に触れたくらいで、か。では……」

　サイラスの大きな手がミュリエルの手を包む。繋いだ手を二人の体の隙間に置くと、サイラスはそれ以上何も言わずに夜空を見上げた。

（……っ。な、なぜなのっ、とても自然に手を繋がれてしまったわ。で、でも「手に触れたくらい」って言っておきながら、ここでまた騒いだりしたらおかしいもの。それに……、繋いだ手からサイラス様の温かさと優しさが、伝わってくるみたいで……）

　緩く指を絡ませた手を眺めてから、ミュリエルはそっとサイラスの横顔をうかがう。綺麗な顔は夜空に向けられている。言葉はいらないから、ただ傍に。アトラにそう言われたのを思い出して、ミュリエルは恥ずかしさを押し込めて同じように夜空を見上げた。

空には暖かみのある色をした丸には足りない月が、ふんわりとした薄雲に包まれるようにして優しく光っている。冴《さ》えた色ではない月は低い位置で輝き、何やらいつもよりずっと親しみ深く感じられた。

先程身に染みた夜の静けさは、今は感じられない。むしろ逆に、繋いだ手から生まれた熱が夜の空気を染め返している。そんな気さえした。

そうして言葉もなくこの場所で月に照らされていれば、訥々《とつとつ》と思い返すのは「し」「ん」「だい」病をはじめて発症した時のことだ。

（ここでサイラス様とグリゼルダ様を見た時、すごくびっくりして……。それから、「寝台」という単語を聞くたびに胸が痛くて苦しくなったのよね。でも、今はもうこの寝台を見ても胸は痛くはならないのだわ。だけれど、やっぱり、サイラス様を想うと……）

繋いだ手から騒ぐ心臓の音が伝わってやしないかと、ミュリエルは反対の手で落ち着くように胸を押さえた。今もやはり痛いし苦しい。

ただ幾度となくそんな胸の痛みや苦しみを感じてきたミュリエルは、一つだけ自分で気づけたことがある。心臓の痛み方は二通りあるということだ。つらいだけの痛みと、つらいだけではない痛み。

「あ、あの、サイラス様、お聞きしたいことがあって……」

静かなのに温かな空気感は、ミュリエルの口を幾分軽くした。

「サイラス様は胸が痛かったり、苦しくなったりすることはありますか？」

月を映していたサイラスの瞳が、ミュリエルを映す。先を静かに促されている気配に、ミュリエルは続けた。

「私、ここのところ胸の痛みに悩まされているんです。それをグリゼルダ様にご相談したら、サイラス様も同じように痛ければ、快方に向かうだろうって教えていただいて……」

「それは……」

サイラスがほとんど唇を動かさずに小さく呟《つぶや》く。夜のしじまに溶け込むようなその声音を聞き逃さないように、ミュリエルも内緒話をするほどの声で核心の部分を問いかけた。

「サイラス様は、私を考えると胸が、痛い、ですか……？」

ため息をつくようにそっと聞けば、サイラスは目を見張ったあと、あいた手で顔を隠してしまった。

「あの、サイラス様……？」

静かな空気感を壊してはいけない気がして、呼びかけるミュリエルの声はやはり小さい。

「……すまない。少し待ってくれ。どう言えばいいか、考えているから」

うつむいたことで、サイラスは手だけではなく黒髪でも表情を隠してしまった。しかしミュリエルは待つ。いつものんびりなミュリエルを待ち、合わせてくれるのはサイラスだ。急《せ》かすことはしたくない。

ところがサイラスが考えている時間は、そんなに長いものではなかった。顔全体を覆《おお》っていた手を口もとだけを隠す形に変えると、黒髪の隙間から紫の瞳がこちらを見る。

「まず、今現在、私はかなり胸が痛い。当然、君を考えてのことだ」

目もとしか見えないので定かではないが、声の調子だけ聞けばサイラスは真剣だ。されどミュリエルは言われた内容に引っ張られて、あっさり気の抜けた声をだした。

「よかったです……」

しかし、これではまるでサイラスの苦しみを喜んでいるみたいではないか。ミュリエルは勘違いさせてはいけないと、すぐさま補足を加えた。

「た、互いにこの心臓病を患っていない場合は、地獄の苦しみを感じることになるとグリゼルダ様がおっしゃっていたんです。私、サイラス様を考えると、とても胸が痛くて苦しくて、どうしていいかわからなくて……。で、ですが、サイラス様も私も苦しいのなら、これでもう大丈夫、ですよね……？」

地獄の苦しみを味わうことがないという確約がほしくて、ミュリエルはサイラスからの同意を求めた。それなのにサイラスはまた下を向いてしまう。

「あ、あの、サイラス様……？」

不安になって呼びかければ、それには返事をせずにサイラスは自らの胸もとを押さえてしまった。

「はぁ、胸が苦しい」

「えっ⁉」

治ると聞いていたものが治らない事態に、ミュリエルはもちろん不安も増したのだが、サイラスを心配する気持ちが大きくなった。死にはしないがそれを覚悟するほどの痛みを、サイラスは今感じているのだろうか。繋いだ手に逆の手も添えて、思わず強く握る。

「だ、大丈夫ですか⁉　ど、どうしましょう！　治ると聞いていたのですが……。あ！　どちらの痛みですか？　痛みにも二種類あると思うんです。痛くてつらい方と、痛くてもつらくない方。私は……、っ⁉」

何か対処法はないかと慌てていると、突然サイラスがミュリエルに向かって無言で体を傾けてくる。そしてそのままミュリエルの肩に、サイラスは額を預けた。

「君が可愛《かわい》くて、つらい」

「へっ⁉」

間の抜けた声をだしたところで、ミュリエルは頬に触れる黒髪の感触と香りに思考を停止させた。ところがサイラスはミュリエルが硬直しているのをいいことに、すりっと額を甘えるように擦《こす》りつけてくる。

あの胸の痛みと苦しみを現在進行形で感じているのなら、自分にできることがあればしてあげたい。だが、この触れ合いは有効な手段なのか。

（な、ななな、なんだか、逆に、私の胸が、急激に痛くて苦しい……っ！）

ミュリエルは体を固まらせたまま、息も絶え絶えに訴えた。

「サ、ササ、サイ、ラス、様っ。は、は、はなっ、離れて、ください……」

「嫌だ」

「っ⁉」

ところがサイラスの返事はにべもない。

「もう、いいだろうと思う。もう、気づいてほしいとも思う。何よりこれ以上は……、私も、無理だ」

顔を緩やかに上げたサイラスは、繋いでいた手をミュリエルの両手ごと自身の胸もとに引きよせた。まるで心臓の音を聞かせるように。そして留め置くために逆の手で包み込む。

両手を引かれたミュリエルは、上半身をサイラスにグッと近づけた。間近で見つめる紫の瞳に、驚いた自分が映り込んでいるのがわかる。

「恋の病だ」

「えっ？」

一度では言葉を飲み込めないミュリエルに、サイラスは繰り返す。

「恋の病だ、と言ったんだ。相手を想って胸が痛かったり苦しかったり、人はそれを『恋の病』と呼ぶ」

「っ⁉」

呆《ほう》けたものから驚愕《きょうがく》へと変わった表情に、サイラスはミュリエルが理解したことを悟ったのだろう。満足げに微笑んだ。

（コ、ココココ、コイ⁉　こい？　恋？　恋ぃっ⁉　わ、私が、サイラス様に……？　え、えっ、えぇっ!?）

「知らないはずはないな？　何より物語が好きな君ならば、何度もそうした場面を本で読んだことがあるだろう？」

そう言われて、ミュリエルの頭のなかを今まで読んできたたくさんの恋物語がすごい勢いで浮かんでは消えていった。いつのどんな物語でも、恋心を表現するのに胸が痛むなんて文句はありふれている。こんな常套句《じょうとうく》が、なぜ今までわからなかったのか。こんなにも身近に、繰り返し触れてきたものなのに。

（だ、だだ、だって、わ、私にも起こることなのだと、少しも、これっぽっちも、思ったことがなかったんだもの……っ！）

ミュリエルは小刻みに震えだした。あの物語この物語と、本のなかなら素敵だと心躍《おど》らせたいくつもの出来事が、主人公を自分に置き換えて脳内で流れていく。そして相手はもちろん、サイラスだ。

（わ、わわわ、私、サ、ササ、サイラス様のことが、す、すす、好……っ。ふぐっ。む、むむ、無理！　無理だわっ！　死んじゃう！　こ、こんなの……っ、うっ！）

手を繋ぎ留められたまま、それでも気絶に逃げようとしたミュリエルだったが、サイラスがそれを許してくれるはずがない。この時は急な話題の転換でもって、去り行く意識は引っ張り戻された。

「そういえば、大人の階段は今どの辺りだろうか？　私が触れない間に、どれくらいおりてしまった？」

　気絶の機会を逃したミュリエルは、機能が停止寸前だった脳内から質問の答えを導き出すのに瞬きを数度した。ところが、なぜか答えが出てこない。

　あんなに気にしていたはずの「大人の階段」。その存在をここ最近すっかり忘れていたことに、ミュリエルは愕然《がくぜん》とした。しかし慌てて自分の立ち位置を確認するも、断崖絶壁のはずの八十段目はいつまでたっても浮かんでこない。

「あ、あの！　わ、私、大人の階段のことを、しばらく忘れてしまっていて……。そうしたら、自分が今どこにいるのかわからなくなってしまいました……！」

　逆巻く風に足もとを煽《あお》られて、おりてしまいたいと思っていたはずなのに、自分が今何段目にいるかすらわからない。あんなに苦労してのぼってきたというのに、まさか知らぬ間に全段おりてしまったとでもいうのか。

「あぁ、では踏破したのだろう。おめでとう」

「えっ！」

　サイラスから真逆の意見を受けて、ミュリエルは目を見開いた。

「何事も習得しようとしている間は、常に頭のなかにそのことがある。しかし、身に着けてしまえば、いちいち意識しなくなるものだ。忘れていたのなら、そういうことなのだろう」

　習い事についてなら、おおいに納得できる話だ。しかし、ミュリエルの大人の階段にもその理論が通ずるのか、甚《はなは》だ疑問が大きい。そもそもサイラスは時々、結構な無茶をなめらかに勧めてきたりする。これもそれに当てはまるのではなかろうか。

といっても、その無茶が今発揮されているのかどうなのか、ミュリエルには確認する術《すべ》がない。何しろ至近距離にいるサイラスから、大量の色気が溢《あふ》れ出しはじめている。

「ならば、今度こそ遠慮はいらないな」

魔王だ。影がさすサイラスの顔を見て、ミュリエルは思った。サイラスの背後に、妖《あや》しく艶めく黒薔薇《くろばら》が咲き乱れている。温かみがあると思っていた月明かりさえ、この黒薔薇を纏ったサイラスに降り注げば、潤んで光る色気の粒子に早変わりしてしまうのだ。

「『琥珀色に想いをのせて』の二人は月夜に想いを交わして、そのあと何をしたのだったか」

聞く体裁《ていさい》だけをとったサイラスは、当然答えを知っている。そしてミュリエルだって知らないわけがない。古典版も新装版も同じ場面があるし、何より先程しっかりそこまで目を通したのだから。

月夜に想いを通わせた二人は、そこではじめてキスをする。

恋人のように指を絡めて握り込まれた片手はそのままに、サイラスはもう片方の手で栗色《くりいろ》の髪を持ち上げた。少しの躊躇いもなく唇がよせられ、されど髪はそこであっさりと逃がされる。そして再びあいた手で、グッとミュリエルの腰を引きよせた。

月明かりを背にしたサイラスの影が、ミュリエルの顔にかかる。物語と同じ展開に唇への口づけを予感したミュリエルは、やっと制止の声をあげた。

「ま、待って！　待ってください！」

止める言葉を発したものの、サイラスの顔はすぐそこにある。繋がれた手、がっちりと引きよせられた腰、迫るサイラスの綺麗な顔。

あとわずかで触れてしまいそうな距離にあって、言葉の他に取れる選択肢《し》はとても少ない。そのなかでミュリエルが選んだのは、ぶつける勢いでサイラスの胸に顔を伏せることだった。

「……君は、相変わらず恥ずかしがり屋だな。だが、あまり焦《じ》らさないでほしい」

微かに笑う気配を感じるが、そんなことはどうでもいい。これから我が身に起こるであろう事態を感じとったミュリエルの脳は、安全的見地の立場からここに来て理解することを放棄《ほうき》した。そもそもここまでよく頑張った方だ。許容量はとっくに超えてしまっている。

触れる場所を逃したサイラスの唇が、代わりのようにミュリエルの脳天に落とされる。繋いでいた手は放されたが、より強く両腕で抱きしめられてしまい、さらに逃げ場はない。

「ミュリエル、顔を見せてくれ」

あやすようにサイラスの抱きしめた手が、ミュリエルを優しく揺する。

「ミュリエル？」

自分の名前が甘く、甘く、ひたすら甘く響くのを、ミュリエルは混乱の極致で聞いた。返事など、できるはずがない。

しばらく一定のリズムで揺らされても反応を返さなかったからか、サイラスはわずかに抱きしめた腕を緩めると、できた隙間でミュリエルを見下ろした。

「月が、綺麗だな」

「っ⁉」

ここにきての再びの告白に、びっくりして顔を上げればサイラスとしっかりと視線が合う。紫の瞳は言葉に反して月などこれっぽっちも見ていなかった。

「今度は深い意味を込めて言っている」

逃げ場を選ぶ贅沢《ぜいたく》はなくて、ミュリエルは結局またサイラスの胸に顔を埋《うず》めた。そして目をギュッとつぶって身を硬くする。ミュリエルからすれば、すべてが急展開すぎるのだ。

サイラスが言うのだから、ミュリエルはサイラスのことが好きなのだろう。きっとそうなのだと思う。たぶんそうに違いない。そんな風に理解はできても、いっぱいいっぱいすぎて自分がどうしたいのか、どうしたらいいのか全然わからないのだ。

「ミュリエル？」

相変わらず気が長いというべきか、それともここまで来たからこその気の長さか、サイラスは顔を隠してしまったミュリエルに優しく語りかけてくる。そして何事にも奥手なミュリエルを導くのは、いつだってそんなサイラスなのだ。

「……私は古典版を読んだ時に、とても素敵だと感じたんだ。傍《かたわ》らに立ち、同じものを見て、同じ感情を抱《いだ》く。はっきりとした言葉はなくても、そこには確かに愛があると思ったから」

グルグルと回る思考に囚《とら》われているミュリエルに、サイラスの声はどこまでも優しい。それに目をつぶって視界を閉ざしていた分、サイラスの語った情景はありありと脳裏に浮かんだ。それ混乱を押し流して広がった情景は、言葉以上の力をもってミュリエルの心に深く響く。

淡く漂う春の夜。さやめく若葉と花が風に香り、零れさす月の光はすべてに降り注いで柔らかい。そこに自分は立ち、心地よく感じながら綺麗だと思う。その時隣にいるのは、いてほしいのは誰なのか。

情景のなかのミュリエルが、傍らを見上げる。それにつられるように現実のミュリエルもまた、顔を上げた。

「私は、これから先を君と共に歩みたい。隣で同じものを見て、同じように感じたいんだ」

ひときわ強く風が吹き、足もとから花弁が舞い上がる。それは現実か情景か。少なくとも確かなのは、目の前と心のなか、サイラスの声が重なったことだ。

ミュリエルはサイラスの服を固く握った。締めつけられたように心臓が痛い。痛くて苦しくて死んでしまいそうだ。

「君が、好きだ」

「っ！」

はじめて聞く言葉ではないはずだ。それなのに今のミュリエルには、まったく違って聞こえた。いや、今だからこそ違って聞こえたのだ。掛け値のない想いは、ミュリエルの頭を、体を、心を強く打つ。

すると、目の覚めるような思いで唐突に気づいた。心の真ん中に立って両手で箱を抱えた自分。その自分が痛みを感じる胸のずっと奥の方、そこにもっと単純で簡単な気持ちを持っていることに。向き合うべきものは今、自分の手のなかにこそある。

（あぁ……。そう、ね。そうだったのね。私、嬉しいって思ったのだわ……）

サイラスから向けられる気持ちをそんな風に素直に受け取った瞬間、ミュリエルの抱えている箱が蓋《ふた》をあけていく。あけたのではない。なかにあったものが溢れて収まりきらず、勝手にあきはじめたのだ。

しかし、予想に反してなかから溢れたものはサイラスの気持ちではなかった。

箱から溢れたのは、箱に入っていたのは、「自分の気持ち」だ。好きと言われて嬉しいと思った自分の気持ち。思い起こせば、わりと早くに気づいていたではないか。いつも目につく箱では、サイラスの気持ちは隠せていないと。

（当然、だわ……。だって、最初から箱そのものがサイラス様の気持ちだったのだもの……。私はサイラス様の気持ちのなかに、自分の気持ちを隠してしまっていたのね……）

ミュリエルはやっと気づいた自分の気持ちを、はじめて正面から見つめてみる。箱にしまってあったミュリエルの気持ちは、まるで形のない雲のようだった。箱のなかで知らないうちに膨らんで、蓋をあけた途端にモクモク、モクモクと溢れ出す。

そして気づいた時には、もうどうしようもないほど心いっぱいに広がってしまっていた。つかみどころのない雲は、一度あけてしまった箱には戻すことなどできそうにない。

この時、ミュリエルは自分の恋心を真に理解した。

その衝撃は今までのどんな出来事よりも強く、ミュリエルの心を動かす。

（あぁ……。私、サイラス様が、好き、なのだわ。……それなら、伝えなくちゃ。ちゃんと、サイラス様にこの気持ち、を……）

　月が綺麗だという台詞の意味を理解した今なら、断るも受けるも、はぐらかすも引き延ばすも、見合った対となる台詞は何個だって何通りだってミュリエルは思いついた。だが、選ぶ台詞は決まっている。

「……貴方と、……サイラス様と、見る、月だから……」

　いつもだったら恥ずかしいと思うはずのことが、すんなりとできる。それもこれも心を満たす想いが大きすぎて、他の感情が入り込む余地がないからだ。

「だから、とても綺麗なのだと、思います……」

　かすれてしまった声は、されどはっきりサイラスに届いたはずだ。それなのにミュリエルからの返事はないだろうとどこかで思っていたのか、サイラスは動きどころか瞬きまで止めてしまった。それに構わず、ミュリエルは言葉を重ねる。

「これから先も、サイラス様と、見たいです……」

　声は先程よりも、もっとずっとかすれている。

「傍で一緒に、これから先もずっと……。綺麗だと、思いたい、です……」

　溢れる思いを表すように、潤んだ瞳は瞬きをしてしまえば涙を零してしまうだろう。ミュリエルは少しも減らしたくなくて、瞳に力を込めた。

「……私と君とで眺める月は、これから先、きっと変わることなく綺麗なはずだ」

　ミュリエルと同じくらいかすれた声でサイラスは囁くと、緩く抱きしめていたはずの腕に力がこもる。

蕩《とろ》けるように甘い眼差しを向けられて、ミュリエルの全身は熱くなった。きっと月明かりの下でもわかるほど赤くなっているに違いない。涙を零したくないのに、ミュリエルの翠の瞳は決壊寸前だ。

物語みたいにお綺麗で、余裕のある態度で嬉しいだなんて言っている場合ではない。ミュリエルの身に起こった恋は、苦しくて、熱くて、ひどく甘い。心臓が暴れすぎて口から飛び出てしまいそうで、ミュリエルは助けを求めた。すがった相手はもちろん目の前のサイラスだ。

「そんな顔で見ないでくれ。……無茶をさせてしまいそうだ」

これ以上の無茶とはいったいなんなのか。当然そんなことを聞く隙間も余裕もない。

「それでも、一度は許してほしい」

サイラスの影が顔に落ちる。この時、ミュリエルは自分が何をされているのか、わからなかった。開いたままの目が、至近距離でサイラスの伏せた長い睫毛《まつげ》を見ている。あまりに近すぎて自主規制をかけているわけでもないのに、視界がぼやけた。

「んっ……」

唇と唇が触れている。そう認識した時にはすでにサイラスの顔は遠ざかったあとだった。

気絶という手段は、頭のどこかが正常に「もう無理だ」と判断できてはじめて成立するものなのか。ミュリエルの頭にはもう正常な部分など残っていなくて、気絶に逃げることも叶《かな》わない。限界はあっさり振りきって、天井知らずに突き抜けてしまっている。

涙でかすむ視界が瞬きで晴れると、眼前には過去最高の色気を漂わせる美丈夫《びじょうふ》がいた。月明かりに陰る綺麗な顔、熱のこもった紫の瞳、悩ましげにひそめられた眉。そして切なげな吐息を零す、しっとりと濡れた唇。

（い、いい、今、こっ、このくち、くち、唇がっ、ふ、ふふ、触れ、て……、……、……っ）

ミュリエルの目が瞬きを忘れ、呼吸を止める。どう考えても、これは自主規制対象だ。幸いなことに、乾くことなくまたもや涙の膜を張りはじめた目が、うるうるとサイラスをぼやけさせる。

そんな顔で見つめ続けたら自らの首を絞めることになる、そんな論理的な考えが浮かんだわけではなかったが、ミュリエルは賢明にもサイラスの胸に顔を埋めた。

「……もうしばらく、このままでいようか」

サイラスの言葉に、ミュリエルは返事もできない。ただドッドッ、と自分の心臓が全身で感じるほど激しく鳴っているのに耐えるばかりだ。

ミュリエルをこんな状態にしている張本人はサイラスだ。それなのにいくらか柔らかく抱きしめられて、その大きな手で頭をなでられていると不思議と心地よくなってしまう。

（あ、あぁ……。く、苦しいのに、嬉しいだなんて……。それに痛いのに手放そうとは、絶対に思えない、わ……）

そう思っても、ただ与えられるがままに感じることしかできない。それが今やっと恋心を自覚した、ミュリエルの精一杯だ。

しかし気にせずにはいられなくて、ミュリエルは自分の恋心にそっと触れてみる。すると心に広がる想いの雲はふわふわとしたお砂糖味で、まるで己のまだ幼い恋心を表しているみたいだ。だがこれから先、サイラスの熱に溶けたら黄金色の飴《あめ》に変わるだろうか。

ミュリエルはサイラスの広くたくましい胸に頬をよせる。お砂糖と黒薔薇の香りに酔ってしまったように、やはりどこか現実感が薄い。それでもほてる肌に触れている固い釦《ボタン》の感触が、ミュリエルを一歩分現実にとどめるのだ。

「困ったな、これではいつまでたっても放し難《がた》い……」

苦しくはないが身動きはできない。そんな力加減にサイラスの気持ちが見える気がして、ミュリエルは嬉しくなる。

それに気づいてしまったら、知ってしまったら、もう見ないふりも知らないふりもしたくない。それは不誠実な者のすることだと思うから。向けてくれる想いの分だけ、自分も真心を届けたい。

それでも、今だけは——。

与えられる甘い苦しみと熱を全身で感じつつ、ミュリエルはサイラスの腕のなかに、いつまでも素直に身を任せるのだった。

# エピローグ

齢《よわい》二十六にして、ここワーズワース王国のエイカー公爵であり聖獣騎士団団長でもあるサイラス・エイカーは、執務室にて昨夜見た月へと思いを馳《は》せていた。

すべてが勘違いだとわかった瞬間のことは、言葉にし難《がた》い。だがその後、ミュリエル本人の自覚と意思でもってこの腕のなかに落ちてきたのだから、すべてまとめてよい経験だったと言える。まぁ当然、上手くいった今だからこそ、余裕を持ってそう思えるのだが。

しかし浮《うわ》ついた気持ちに身を委《ゆだ》ねてばかりもいられない。今回の一連の動きに、いまだ解決は得られていないのだから。それは水面下の動きだけで確かな証拠がないせいでもある。

ただこの時点でサイラスが不用意に手を出せば、状況の悪化を招く可能性の方が高いと言えた。よって隣国ティークロート内のことはグリゼルダやカナンに任せるべきだし、こちらはこちらで表立たずに動くしかない。

聖獣を取り巻く不穏な気配を振り払うために、きっとこれからより難しい局面が出てくるだろう。その時は必ず自分や騎士達のみならず、ミュリエルも渦中《かちゅう》にいることになる。

とはいえ、共に進む道が光溢《あふ》れる野原でも、暗い霧に包まれる悪路でも、サイラスはもうミュリエルの手を放すつもりはなかった。並んで同じものに目を向けて、同じ気持ちをわかちあいたいと言ったミュリエルに、いつもいつまでもそう思ってもらえる己でありたいと、サイラス自身が何よりも堅く決意している。

無意識に自らの唇に触れれば、そこに柔らかで甘やかな感触が蘇《よみがえ》って、サイラスは思わず吐息を零《こぼ》した。

（……口づけたった一つだが、初《う》心《ぶ》なミュリエルにはやりすぎだっただろうか？）

あの時の様子を思い浮かべるだけで、もう無理だ、と頭のなかの誰かが訴える。そしてその通りだと思うのだ。あの潤《うる》んだ翠《みどり》の瞳で見上げられては、自制するのに大変な精神力を要する。修練したとて、今後も我慢が利《き》くとは約束できかねた。

（……それにしても、彼女の「はじめて」を横から奪われたことが、悔やまれるな）

なおもカナン相手に嫉《しっ》妬《と》を感じている自分に、サイラスはふと笑う。今後は自分だけが彼女の隣に立ち、あの細く白い首もとを己の瞳の色で飾れるというのに。そんな言《げん》質《ち》だって、ちゃんと本人から取ってあるではないか。

名実共にミュリエルの傍《そば》にあれるのは自分なのだ、と周囲に示す。そんな想像をすればなんとも誇らしい。されどサイラスにとってあくまで重要なのは、周囲に対する見てくれではなく中身――つまり恋人として温かな時間を過ごせるかどうか――だと言える。何しろ自分は、ミュリエルが愛《いと》しくて仕方がないのだから。

「……口づけを毎日したら、嫌われるだろうか？　いや、思いが通じているのなら普通か？」

独りごちるとサイラスは自らの唇に指を添え、甘く悩ましげなため息をついたのだった。

# あとがき

こんにちは、山田桐子です。この度は皆様のおかげで「聖獣番」の三巻を出させていただきました。ありがとうございます。またまた大ボリュームでのお届けとなってしまいましたが、三巻も飽きずに最後までお付き合いいただけたでしょうか。あとがきを書いている現在、二巻と同じ不安にかられております。

プロット時点では「今度こそいい感じの枚数に収まるはず」、と妙な自信を抱いているのですが、その自信が結果に繋がったためしがない。書きはじめて序盤で担当編集様に切る場面の提案をいただき、中盤で「もうお気づきかと思うのですが」と切り出される流れがデフォルトになりつつあることに、申し訳なさが募っております。

しかしながら二巻という前例を作ってしまったせいか、三巻ではあっさり超過許可をいただいてしまいました。えぇ、あの、本当にすみません。

えーと。反省から入ってしまったので、出だしが低空飛行なあとがきになっておりますが、このままだともったいないのでここからは上げていこうと思います。そしてそう宣言した途端に虫がよいのですが、今回のあとがきも前回同様の五ページをいただいており、私は大変ウキウキしております。あとがきを長く書ける機会はそうそうないと思っていたので（自分の計画性のなさゆえの枚数なのでトーンは落としつつも）せっかくのこの機会、嬉しいものは嬉しいと素直に喜びたいと思います。わーい。

ということで、常にあとがき書きたい症候群の私は、ここから嬉々として書きなぐります。本編のことにがっつり触れますので、先にあとがきから読んでいる方でネタバレ厳禁な方は、ここからご注意くださいね。


それでは、新キャラについてから。

担当様からお話をいただいて三巻を書くことになり、真っ先に頭に浮かんだのは、巨大寝台にギュウギュウにつまる黒い羽毛とそれに埋もれるお姫様の姿でした。

当初は彼女の登場で主役の二人はもっとすれ違う予定だったのですが、意外とミュリエルのサイラスに対する信頼が厚かったので大事に至りませんでした。

でも本当は、もっとラブ的にキュンとするすれ違いを目指していたんですよね。それなのにいつの間にか、ギャグ的なやつにすり替わっていました。なぜだ。

ただ、新キャラの王女様、私はとても好きです。カナンにギオも。羽毛に埋もれてグリゼルダの笑い声だけが聞こえる場面は、超絶お気に入りのシーンです。というか、ギオとカナンが仲良くなる流れから、毛玉がせめぎ合いを行うまでの場面がとても気に入っています。皆様にもその雰囲気が伝わっているといいのですけど。

そして新キャラがもう一組。シグバートとケシェットですね。これだけ長く本編を書いたのに、シグバートについては削ったエピソードがありまして……。これは機会をいただけたらどこかにぶち込みたい。無個性が個性となり得る彼のキャラに、私は大変愛着を持っています。

シカの聖獣であるケシェットについては、やはり鳴き声でしょうか。鹿の鳴き声って聞いたことがありますか？　私はなかったので文明の利器に頼って聞きました。

本文では「プィイィン」と表現していますが、近いと思ったのは小さい子が座ると鳴るちっちゃなパイプ椅子、あの音です。不思議な余韻を残す面白い鳴き声なので、気になる方は聞いてみてください。

あと、触れておきたい内容がもう一つ。そう、サイラスとミュリエルのラストシーンです。やっとくっついた！　でもやっとくっついたのに、やっぱり二人ともモジモジ感がすごい！　私が恥ずかしくて耐えられない……！　と大変私自身は悶えたのですが、ただ二人らしいといったら二人らしいかなぁ、なんて。

実はこの場面、一度まるっと書き直しをしています。最初のバージョンだとサイラスががっつきすぎた（実際はサイラスががっついたのではなく、私がこれ以上のスローペースに耐えられずにがっついた）ので、違和感が満載で。なので最終的にこの形にたどり着けて、今はとても満足しています。

　ですがこの大団円も、なんと言ってもアトラのあと押しがあってこそです。彼は台詞が気障なのに、まったく鼻につかないところがすごい。毎回サラッといいところをさらっていきます。よって今回のヒーローも、やっぱり強面白ウサギでしょう。

　さて、これにてミュリエルは大人の階段を踏破した（サイラス談）わけです、が！　そんなに簡単にいくはずが、ない！　だってミュリエルですよ。どうせまた突拍子もないことを言いだして、サイラスを振り回すに決まっています。とはいえ……。頑張れサイラス。私は不憫な君が大好きだ。

　あと、本作を語るうえで外せないイラストについても。今回もまち様によるイラストが最高に素敵でした。八枚目の破壊力よ……。

　どのイラストも超絶素敵なのですが、ここは皆様にぜひピンナップイラストのシグバートに着目していただきたい。レインに抱っこされている彼の、足がそろっている姿をご覧いただけたでしょうか。指定はしていなかったのですが、これ、私も思っていたんですよね！　シグバート、君、絶対に足を閉じているだろうって！　これはすごく笑いました。まち様の洞察力と推察力の深さに、いたく感動したひとコマです。

　イラストの話をしたので、流れでコミカライズについても触れさせてください。作画は大庭そと様がご担当してくださっているのですが、こちらのサイラスやミュリエル、アトラ達も大変素敵です。ミューの涙がなんだか毎回美味しそうで、ものすごく可愛いんですよね。合わせてお楽しみいただけますと、とても嬉しいです。

そしてそして、こうやって思いつくままに書いていると、あっという間に文字数がきてしまいました。そろそろ締めの謝辞に入ろうと思います。それでは。

毎回ひどい初稿をあげる私を見放さず、優しく導いてくださる担当編集様。想像のド真ん中を描きあげてくださるうえに、私の小さいこだわりを快く受け入れてくださるまち様。何度同じ間違いをしようが（お恥ずかしいです、ほんと）丁寧に直してくださる校正様。その他この本が出版されるにあたってご助力くださる皆様。そしてもちろん、お手にとってくださった読者の皆様。本当にありがとうございます。

書いている最中って「あああぁ～（混乱）」みたいな状態に大抵陥っているので余裕がまったくないのですが、物語が私の手を離れた途端に「はあああ～（感涙）」みたいな状態、要するに感謝の気持ちでいっぱいになります。それで少しすると不安になるんですよね。読み終わった方にほんわかする余韻をお届けできたかしら、なんて。ですので最後の一文は、どうしてもお決まりの台詞になってしまいます。

本を閉じた時に、皆様が少しでも笑顔でいてくださったら、私はとても幸せです！

今巻もここまでお付き合いくださり、ありがとうございました！

IRIS
ICHIJINSHA

# 引《ひ》きこもり令嬢《れいじょう》は話《はなし》のわかる聖獣番《せいじゅうばん》3

2020年８月１日　初版発行
2020年９月23日　第２刷発行

著　者■山田桐子
発行者■野内雅宏
発行所■株式会社一迅社
〒160-0022
東京都新宿区新宿3-1-13
京王新宿追分ビル5F
電話03-5312-7432（編集）
電話03-5312-6150（販売）
発売元：株式会社講談社
（講談社・一迅社）

印刷所・製本■大日本印刷株式会社
ＤＴＰ■株式会社三協美術

装　幀■世古口敦志・
前川絵莉子（coil）



ISBN978-4-7580-9286-9


この本を読んでのご意見
ご感想などをお寄せください。

**おたよりの宛て先**

〒160-0022
東京都新宿区新宿3-1-13
京王新宿追分ビル5F
株式会社一迅社　ノベル編集部
山田桐子《やまだとうこ》 先生・まち 先生

一迅社文庫アイリス

竜達の接待と恋人役、お引き受けいたします！

『竜騎士のお気に入り

侍女はただいま兼務中』

著者・織川あさぎ

イラスト：伊藤明十

「私を、助けてくれないか？」
16 歳の誕生日を機に、城外で働くことを決めた王城の侍女見習いメリッサ。それは後々、正式な王城の侍女になって、憧れの竜騎士隊長ヒューバードと大好きな竜達の傍で働くためだった。ところが突然、隊長が退役すると知ってしまって⁉　目標を失ったメリッサは困惑していたけれど、ある日、隊長から意外なお願いをされて――。堅物騎士と竜好き侍女のラブファンタジー。

# 第10回 New-Generation
IRIS ICHIJINSHA

# アイリス少女小説大賞

## 作品募集のお知らせ

一迅社文庫アイリスは、10代中心の少女に向けたエンターテインメント作品を募集します。ファンタジー、時代風小説、ミステリーなど、皆様からの新しい感性と意欲に溢れた作品をお待ちしております！

| | | |
|---|---|---|
| 金賞 | 賞金100万円 | ＋受賞作刊行 |
| 銀賞 | 賞金20万円 | ＋受賞作刊行 |
| 銅賞 | 賞金5万円 | ＋担当編集付き |

**応募資格** 年齢・性別・プロアマ不問。作品は未発表のものに限ります。

**選考** プロの作家と一迅社アイリス編集部が作品を審査します。

**応募規定** ●A4用紙タテ組の42字×34行の書式で、70枚以上115枚以内（400字詰原稿用紙換算で、250枚以上400枚以内）
●応募の際には原稿用紙のほか、必ず ①作品タイトル ②作品ジャンル（ファンタジー、時代風小説など）③作品テーマ ④郵便番号・住所 ⑤氏名 ⑥ペンネーム ⑦電話番号 ⑧年齢 ⑨職業（学年）⑩作歴（投稿歴・受賞歴）⑪メールアドレス（所持している方に限り）⑫あらすじ（800文字程度）を明記した別紙を同封してください。
※あらすじは、登場人物や作品の内容がネタバレも含めて最後までわかるように書いてください。
※作品タイトル、氏名、ペンネームには、必ずふりがなを付けてください。

**権利他** 金賞・銀賞作品は一迅社より刊行します。その作品の出版権・上映権・映像権などの諸権利はすべて一迅社に帰属し、出版に際しては当社規定の印税、または原稿使用料をお支払いします。

**締め切り** 2021年8月31日（当日消印有効）

**原稿送付宛先** 〒160-0022 東京都新宿区新宿3-1-13 京王新宿追分ビル5F
株式会社一迅社 ノベル編集部「第10回New-Generationアイリス少女小説大賞」係

※応募原稿は返却致しません。必要な原稿データは必ずご自身でバックアップ・コピーを取ってからご応募ください。※他社との二重応募は不可とします。※選考に関する問い合わせ・質問には一切応じかねます。※受賞作品については、小社発行物・媒体にて発表致します。※応募の際に頂いた名前や住所などの個人情報は、この募集に関する用途以外では使用致しません。